THE QUEEN OF CRIME
繁體中文版
20週年
紀念珍藏

爲什麼不找伊文斯？

著——阿嘉莎・克莉絲蒂

譯——陳常錦

Agatha Christie®

Why Didn't They Ask Evans?

策畫者的話

通俗是一種功力

吳念真（導演、作家）

通俗是一種功力。絕對自覺的通俗更是一種絕對的功力。

這樣的話從我這種俗氣的人的嘴巴說出來，大概很多人要笑破褲底了。不過，笑完之後請容我稍稍申訴。這申訴說得或許會比較長一點，以及，通俗一點。

小時候身材很爛，各種遊戲競爭完全任人宰割，唯一隱遁逃避的方法是躲起來看書或聽大人瞎掰。那年頭窮鄉僻壤的小孩能看的書不多，小學二年級時最喜歡的是超大本的《文壇》，老師借的。看著看著，某天老師發現我的造句竟出現：「捧著：朝陽捧著一臉笑顏為群山剪綵」這樣亂七八糟的文字，就拒絕再讓我看那些超齡的東西了。

老師的書不給看，我開始抓大人的書看。一種是厚得跟磚塊一樣的日文書，對我來說那完全是天書，但插圖好看，經常有限制級的素描。另一種書是比較薄的，通常藏得很嚴密，只是裡面有太多專有名詞、重複的單字和毫無限制的標點，比如「啊啊啊」、「……！！！」

老讓我百思不解。有一天，充滿求知欲地詢問大人竟然換來一巴掌後，那種閱讀的機會和樂趣也隨著消失了。

所幸這些閱讀的失落感，很快從大人的龍門陣中重新得到養分。講到這裡，我似乎先得跟一個村中長輩游條春先生致敬，並願他在天之靈安息。

我所成長的礦區，幾乎全是為著黃金而從四面八方擁至的冒險型人物，每人幾乎都有一段異於常人的傳奇故事。這些故事當事人說來未必精采，但一透過游條春先生的嘴巴重現，有時連當事人都聽得忘我，甚至涕泗縱橫，彷彿聽的是別人的故事。

條春伯沒當過日本兵，可是他可以綜合一堆台籍日本兵的遭遇，一如連續劇般從入伍、受訓、逃亡荒島，面對同鄉同袍的死亡，並取下他們的骨骸寄望帶回故鄉，乃至骨骸過多搞不清哪是誰的等等，讓聽的人完全隨他的敘述或悲或笑，彷彿跟他一起打了一場太平洋戰爭。此外他也可以把新聞事件說得讓一個三、四年級的小孩，到現在仍記得當時腦中被觸動的畫面。例如當年瑠公圳分屍案的凶手做案之後帶著小孩到安東街吃麵（這讓我一直以為台北的安東街是條專門賣麵的街道），還有甘迺迪總統被暗殺、賈桂琳抱住她先生、安全人員跳上飛快的車子保護賈桂琳……當然，這記憶全來自條春伯的嘴巴而不是報紙。我的記憶全是畫面，有畫面，是因為條春伯說得精采，說得有如親臨他至死都還搞不清地理位置的達拉斯命案現場。

於是這小孩長大後無條件地相信：通俗是一種功力，絕對自覺的通俗更是一種絕對的功力。透過那樣自覺的通俗傳播，即使連大字都不識一個的人，都能得到和高階閱讀者一樣的感動、快樂、共鳴，和所謂的知識、文化自然順暢的接軌。也許就是因為這些活生生的例子，俗氣的自己始終相信：講理念容易講故事難，講人人皆懂、皆能入迷的故事更難，而能隨時把這樣的故事講個不停的人，絕對值得立碑立傳。

條春伯嚴格地說是有自覺的轉述者，至於創作者，我的心目中有兩個。一個是日本導演山田洋次，一個是推理小說家阿嘉莎．克莉絲蒂。

山田洋次創造了寅次郎這個集合所有男人優點跟缺點的角色，在以《男人真命苦》為名的系列下，總共完成百部左右的電影。它們的敘述風格、開頭、結尾的方法不變，唯一改變的是故事，是時代，是遍歷日本小鄉小鎮的場景。數十年來，看《男人真命苦》幾已成為日本人每年的一種儀式，一如新春的神社參拜。

數十年前訪問過山田導演，他說，當他發現電影已然有它被期待的性格時，電影已經不是導演自己的。他說：當所有人都感動於美人魚的歌聲時，你願意為了讓她擁有跟你一樣的腳，而讓她失去人間少有的嗓音嗎？

人間少有的嗓音與動人的歌聲，都來自山田導演絕對自覺的通俗創造。

再如阿嘉莎．克莉絲蒂，如果我們光拿出她說過的故事和聽過她故事的人口數字，就足以嚇死你。五十多年的寫作生涯，她總共寫出六十六本長篇推理小說，外加一百多篇短篇小說和劇本。其中有二十六本推理小說被改編，拍了四十多部電影和電視劇集。作品被翻譯成一百零三種文字的版本，銷量超過二十億本。

夠了。你還想知道什麼？知道二十億本的意義是什麼嗎？二十億本的意義是全世界平均三個人就有一個人讀過她的書，聽過她說的故事。

說來巧合，她和山田洋次一樣，創造出個性鮮明的固定主角（當然，前前後後她弄出來好幾個），然後由他（或是她）帶引我們走進一個犯罪現場，追尋真正的罪犯。

故事就這樣？沒錯，應該說這是通常的架構。那你要我看什麼？不急，真的不急，克莉絲蒂會慢慢冒出一堆足夠讓你疑惑、驚嚇、意外，甚至滿足你的想像力、考驗你的耐心和智商的事件來。

推理小說不都是這樣嗎？你說得沒錯，大部分是這樣，不一樣的是……對了，她像條春伯，像山田洋次，她真會說，而且她用文字說。

文字的敘述可以讓全世界幾代的人「聽」得過癮、「聽」個不停，除了聖經，也許就是克莉絲蒂。她不是神，但她真的夠神。

數十年前，台灣剛剛出現她的推理系列中譯本，那時是我結婚前，常有同齡的文藝青年來我租住的地方借宿，瞄到我在看克莉絲蒂，表情詭異地說：「啊？你在看三毛促銷的這個喔？」

我只記得他抓了一本進廁所，清晨四點多，他敲開我的房門說：「幹，我實在很討厭那個白羅……再拿一本來看看，我跟你說真的，要不是你的書，我真的很想把那個矮儸壓到馬桶吃屎！」

我知道他毀了，愛吃又假客氣，撐著尊嚴騙自己。克莉絲蒂再度優雅地撕破一個高貴的知識份子的假面具，她的手法簡單，那手法叫通俗，絕對自覺的通俗，無與倫比、無法招架的功力。

昔日的文藝青年如今跟我一樣，已然老去，但不時還會看到他寫一些充滿理念和使命感極重的文章，在報紙和雜誌上出現。我知道他要說什麼，只是常常疑惑他想跟誰說；同樣，我記得他說過什麼，但轉眼間忘記他說了什麼。但請原諒我，幾十年前那個晚上，他在我家看完的那兩本克莉絲蒂的小說內容，我可還記得清清楚楚。

也許有一天再遇到他的時候，我會問他之後是否還看過克莉絲蒂其他的書，如果沒有，我會跟他說，想讀要趁早，因為你會老、會來不及。至於白羅那個矮儸，大概永遠不會消失。哦，對了，還有一個叫瑪波，你說不定會來不及認識……

從他種視角到跨界嘗試的閱讀體驗

路那（推理評論家）

說到阿嘉莎．克莉絲蒂，即使是不太常閱讀推理小說的讀者，也很難不聯想到有個完美鬍子的偵探白羅、老小姐瑪波，又或者是她享譽國際的《東方快車謀殺案》、《一個都不留》等名著吧。

克莉絲蒂的廣受歡迎，還在於台灣近乎出版了她的全集。儘管台灣的出版能量相當驚人，但放眼國內外作家，有此殊榮者也在少數。這些作品中，除了廣受歡迎的系列作外，另有數量相對較少的獨立作品。這些作品或受累於知名度不高，或受累於缺乏讀者熟悉的偵探角色，而較少進入讀者的視野之中，然而，這不表示它們本身不值得一讀。

在這裡，我要先岔出去談一下柯南．道爾（Conan Doyle）與莫里斯．盧布朗（Maurice Leblanc）。這兩位除了同樣大受歡迎之外，他們其實也同受被角色綁架之苦——柯南．道爾一心想當個嚴肅作者，為此不惜「殺害」福爾摩斯，卻又在大眾壓力之下不得不讓他神奇地死而復生的事件，相信大家都耳熟能詳。然而，或許不是很多人知道，創造了亞森．羅蘋此一大受歡迎怪盜角色的盧布朗，最終也因羅蘋大受歡迎，且擅長易容的形象深植人心，導致他不得不將新偵探角色吉姆．巴內特（Jim Barnett）降級為羅蘋的分身。與道爾交好的克莉絲蒂，自然理解箇中艱辛，或許也因此早早意識到她不能再重蹈覆轍，是以她不僅致力於故事的創造，同樣致力於角色性格的劃分。但此事並非一蹴可幾。舉例而言，短篇小說〈情牽波倫沙〉的偵探，發表時由帕克．潘擔任偵探角色，稍後又更替為白羅一事，即讓人意識到帕克．潘與白羅之間的共性：相同的公務員退休身分、同樣與偵探小說家奧利薇夫人為好友，帕克．潘的祕書萊蒙小姐日後成為白羅的祕書等，種種線索都暗示著帕克．潘與白羅可能享有的共同根源。然而，是什麼讓帕克．潘沒有被白羅「吸收」，一如巴內特與羅蘋？閱讀《帕克潘調查簿》與收錄於《情牽波倫沙》的兩個短篇時，不妨仔細考察白羅與帕克．潘的不同之處。

除了角色外，故事情節的他種視角乃至於跨界嘗試，也是非系列作品的一大看點。《李斯特岱奇案》、《死亡之犬》、《殘光夜影》等短篇小說集中收錄的作品，有之後遭改頭換面的靈感之作，也有溢出推理小說規制，蔓延至靈異、恐怖、言情等領域之作。它們的開頭，與我們習慣的克莉絲蒂推理小說似無甚差異，然則在一個十字岔路的輕巧滑脫，卻足以造就全然不同的類型閱讀體驗。

同樣的體驗，在非系列長篇小說中亦可一見。不用系列角色，意味著不須遵守類型既定的規範，或受限於角色既有的設定，遂得以更加無拘無束的形式自在揮灑。眾所周知，克莉絲蒂絕非信奉范．達因（S. S. Van Dine）「故事中不能摻有戀愛成分」戒律的一人，相反地，她頗擅長於小說中加入情感元素。她筆下的系列偵探，無論白羅或瑪波，自身均不涉浪漫情感，而多以神仙教父／教母的姿態從旁協助，從而使小說中的推理情節與羅曼史主次分明，僅為點綴。但她筆下這些聰慧的男女，是否始終只能作為系列偵探的配角存在？對此，克莉絲蒂的回答是，許多時候，擺脫了神仙教父／教母的他們，會顯現出更令人矚目的風采。

另一方面，推理小說的大體布局，從謎團初現、偵查過程到真相大白，與羅曼史主角們從陌生到相知到決定是否相守，也自有其契合之處。是以，在克莉絲蒂的非系列作品中，有不少長篇故事均以處於曖昧狀態的男女作為偵查或敘事主體，如《西塔佛祕案》、《為什麼不找伊文斯？》、《死亡終有時》與《白馬酒館》等。其中的情感除了經典的兩情相悅外，亦存在著無私的奉獻，與狡獪的以情感作為武器等多種樣態。

克莉絲蒂同樣擅長以三角關係作為障眼法，從角色間的誤會到敘事手法的誤導等，在在能使讀者以為掌握了十之八九的關係圖，瞬間翻出別樣花色。《無盡的夜》保留了克莉絲蒂時常描繪的羅曼關係，卻撤去了推理小說的型態，改以令人聯想到達芬．杜莫里哀（Daphne du Maurier）的奇情（sensation）風格，確實令人耳目一新，難怪克莉絲蒂會將之選為十大最愛之七。而其自選最愛第八的《畸屋》，則巧妙地擺脫了傳統推理小說家族敘事中以惡意為基底的設定，別出心裁地講述了謀殺如何發生在一個充滿善意的家族之中。《畸屋》之「畸」，既源於同樣具備扼殺力量的善意，也源於天生之惡——克莉絲蒂對善與惡之觀點，由是鋪陳出了一個頗為耐人尋味的視角。

一般而言，以克莉絲蒂為首的黃金時期推理小說家的作品，不太會令人聯想到國際政治、社會情勢等，感覺起來就「硬邦邦」，一點也不「舒逸」（cozy）的事物。它應該是以鄉村、大飯店、（前）殖民地為核心，間或夾雜一兩句讀者也不甚在意的時局觀察以加固背景的狀態。但克莉絲蒂出生於一八九〇年，生平歷經奧匈帝國與俄羅斯帝國的崩潰、兩次世界大戰、經濟大恐慌等，樁樁件件都是近代歷史難以抹滅的大事件，她可能當真無動於衷嗎？是以，早在一九二七年，克莉絲蒂便以白羅為主角，寫出諜報小說《四大天王》，其後更塑造出湯米與陶品絲這對橫跨二次世界大戰的夫妻檔業餘情報員。然而這對歡喜鴛鴦的氛圍，或許終究難以展現克莉絲蒂對戰後國際形勢演變之思慮。職是之故，她持續創作鴛鴦神探的系列之餘，在他們力所未逮之處，再度啟用了非系列角色，《巴格達風雲》、《未知的旅途》、《法蘭克福機場怪客》均是此類作品，試圖傳遞她在《四大天王》中即已反覆論及的「幕後的力量」。

這個「幕後的力量」又是什麼呢？見識過帝國的崩潰，對於早年的克莉絲蒂來說，共產主義無疑是危險的。在她第二部出版品《隱身魔鬼》中，克莉絲蒂將幕後黑手設定為布爾什維克的信徒。然而，伴隨著一九二四年工黨政府首次執政，克莉絲蒂對相關思潮的憂慮似有緩和態勢，此後，她的小說中偶爾會出現被眾人視為嫌疑犯的左翼同情者最終卻得證清白的情節。

伴隨著二戰結束與冷戰的開啟，許多涉及諜報的故事紛紛以蘇俄作為陰謀主腦。但克莉絲蒂頗具深意地將《巴格達風雲》與《未知的旅途》背後的陰謀組織者拐了彎，不以冷戰雙方作為主使者，而是更廣泛地指向「無政府主義者」、「理想主義者」。這樣的觀點，在以新納粹為主軸的《法蘭克福機場怪客》中亦曾多次表述——但這不是說她就放棄了一些既存觀點。不意外地，赫伯特・馬庫色（Herbert Marcuse）、法蘭茲・法農（Frantz Fanon）這些思想家仍舊不討克莉絲蒂的喜歡。

克莉絲蒂對法農等人的抗拒，與她對大英帝國的忠誠，以及對中東（特別是埃及）的偏愛或許不無關聯。眾所周知，克莉絲蒂於一九三〇年結婚的第二任丈夫是考古學家，她因此與中東和考古結緣。當時，方於一九二二年在名義上脫離英國管治的埃及，是個年輕的新興國家，尚未能擺脫殖民宗主國的影響，克莉絲蒂對埃及乃至於中東的描繪，是以多半本於殖民者的視線而開展。她的背景與經驗，決定了她理解的視角。然則，這並不表示她無意了解該地的歷史淵源——以古埃及為背景的《死亡終有時》正是最好的例證。這部入選英國犯罪作家協會「史上百大犯罪小說」第八十三名的精采作品，向讀者講述的不只是一個關於謀殺的故事，更是千年前定居於此的埃及人究竟如何生活的故事。

在《巴格達風雲》中，有一段主角與主謀對峙時的敘述：「人命無關緊要……這是愛德華的信條。那個用瀝青黏補起來、三千年前的粗陶碗突然無來由地閃現在維多莉亞心頭。那些東西當然要緊。小小的日常用品、待養的家人、構築成一個住家的牆壁，還有一兩件被當作寶貝的財產。」顯而易見，對克莉絲蒂而言，考古文物的珍貴，不在於它們悠久歷史或蘊藏的知識，而在於當代人得以透過它們深刻感受過往人們的生活。正是這樣的感受，構築出對人與生命的尊重。這樣的尊重，正是克莉絲蒂推理小說的基石所在吧！

在娛樂之外，還有許許多多閱讀克莉絲蒂的方式，正如同在知名的偵探系列之外，仍存在著許許多多精采的非系列作品一般。你所看到的克莉絲蒂，又是什麼樣子呢？

獻詞

阿嘉莎．克莉絲蒂是世界讀者最眾，也最廣受喜愛的女作家。
身為克莉絲蒂的孫兒，我相信奶奶會非常樂見這次出版，
因為她極以自己作品中的趣味與娛樂為豪。
歡迎所有喜歡本系列的台灣新讀者參與這場饗宴！

——馬修．培察（Mathew Prichard）

01 意外事故

巴比．瓊斯把球放在球座上，輕輕揮動幾下球桿，然後慢慢收回球桿，接著以閃電般的速度向下一擊。

在五號鐵桿的輕鬆一擊下，小白球會呼嘯騰起，越過沙坑，又直又準地飛越球道落到十四號果嶺嗎？

不，並未如此。差勁的削頂球，小白球飛掠過地面，穩穩地陷入了沙坑！

沒有熱切的觀眾發出失望的呻吟，唯一的目擊者也未顯露一絲驚訝。這很容易解釋，因為擊出這一球的不是一位美國出生的高爾夫球大師，而只是威爾斯海岸小鎮馬奇波教區某位牧師的四公子。

巴比發出一聲十足粗俗的喊叫。

他是個年約二十八歲、長相和藹可親的青年。他的摯友認為他雖算不上英俊，面孔卻非常討人喜歡，而且那雙棕色的眼睛具有小狗般真誠友善的眼神。

「我真是每況愈下。」巴比沮喪地嘀咕著。

「你要再接再厲。」他的同伴說。

湯瑪士醫師是位中年人，一頭灰髮，滿面紅光。他從不打長桿球，而是順著球場中央打短直球，因而常可擊敗球藝高超但球技不穩的選手。

巴比用九號球桿猛擊。第三次成功了。球停在離湯瑪士醫師以精采兩桿鐵桿擊到的果嶺落地處不遠。

「到你的洞了。」巴比說。

他們接著到下一個球座前。

醫師先出手——一記漂亮的直擊，但球沒擊得很遠。

巴比嘆口氣，把球放上球座，再重放，不停揮動球桿好一陣子，接著後驟然收回球桿，閉眼抬頭，壓下右肩，做出所有多餘的動作，結果他順著球場中央打出了令人驚嘆的一擊。

他滿意地吸了口氣。高爾夫球選手常見的愁容從他那英俊的面容上消失了，代之而起的是大眾熟悉的狂喜表情。

「我現在終於明白自己在幹什麼了。」巴比口是心非地說。

不過是五號鐵桿稍微吊一下球，便打出完美的一擊，巴比自己當場傻眼。他以低於標準桿四桿入洞，而湯瑪士醫師則多了一桿。

巴比充滿信心地步向第十六球座。他再次做出一堆無意義的動作。這次沒有奇蹟發生。這是一記漂亮、精采、超凡的左曲球！球九十度轉彎。

「要是打直的話，嘖！」湯瑪士醫師說。

「要是，」巴比痛苦地說，「喂，我想我聽見一聲喊叫！但願球沒打中什麼人才好。」

他凝視著他的右邊。光線很暗，太陽正在下落，直看過去幾乎什麼也看不清楚。海面上也升起一層薄霧。懸崖邊緣離此有幾百碼遠。

「這兒有條步道，」巴比說，「不過球不可能飛那麼遠。然而我真的聽見了一聲喊叫，你呢？」

醫師什麼也沒聽見。

巴比去找球，找得很吃力，後來終於找到了。球落進一簇金雀花叢中，已經無法擊出。他折了兩根樹枝把球挑起，向同伴大聲叫喊自己棄權。

由於下一個球座正好在懸崖邊上，醫師遂朝巴比走來。

第十七洞特別叫巴比頭痛。此時他不得不把球遠遠打越峽谷。實際距離並不很遙遠，但下方深處的吸引力極難抵禦。

他們穿過步道，這條小徑此時向他們的左方拐向內陸，正好臨近崖邊。

醫師一記鐵桿，球落到了另一邊。

巴比深深吸了口氣，打了個遠球。球向前飛出後，消失在深淵邊緣。

「該死，我老是幹同樣的蠢事。」巴比痛心地說。

他繞過峽谷往下俯視，遠處的下方，海波閃爍，峽谷深處沒有球落下去。陡坡頂部非常險峻，但下半部逐漸向下傾斜。

巴比緩緩走著。他知道有個地方可以相當容易地爬下去。球場的桿弟們也常這麼做，他們可以火速翻過崖邊，隨後得意洋洋、氣喘吁吁地帶著失落的球再度現身。

突然巴比挺直身子，呼喚著同伴。

「醫師，過來，你看那是什麼？」

四十碼以外，有一堆漆黑如舊衣的東西。

醫師屏住呼吸。

「天哪！」他說，「有人掉到懸崖下面去了。我們得到他那兒去。」

兩人並肩往懸崖下爬，身手比較矯健的巴比邊爬邊拉同伴一把。

終於他們到達這團漆黑的不祥之物旁邊。

那是個四十歲左右的男人，雖然失去了知覺，但還在呼吸。

醫師檢查他一番，摸了摸他的四肢，按了按脈搏，翻翻他的眼瞼。他跪在此人身邊完成了檢查後，抬頭看著巴比，搖了搖頭。巴比站在那裡感覺有點噁心。

「沒救了，」醫師說，「他氣數已盡，可憐的傢伙。他的脊椎斷裂了。唉，唉。我猜他不熟悉這條路，霧一起就跨出了懸崖邊。我早就不只一次告訴過市議會，應該在這兒圍一道欄杆。」

他說罷又站起來。

「我去找救兵，」他說，「安排把他弄上去的事情。但在我們弄清楚現在這個地方之前，天就會黑了。你可以留在這兒嗎？」

巴比點點頭。

「我猜他根本沒救了吧？」他問。

醫師搖搖頭說：「沒救了。不會撐太久，他的脈搏愈來愈弱，頂多還有二十分鐘好活。斷氣前，他可能會恢復一下意識，但也很可能不會。不過……」

「沒問題，」巴比連忙說道，「我留在這兒。你走你的。但如果他醒過來，這兒也沒藥物什麼的……」他猶豫起來。

醫師又搖搖頭，說：「不會痛苦的，一點也不會。」

醫師說罷轉身而去，再次敏捷地爬上懸崖。巴比目送他消失在崖頂，他揮了揮手。

巴比沿著狹窄的崖邊走了一兩步，在一塊凸出的岩石上坐下，點了根菸。這件事令他震驚，至今他尚未接觸過任何疾病或死亡。

世上就有這麼倒楣的事！晴朗的傍晚竟會降下一片迷霧，一步之錯，生命就走到了盡頭。這個英俊、健康的傢伙大概一輩子沒生過一天病。他臨死前的蒼白無法掩蓋住黝黑的皮膚，他也許是個長期在國外過著戶外生活的人。巴比更加仔細地研究這個人：一頭褐色的頭髮向上鬈曲，兩鬢的頭髮略帶灰色，鼻子很大，下顎厚實，張開的雙唇露出一口白牙，兩肩寬闊，雙手強健，雙腿奇怪地盤著。巴比打了個寒噤，又重新打量這個人的面孔，這是一張頗有魅力的臉，開朗親和，神色堅毅，精力充沛。他想，他的眼珠可能是藍色的……

正當他想到這裡，那人的眼睛突然睜開了。確實是藍色的——清澈的湛藍色。這雙眼睛直視著巴比，沒有閃爍不定或朦朧含糊之色，看起來神智完全清醒。眼神帶著警覺的同時又似乎含有疑竇。

巴比迅速地站起身來，走近此人。在他靠近之前，這人開口說話了，聲音並不微弱，既清楚又宏亮。

「他們為什麼不找伊文斯？」這個人說。

接著，這個人全身奇怪地抖了一下，眼瞼下垂，下顎鬆弛……

他死了。

02 父親大人

巴比跪在他身旁，但毫無疑問，這個人已經死了。他在最後一刻甦醒，突然發問，接著便一命嗚呼。

巴比滿懷歉意地把手探進死者的衣袋，抽出一條絲質手帕，恭敬地蓋住死者的臉。他能做的只有這點。

隨後他發現，在他抽出手帕的同時，也拉出了死者衣袋裡的另外一樣東西，是張照片。他將照片重新放回死者衣袋時，瞄了照片上的臉孔一眼。

這是一張女人的面孔，氣質非凡，使人難以忘懷。她臉蛋標致，眼距很寬，看起來和少女差不多，一定不到三十歲，但抓住巴比注意力的並非美貌，而是美貌所散發出的那股迷人特質。他想，這是那種不容易讓人忘卻的面容。

他恭敬地輕輕把照片放回死者的衣袋，便又坐下來等醫師回來。

時間過得很慢，至少對這位等人的小夥子來說是如此。而且，他剛想起一件事：他答應過父親六點晚禱時要演奏風琴，而此刻是五點五十分。當然，他父親會諒解這種情況，但他依然認為剛才若記得請醫師去送個口信就好了。湯瑪士．瓊斯牧師是個極其神經質的人，很愛大驚小怪。每當他一小題大做，消化器官就出毛病，害他痛苦萬分。雖然巴比認為父親是個令人同情的老笨蛋，但仍然非常喜愛他。反過來說，湯瑪士牧師認為自己的四男是個可憐的小笨蛋，而且對巴比不知謀求上進深感不耐。

「可憐的老爸，」巴比想道，「他一定坐立不安，也一定不知道究竟要開始晚禱與否。他會等到肚子痛了才罷休，隨後晚飯也吃不下。他不會明白除非萬不得已，否則我不會讓他失望的，總之，這又有什麼要緊呢？他永遠也不會明白這點。人過了五十歲就毫無理智，他們只會為一些無關緊要的瑣事操心得要命。我看他們受的教育全是錯的，但現在他們已無法改變。可憐的老爸，他的理智還不如一隻小雞！」

他坐在那兒，愛怒交集地想著父親。家居生活對他而言，似乎是父親奇特觀念下的一種長期犧牲。而對瓊斯牧師來說，老被年輕的一代誤解或說三道四，似乎也是一種長期犧牲。雙方在同一問題上存在相當多的分歧。

醫師去的時間太久了！此時他該回來了吧？

巴比站起來不高興地跺跺腳。這時他聽見上面有動靜，就抬頭望去，謝天謝地有救了，再也不需要他守候了。

但來人不是醫師，而是個穿高爾夫燈籠褲的陌生男子。

「喂，」來人問，「出什麼事了？發生意外了嗎？我能幫什麼忙嗎？」

這人身材高大，聲調高亢悅耳。巴比看不清他的模樣，因為現在已近黃昏。

巴比把發生的事講述了一遍，這名陌生人不時表示震驚。

「我幫不上任何忙嗎？」他問，「去求救什麼的？」

巴比說救援還在路上，並問對方是否看到有人到來的跡象。

「目前沒有。」

「是這樣的，」巴比接著說，「我六點有個約……」

「而你不願意離開……」

「是的，我很不願意，」巴比說，「我是說，這個可憐的傢伙死了，當然，我們無能為力，不過……」

他停頓下來，發現他和平時一樣很難用語言表達混亂不堪的思緒。

但對方似乎相當理解。

「我明白了，」他說，「好吧，我下來，也就是說，如果我可以找到路的話。我會待在這裡等那些人趕來。」

「哦，你會嗎？」巴比感激地說，「是這樣，等我的是我父親。他其實並不壞，只是很容易被雜事弄得很煩。你看得見路嗎？往左走一點，現在往右，對了。其實不難走。」

他指引方向，給對方鼓勵，直到兩人面對面地站在這塊狹窄的高地上。來人年約三十五歲，面部表情有點優柔寡斷，戴著質感不錯的單片眼鏡，留一小撮鬍子。

「我在這兒是個陌生人，」他解釋說，「對了，我叫巴辛頓范奇，來這兒看房子。哎呀，真是可怕！他失足摔下懸崖了？」

巴比點點頭。

「起了點霧，」他解釋說，「這條小路有點危險。好了，再見！非常感謝。我得趕緊走了，你真是太好了。」

「別客氣，」這人回說，「誰都會這樣做的。總不能留下這個可憐的傢伙躺在這兒……啊，我是說，總覺得這麼做不合人情。」

巴比爬上陡峭的山路，到了山頂，他向那人揮了揮手，然後飛奔穿越林地。為節省時間，他翻越教堂的院牆，並未繞道走臨街的大門。不料此一舉動被牧師從禮拜堂的窗戶看得一清二楚，牧師內心十分不滿。

時間已是六點過五分了，但鐘還在鳴著。

解釋和指責延遲到晚禱之後再說吧。巴比氣喘吁吁地坐上椅子演奏古風琴。聯想到剛才那一幕，他的手指彈奏出蕭邦的「葬禮進行曲」。

晚禱後，牧師悲哀大於憤怒地（根據他特意指出）教訓起兒子來。

「親愛的巴比，要是你不能正正經經做一件事，」他說，「那最好根本別做。我知道你和你所有的朋友似乎都毫無時間觀念，但有個人，我們不能讓祂等。是你自願要演奏風琴的，我並沒有強迫你。然而，你自己漫不經心，跑去玩樂……」

巴比想，最好在父親說得一發不可收拾之前打斷他。

「對不起，爸爸。」他說，語氣輕鬆愉快，不論話題如何，他一貫是這種口氣。「這次不是我的錯，我是為了看守一具屍體。」

「你是為了什麼？」

「看守一個摔下懸崖的傢伙。你知道的，斷崖在第十七球區附近。當時起了點霧，他一定是走過了頭就摔下去了。」

「老天爺，」牧師叫了起來。「真慘呀！他當場斃命嗎？」

「沒有。他失去知覺。但湯瑪士醫師一離開，他就死了。我當然覺得應該待在那兒，總不能扔下他不管。後來又來了一個人，我就把守護的工作交給他，盡快地跑回來了。」

牧師嘆了口氣。

「哦，親愛的巴比，」他說，「是不是沒有什麼事會震動你那鐵石般的心腸？這事使我感到無言的悲痛。你面對了死亡，一種突然而至的死亡，但你竟還能對此開玩笑！你簡直是無動於衷，無論如何莊嚴、如何神聖的事，對你們這一輩的人來說，都不過是個玩笑！」

巴比挪了挪腳。

當然了，如果他父親不能明白他之所以開玩笑，就是因為感受強烈……唉，他父親是不可能明白的！那不是容易解釋清楚的一件事。悲慘的死亡出現在眼前，你還得咬緊牙關撐住。

但你還能指望什麼呢？五十歲以上的人什麼事也不了解。他們的觀念相當奇怪。

「我想是戰爭的關係，」巴比的想法很實際。「戰爭使他們焦躁不安，他們此後再也不曾復原。」

他為父親感到羞恥，並替他難過。

「對不起，爸爸。」他說，心裡清楚解釋是沒有用的。

牧師為兒子感到難過——他看起來十分困窘——但又為兒子感到羞恥。這孩子對生命的嚴肅毫無概念，連他的道歉也是既輕率又無悔意。

他們倆一起往牧師公館走去，互相都在努力找理由原諒對方。

牧師想：「真不知道什麼時候巴比能找到事做……」

巴比想：「真不知道我還能在這兒撐多久……」

但他們都互相深深地摯愛著對方。

03 鐵路旅行

巴比並未即時目睹這場奇遇的後續發展。隔天早上，他動身進城，去和一位想開車行的朋友會面，那位朋友認為拉巴比合夥應該極有價值。

雙方把事情談妥之後，過了兩天巴比搭十一點三十分的火車回家。他是趕上了火車沒錯，只是時間相當緊迫。他十一點二十八分趕到派汀頓，衝過地下道，在列車緩緩啟動時衝上三號月台，躍上看見的第一節車廂，不顧近在身後的查票員和腳夫的憤怒。

他扭開車門，四腳著地跌了進去，再爬起來。車門被手腳靈敏的腳夫砰地一聲關上。巴比此時發現自己正面對著車廂裡唯一的乘客。

這是頭等車廂，面對車頭一方的角落裡坐著一位正在抽菸、皮膚黝黑的女孩。她身穿紅裙綠上衣，頭戴一頂天藍色的貝雷帽，雖然長相有點像街頭手風琴師身邊的猴子（她有一雙憂傷的黑眼睛和皮膚起皺的臉龐），依然格外動人。

巴比正準備開口道歉，卻突然中止。

「啊，是你呀，法蘭琪！」他說，「好久不見了。」

「啊，我也很久沒見到你了。快坐下來聊聊。」

巴比咧嘴一笑。

「我的票顏色不對。」

「那沒關係，」法蘭琪客氣地說，「我來替你付差價。」

「我的男子漢尊嚴不容你有這種想法，」巴比說，「我怎麼能讓女士為我付錢呢？」

「這是因為我們多年以來一直有緣。」法蘭琪說。

「差價我自己來付。」巴比說得像個英雄似的。

這時一個藍色的魁梧身影從走道來到車門邊。

「讓我來應付吧。」法蘭琪說。

她朝查票員優雅地微微一笑，後者接過白色車票打了個孔後，用手觸帽致意。

「瓊斯先生剛進來和我聊了一會，」她說，「這沒什麼關係吧？」

「沒關係，小姐。我希望這位先生不會在此逗留很久。」他乾咳一聲，然後意味深長地補了一句：「到達布里斯托後我再來。」

「微笑竟能發揮如此的作用？」巴比在查票員退出去後說。

法蘭琪．德溫特小姐沉思地搖搖頭。

「我不太相信是微笑的關係，」她說，「我認為這是父親每逢旅行都給每人五先令小費的習慣所致。」

「我以為你已經永遠離開威爾斯了呢，法蘭琪。」

法蘭琪嘆了口氣。

「親愛的，你明白這是怎麼回事。你知道父母有時多令人討厭。還有，浴室的設備又那麼差，無事可做，無人可以拜訪，誰願意到鄉下來逗留！他們說正在節約開支，不能走太遠。唔，那你說，一個女孩子家要怎麼辦？」

巴比搖搖頭，悲哀地體會到問題所在。

「然而，」法蘭琪繼續說，「昨晚我去參加一次聚會之後，我甚至認為家裡已經沒那麼糟了。」

「聚會上出了什麼事？」

「什麼事也沒有。就和其他聚會一樣，只是更無聊罷了。晚會是八點半在薩伏開始的。我們大約九點十五分才到。當然了，我們先和其他人鬼混一陣，但十點左右就分出身來。我們吃了晚飯，過了一會兒，去了馬里納特飯店，有謠言說那兒要被轟炸，可是什麼也沒發生，只是死氣沉沉。我們喝了一點酒，又去了布林，那兒更加死寂。後來我們到了一家咖啡館，接著又去了一家炸魚店。再後來，我們想應該去和安琪拉的叔叔吃早餐，看他是否會嚇一跳，但他沒有吃驚只是覺得煩。最後我們就發著嘶叫聲分頭回家。說實話，巴比，這不夠好玩。」

「我看是不夠。」巴比說，抑制住羨慕之情。

即使在他最狂野的時刻，他也不敢夢想成為馬里納特或布林的會員。

他與法蘭琪的關係很奇特。

孩提時代，他和兄弟們常和「城堡」裡的孩子一起玩。長大成人後，他們彼此很少碰面。見面時他們仍互稱教名。法蘭琪偶爾在家時，巴比兄弟也會去打打網球。但法蘭琪和她的兩個哥哥從未受邀到牧師公館來過。大家都心照不宣地明白那樣做不會使大家愉快。不過，打網球總是會有多一點男人，如果不互稱教名會使他們略感拘束。為了顯示人與人之間「根本沒有差別」，德溫特一家表現出的友善稍嫌太過，而瓊斯牧師一家則相反，表現得相當正經八百，好像決心不領受不應貪求的友誼。

「我對什麼事都煩透了，」法蘭琪有氣無力地說，「你不會嗎？」

巴比想了一會。

「不會，我認為我不會。」

「天哪，太棒了。」法蘭琪說。

「我倒不是說自己很熱誠，」巴比很怕自己表露出痛苦的神情。「我無法忍受熱誠的人。」

法蘭琪是僅僅聽到「熱誠」這個詞語，就感到一陣戰慄。

「我明白，」她喃喃自語道，「那種人很可怕。」

他們倆彼此同情地互瞥了一眼。

「對了，」法蘭琪突然發問，「那個摔下懸崖的人究竟是怎麼回事？」

「湯瑪士醫師和我發現了他，」巴比說，「你怎麼知道的，法蘭琪？」

「在報上看到的，你看！」

她用手指著那段文章的標題：「海霧中的致命事故」。

馬奇波慘案的死者身分昨晚因其攜帶的一張照片而被證實。照片證實是里奧·凱曼先生的夫人本人。凱曼夫人接到通知後立即趕到馬奇波，在該地指證死者是其弟亞力克·普里查。普里查先生最近從暹羅返回。他離開英格蘭已達十年，正在進行徒步旅行。驗屍審訊將於明天在馬奇波舉行。

巴比的思緒回到照片上那張令人難以忘懷的面容。

「我看我得在審訊法庭上作證。」他說。

「太刺激了！我要來聽你作證。」

「我並不認為這事有什麼刺激，」巴比說，「我們只不過是發現了他。」

「當時他死了嗎？」

「沒有，那時還沒死。大概一刻鐘以後才死的。當時就我一個人和他在一起。」

他住了口。

「太可怕了。」法蘭琪說，她有巴比的父親所缺乏的敏銳。

「當然他對什麼都沒感覺了……」

「是嗎？」

「不過仍然……唔，其實，他看起來還像活著。像那樣的人，就這麼在可笑的薄霧中失足摔下懸崖，這樣的結局真是不堪。」

「我懂你的意思，巴比。」法蘭琪說，這句奇怪的話再次讓人感受到同情和理解。

「你見過他的那位姐姐嗎？」法蘭琪馬上又問。

「沒有。我去城裡待了兩天，得去看一個我們打算一起開車行的朋友，你應該記得他，白傑．比頓。」

「我記得嗎？」

「你當然記得。你一定記得善良的老白傑。他是斜眼。」

法蘭琪皺皺眉頭。

「他老發出一種傻乎乎的笑聲，呵呵呵，就像這樣。」巴比繼續熱心地說。

法蘭琪仍然皺眉回想。

「我們小時候他從小馬上跌下來，」巴比還在說，「頭朝下栽進了泥坑，我們只得拉住他的雙腿把他拖出來。」

「哦！」法蘭琪想了很久才想起來。「我現在知道了。他口吃。」

「他現在還是這樣。」巴比自豪地說。

「他不是經營了一家養雞場，破產了嗎？」法蘭琪問。

「對。」

「後來他進一家證券交易所，一個月後就被解雇？」

「沒錯。」

「再來有人把他送到澳洲，他又回來了？」

「是的。」

「巴比，」法蘭琪說，「你沒在這項事業中投資吧？」

「我無錢可投。」巴比說。

「那就好。」法蘭琪說。

「當然，」巴比又說，「白傑是想吸引有錢人投資。但這事並非想像中那麼容易。」

「看看周圍的朋友，」法蘭琪說，「你不會覺得他們有什麼常識，但他們其實有。」

這句話的重點巴比最後終於意會了。

「聽著，法蘭琪，」他說，「白傑是個好人，非常好的人。」

「他們都是這樣。」法蘭琪說。

「他們是誰？」

「那些去了澳洲又回來的人。他開業的錢是怎麼弄來的呢？」

「他的一位姨媽或誰死了，留給他一棟可以停六輛車的車房，上面還附帶三間房間。他的家人付了一百鎊買了些二手車。說到二手車的發展潛力，你一定會感到訝異。」

「我有次買過一輛，」法蘭琪說，「那是個痛苦的話題，我們別說了。為什麼你要離開海軍？不是他們不要你了吧？你的年齡又還沒到。」

巴比的臉唰地一下紅了。

「眼睛。」他聲音沙啞地說。

「我記得你的眼睛常有毛病。」

「是呀。但我打算勉強應付過去。後來到國外服役，強烈的燈光相當傷害眼睛。所以，唉，我只得離開了。」

「真慘。」法蘭琪喃喃道，眼睛望著窗外。

談話暫停了一會。

「但是，這仍然很丟臉，」巴比突然冒出話來。「我的眼睛其實並不差，他們說不會再惡化下去了。我本來可以繼續好好服役的。」

「看起來很正常……」

法蘭琪直視巴比誠實的棕眸深處。

「所以囉，」巴比說，「我打算到白傑那裡參一腳。」

法蘭琪點點頭。

一個服務員開門說：「首輪午餐。」

「走吧。」法蘭琪說。

他們往前走到餐車廂。

巴比採取了短暫的戰略性撤退以防查票員來查。

「不希望害他良心太過不安。」他說。

但法蘭琪說她不指望查票員有什麼良心。

他們抵達西勒漢時剛好過五點，這裡正是馬奇波的車站。

「有車來接我，」法蘭琪說，「我可以載你一程。」

「多謝了。這樣省得我帶這鬼東西走兩英里。」

他狠命踢了一下自己的手提箱。

「三英里，不是兩英里。」法蘭琪說。

「如果走高爾夫球場的步道只有兩英里。」

「是那條……」

「是的，就是那個人走過頭的地方。」

「我想不是有人推他下去的吧？」法蘭琪把衣箱遞給她的貼身女僕時問道。

「把他推下去？我的天，沒有。你為什麼這麼問？」

「啊，這樣事情不是更刺激嗎？」

法蘭琪隨口一說。

04 驗屍審訊

次日，舉行了亞力克·普里查的驗屍審訊。湯瑪士醫師針對發現屍體的過程作證。

「當時還有生命跡象？」驗屍官問。

「是的，死者當時還在呼吸。然而，絕無清醒的希望。而且……」

此時醫師顯得非常專業。驗屍官適時地點撥陪審團。

「以日常用語來說就是，這個人的背脊斷了？」

「如果您想那樣說，就是這樣。」湯瑪士醫師悲哀地說。

他描述了自己怎樣離開現場去求援，及留下巴比看護那個垂死的人的情景。

「現在就這場災難的原因，湯瑪士醫師，您有何見解？」

「我應該說此事完全可能（對他的精神狀態缺乏證據，所以這樣說）在於死者不小心地越過了懸崖邊緣。當時海上起霧，而且在那個特別的位置上，小道險峭地轉向內陸。由於有霧，死者也許沒有注意到危險，一直往前走；在那種情況下，再往前走兩步就可能使他越過懸崖邊緣。」

「有什麼暴力的痕跡嗎？比如說可能有第三者涉入嗎？」

「我只能說，所有的傷勢充分說明死者的身體撞到五、六十英尺下的岩石。」

「有自殺的可能嗎？」

「當然，那完全可能。究竟是死者越過了懸崖邊緣，還是自己跳下去的，對此我無可評論。」

接著傳喚巴比．瓊斯。

巴比解釋他當時正與醫師在打高爾夫球，他擊出的球向海邊飛去。由於起了一陣霧，很難看清什麼。他認為自己聽到一聲叫喊，一時之間納悶是否他擊出的球打中沿小道而來的什麼人。然而，他斷定球不可能飛得那麼遠。

「你找到球了嗎？」

「找到了。在離小道一百碼左右的地方。」

他接著敘述了他們如何開下一輪球，他自己如何將球打進沙坑。

這時驗屍官阻止了他，因為他的證詞等於是在重複醫師的話。然而驗屍官詳細地問巴比，他是確實聽見了叫聲，還是自認為聽見了。

「那僅僅是一聲叫喊。」

「呼救的喊聲嗎？」
「哦，不是。只是一種大叫。實際上我也不大確定我聽見了。」
「是一種驚叫嗎？」
「差不多，」巴比感激地說，「就是那種某人無意被球打中時發出的叫聲。」
「或者是他以為自己走在小道上，然後一腳踩空？」
「是的。」
然後，巴比說明在醫師離開現場去求救後約五分鐘，那人實際已經死亡。他的證詞便結束了。
驗屍官此時很快地進行事證比對。
里奧．凱曼先生的夫人受到傳喚。
巴比失望地喘了口氣。死者衣袋裡那張照片上的面孔在哪裡呢？巴比不屑地想道，攝影師是最惡劣的騙子。照片顯然是多年前拍的，即使如此，也很難相信那位長著迷人大眼的美人會變成眼下這個眉毛稀疏、頭髮染過的厚臉皮女人。巴比突然覺得，歲月是件非常可怕的東西。比如說吧，法蘭琪二十年後會是什麼模樣？他微微打了個寒顫。
此時，住在派汀頓聖倫納德花園十七號的艾蜜莉．凱曼正在作證。
死者亞力克．普里查是她唯一的弟弟，她最後見到他是在慘案發生的前一天，那時他聲稱打算在威爾斯做徒步旅行。她弟弟最近才從東方返回。

「他當時看起來心情愉悅、正常嗎？」

「哦，是的。亞力克總是高高興興的。」

「據你所知，他沒什麼心事吧？」

「哦，我保證沒有。他滿心期待去旅行。」

「沒有什麼金錢方面的麻煩……或者在他近來的生活中沒有其他麻煩吧？」

「嗯，這點我實在不清楚，」凱曼夫人說，「是這樣的，他才剛剛回來，在此之前我有十年沒見過他，而且他一向不喜歡寫信。但他帶我到倫敦去看戲，去吃午飯，還送我一兩件禮物，所以我認為他並不缺錢，況且他的心情又這麼好，我看不出會有什麼事。」

「凱曼夫人，令弟從事什麼職業？」

這位女士看來有點困窘。

「哦，我不能說知道得很清楚。探勘……他是這麼稱呼的。他很少在英格蘭。」

「沒有什麼原因致使他自殺吧？」

「哦，沒有。我不相信他會這麼做。這一定是個意外事故。」

「令弟並未攜帶任何行李，甚至連個背包都沒帶，這項事實您怎麼解釋？」

「他不喜歡帶背包。他打算每隔兩天寄一次包裹。他離開前一天寄出一個包裹，裡面有隨身衣物和一雙襪子，只是他寫的地址是德比郡而不是登比郡，所以今天才寄到這裡。」

「啊！這就澄清了這個奇怪的疑點。」

凱曼夫人繼續說明，警方是如何透過弟弟那張照片上的攝影師名字才聯絡上她的，於是她和丈夫一起到馬奇波來，而且立即認出死者是她弟弟。

說完最後一句話，她就大聲吸氣，並開始痛哭起來。

驗屍官說了幾句勸慰的話，便讓她退下了。

接著，驗屍官向陪審團說明，他們的任務是陳述這個人的死因。幸運的是，此案的情況十分簡單。沒有任何跡象表明普里查先生曾經憂心忡忡或意志消沉，進而產生自殺的想法。正好相反，他身心健康，一直期望去度假。不幸的是，當海霧升至崖邊小路上時，情況很危險。大家也許都會同意他的意見，亦即是時間造成了這樁意外事故。

陪審團很快就做出了結論：「我們斷定死者的死因是由於不幸事故，我們希望在我們的意見中增加一條附款：市政廳應該立即採取措施，在小道沿著懸崖的臨海一邊修建一道圍牆或柵欄。」

驗屍官點頭批准。審訊宣布結束。

05 凱曼夫婦

約半小時後返回牧師公館時，巴比發覺他與亞力克．普里查的牽扯並未完全了結。他獲知凱曼夫婦已來拜訪他，此時正和他父親在書房裡。巴比走到書房，看見父親正勇氣十足地與他們進行得體的交談，但顯然並未樂在其中。

「啊！」他父親略感輕鬆地說，「巴比來了。」

凱曼先生起身迎接，把手伸向巴比。他身軀肥大，臉色紅潤，一副刻意表現的熱絡模樣，但一雙冷漠而略帶詭詐的眼睛戳穿了那種裝模作樣的熱心。至於凱曼夫人，雖然身穿刺眼、粗俗的服裝，但她還算有幾分動人，只是現在的她和當年照片上的模樣少有相同之處，那種沉思冥想的表情沒有留下絲毫痕跡。巴比心中細想，假若連她都認不出自己的照片，看來似乎也無人能認得出來。

「我和妻子一起來，」凱曼說，一面緊握巴比的手。「你知道，必須待在她身旁；艾蜜莉心情不好。」

凱曼夫人吸了口氣。

「我們過來看看你，」凱曼先生接著說，「你知道，我可憐的內弟死了，確切地說，是死在你的懷中。很自然，她想知道他臨終時的所有情況。」

「當然，」巴比心中有些不快。「哦，當然。」

他緊張地咧嘴一笑，立即覺察到父親的嘆息聲，那是一種基督徒聽天由命的嘆息。

「可憐的亞力克，」凱曼夫人擦擦眼睛。「好可憐的亞力克。」

「我明白，」巴比說，「太可惜了。」

他不安地扭動一下身子。

「是這樣的，」凱曼夫人滿懷希望地看著巴比。「如果他留下什麼遺言或訊息，我自然想知道。」

「哦，那當然，」巴比說，「但事實上，他什麼都沒說。」

「什麼都沒說嗎？」凱曼夫人一臉失望懷疑。

巴比感到很抱歉。

「沒有，唔，實際上什麼也沒說。」

「這樣最好，」凱曼先生嚴肅地說，「毫無知覺地逝去，沒有痛苦。唉，艾蜜莉，你得把這看作一種恩賜。」

「我想我應該這麼做，」凱曼夫人說，「你認為他沒有感覺到痛苦嗎？」

「我確信他沒有。」巴比說。

凱曼夫人又深深地嘆了口氣。

「啊，這倒是值得慶幸的事。也許我太希望他會留下一句遺言，不過我能理解這是最好不過的了。可憐的亞力克，這麼個優秀的戶外生活家。」

「是的，正是。」巴比說。

他回想起那張古銅色的面孔，深邃的藍眼睛。亞力克·普里查那種吸引人的氣質，甚至在臨死時仍然魅力十足。奇怪的是他居然是凱曼夫人的弟弟、凱曼先生的內弟。巴比覺得他的身分應該更加高貴才對。

「好了，我們欠了你一份很大的人情，真的。」凱曼夫人說。

「哦，那沒什麼。」巴比說，「我指的是，唔，很抱歉我不能再做點什麼別的，我是說……」巴比緊張得語無倫次。

「我們不會忘記這份人情。」凱曼先生說。

巴比再次感受一次那種叫人痛苦的握手。然後他接過凱曼夫人鬆軟的手握了握，牧師再次跟他們道別。巴比陪同凱曼夫婦走到門口。

「你個人從事什麼職業，年輕人？」凱曼先生問，「在家休息，是嗎？」

「我大部分的時間都在找工作，」巴比停了一會又說，「我之前在海軍服役。」

「艱難的時代，如今是個艱難的時代。」凱曼先生搖搖頭。「好吧，祝你好運，我想好運會來的。」

「非常感謝。」巴比彬彬有禮地說。

他目送他們走上長了雜草的車道。

他站在那裡陷入了沉思。各種念頭紛亂地浮上他的腦海，全是混亂的影像：照片上那個留著濃密頭髮、眼距很寬的女孩；十或十五年後凱曼夫人的濃妝豔抹，眉毛疏落，那對相距很寬的眼睛陷入肌膚的皺紋之間，活像豬眼，還有那頭刺目、染成紅棕色的頭髮。所有青春無邪的痕跡蕩然無存。可憐的人兒啊！之所以如此，也許都是因為嫁了凱曼先生這樣一個體格強健的粗人。如果她嫁給其他人，她極可能顯現優雅的老相：頭上有點灰髮，一張平滑蒼白的臉上雙眼仍然相距很寬。不過也許……

巴比嘆口氣，搖搖頭。

「這是楂糟透了的婚姻。」他臉色陰沉地說。

「你說些什麼？」

巴比回過神來，才發覺法蘭琪在身旁，他沒有聽見她走過來。

「哈囉。」他說。

「哈囉。為什麼提到婚姻？誰的？」

「我只是在對一般的現象做反思。」巴比說。

「你指的是……」
「對於婚姻的毀滅性影響。」
「誰被毀了？」
巴比解釋了一番。他發覺法蘭琪無動於衷。
「亂說，那女人和照片上一模一樣。」
「你什麼時候見過她？你去驗屍審訊了？」
「我當然在場。你覺得怎麼樣？這兒沒什麼事好做的，一場調查真是一次完美的天意。以前我從未參加過，我當時嚇得牙齒直打顫。當然，如果是樁神祕的毒殺案更好些，有化驗員的報告和諸如此類的東西。當這類無足輕重的樂趣降臨時，人實在沒必要過分嚴肅。我希望最後判定有謀殺的嫌疑，但很令人遺憾，一切似乎明白無疑。」
「你有種嗜血的天性，法蘭琪。」
「我知道。大概是隔代遺傳——這個詞怎麼說啊？我不確定——你不這麼認為嗎？我相信我身上有祖先的特徵。我在學校時的綽號叫『猴臉』。」
「猴子喜歡殺人？」巴比問。
「你簡直像個週日報紙的記者，」法蘭琪說，「我們的記者對這個論點可是求之不得。」
「你要明白，」巴比轉到原先的話題。「我不同意你對凱曼夫人的看法。她在照片上很可愛。」

「修整過的，就這麼回事。」法蘭琪打斷巴比的話。
「好吧，那麼，要是照片修整得那麼厲害，你就認不出他們是同一個人了。」
「你真無知，」法蘭琪說，「攝影師所做的一切只是攝影藝術能做到的，但我們還是看得出那是一個討厭的人。」
「我絕對不同意你的看法，」巴比冷冷地說，「不過，你在哪兒看見過這張照片？」
「在當地的《回聲晚報》上。」
「大概複製得很差。」
「我看你簡直瘋了，」法蘭琪反駁道，「竟然對一個塗脂抹粉的婊子有興趣。沒錯，我說的是婊子，就是那個凱曼。」
「法蘭琪，」巴比說，「我對你這番話感到吃驚，而且你還是在牧師公館的車道上說。這裡好歹可以說是半個聖地吧。」
「得了，別蠢了。」
談話中止了一會後，法蘭琪的怒氣突然減弱了。
「真可笑，」她說，「為了那個該死的女人爭吵。我提議打輪高爾夫，怎麼樣？」
「好的，老大。」巴比歡快地回應。
他們和睦地一起出發，談的都是諸如打左曲球、左右側擊以及如何完美吊球至果嶺之類的事情。

巴比將最近發生的慘劇完全置之腦後，直到打至第十一桿將球輕推入洞時，才突然驚叫了一聲。

「什麼事？」

「沒什麼，我只不過想起了一件事。」

「什麼事呢？」

「哦，那兩個人……就是凱曼夫婦，他們問我那傢伙臨死前是否說過什麼話，我告訴他們他什麼都沒說。」

「哦？」

「但我現在想起來，他是說了句話。」

「你今天早上實在不如平常聰明。」

「嗯，你要知道，因為那不是他們想要了解的那種事。這就是我之所以沒有想起來的原因。」

「他說了些什麼呢？」法蘭琪好奇地追問。

「他說：『他們為什麼不找伊文斯？』」

「說得真莫名其妙。還有別的嗎？」

「沒有了。他只是睜開眼睛說了那句話，很突然，接著就死了。可憐的傢伙。」

「噢，好啦，」法蘭琪心裡想了想那句話。「我看你不必擔心，這並不重要。」

「是，當然不重要。但我當時要是提到這件事就好了。你知道，我說他什麼也沒說。」

「好了，結果還不是一樣，」法蘭琪說，「我是說，這句話和那種『告訴格拉迪絲我永遠愛她』或『遺囑在胡桃木書桌裡』，或小說中任何獨特、浪漫的遺言不一樣。」

「你不認為該寫信告訴他們這件事嗎？」

「我認為不該傷這種腦筋。這句話不可能有什麼重要。」

「希望你是對的。」巴比說，重新精神飽滿地將注意力轉到打球上去。

但這件事並未真正從他心頭消失。這是件小事，卻使他煩惱不安，心裡總感到有些不舒服。他覺得法蘭琪的看法是正確的，而且合情合理：這事沒什麼大不了，讓它去好了。但他的良心不停地指責他。他說死者什麼都沒說，這不是實話。儘管這句話既無足輕重又可笑，但他還是不能對此心安理得。

那天晚上，他終究出於一時衝動，坐下來給凱曼先生寫了封信。

親愛的凱曼先生：

我剛剛才回憶起您內弟臨死前的確說過一句話。我想確切的原語是：「他們為什麼不找伊文斯？」我很抱歉上午沒有提到這件事，但當時我根本沒看重這句話，所以這句話就從我的記憶中溜走了。

您誠摯的巴比·瓊斯

第二天他收到了回信：

親愛的的瓊斯先生：

你六日寫給我的信已收悉。非常感謝你如此準確地重新提到我內弟最後的遺言，儘管這句話無足輕重。我妻子希望知道的是她弟弟給她留下什麼遺言。儘管如此，還是感謝你的一片真心。

你忠實的里奧・凱曼

巴比頓時感覺受了冷落。

06 野餐

翌日，巴比收到了一封性質完全不同的信。

所有的事都安排好了，老兄（白傑文盲似地胡亂書寫，反映出他在貴族公學所受的教育全無成效）。事實上，我昨天花了十五英鎊弄到了五輛車：一輛奧斯汀、兩輛莫里斯、兩輛路寶。目前這些車還開不動，但我相信我們一定能把它們修好。管他的，一輛車終歸是一輛車。只要載著買主回家時沒拋錨就好。只能這麼指望了。我想星期一開張，全仗你了，所以，別讓我失望好嗎，老兄？我得說，凱莉姨媽是個心胸寬大的人。有一次我打碎了她隔壁一個老朋友的窗子；因為她的貓的關係，他對她很粗魯無禮。她從沒忘記這件事，每年聖誕節都寄給我一張五英鎊的鈔票，現在又幫我忙。

我們一定會成功。這事是絕對的。我的意思是，一輛車終歸就是一輛車。你可以不花錢撿來，塗一道薄漆即可，那些大傻瓜就只會留意到這點。這買賣一定會大獲成功。別忘了，星期一。我全仗你了。

你永遠的摯友白傑

巴比告訴父親，他星期一要進城去從事一份工作，他對這項工作的描述並未引發牧師的熱情。無可諱言，牧師過去見過白傑．比頓。他只是給巴比上了一堂如何明智地不使自己為任何事負法律責任的長課。他的勸戒術語含糊，並不具財務或商務上的權威性，但含義明白無誤。

那個星期三，巴比收到了另外一封信，信是用外文斜體字寫的，內容使這位青年大吃一驚。

這封信來自布宜諾斯艾利斯的「亨里克和達洛公司」。信寫得簡明扼要，該公司提供巴比一份年薪一千英鎊的工作。

剛開始一兩分鐘，巴比心想自己一定是在做夢。一年一千英鎊！他重新仔細地看一遍。信中提到該公司偏好退役海軍，並暗示巴比的名字是某人（沒寫出名字）推薦的。受職必須迅速，巴比必須做好準備，一週內動身前往布宜諾斯艾利斯。

「唉，見鬼了！」巴比大嘆倒楣地發洩自己的感情。

「巴比！」

「對不起，爸爸。我忘了你在這兒。」

牧師清了清嗓子說：「我想向你指出……」

巴比意識到這番過程一定很長，要盡全力避免。他直截了當地說了一句：「有人給我年薪一千英鎊。」

牧師的嘴半開半合，一時啞口無言。

巴比心滿意足地想道，這正好打岔了他的思路。

「親愛的巴比，你是說，有人提供你年薪一千英鎊？一千英鎊？」

「一桿入洞，爸爸。」巴比說。

「這不可能。」牧師說。

巴比沒被這坦率的懷疑所傷害。他對自己的身價與父親的估計有所不同。

「他們一定是大笨蛋。」他欣然應和。

「誰……那些人是什麼人？」

巴比把信遞給他。牧師摸索著夾鼻眼鏡，疑惑地盯著信看，看完又細讀了兩遍。

「太不可思議了。」最後他才說，「太不可思議了。」

「一群瘋子。」巴比說。

「啊！我的孩子，」牧師說，「總而言之，做一個英國人是了不起的。誠實，就是我們代表的形象。海軍已將這個觀念傳播到全世界。英國人說話算話！南美國家的公司意識到某個年輕人的價值，他的正直不可動搖，他的雇主堅信他的忠誠。你永遠可以信任一個英國人，他們做事光明正大……」

「而且行為正直。」巴比說。

牧師狐疑地看著兒子。這個句子事實上已經湧到他的嘴邊，非常精采的一句，但巴比的某種口氣使他感到不太真誠。

然而，這個小夥子顯得十分嚴肅。

「不過呢，爸爸，」他說，「為什麼是我呢？」

「你是什麼意思，為什麼是你？」

「英格蘭有許多英國人，」巴比說，「散發著光明正大的特質而且熱誠十足。但為什麼偏偏選上我呢？」

「也許你過去的指揮官推薦了你。」

「是的，我想是的。」巴比其實並不相信這種說法。「這無關緊要。總之，我不能接受這份工作。」

「不能接受？親愛的孩子，你這是什麼意思？」

「哎，我的工作已經安排好了。和白傑一起打拚。」

「白傑？白傑．比頓？荒唐，我親愛的孩子，這事得慎重啊。」

「我承認這事有點難。」巴比嘆口氣。

「你和小比頓的幼稚約定一刻也不算數。」

「這事對我很重要。」

「小比頓毫無責任感。我聽說，他是他父母的超級大麻煩，而且也花了他們很多錢。」

「他運氣不好。白傑絕對靠得住。」

「運氣，運氣！我得說那小夥子這輩子不會有出息。」

「這話不對，爸爸。唉，他過去常常早上五點就起床去餵那些討厭的小雞。就算牠們後來全都死了或怎麼了，那也不是他的錯。」

「我根本不贊成開車行這項計畫，簡直是胡鬧。你必須放棄這件事。」

「不能，先生。我已經答應了。我不能讓白傑失望，他很依賴我呢。」

談論繼續進行下去。牧師基於對白傑的偏見，實在無法認同巴比應該履行對那個小夥子所做的承諾。他認為巴比冥頑不化，居然下決心不惜代價夥同一個更差勁的朋友去過東遊西蕩的生活。另一方的巴比卻毫無創見，只會呆頭呆腦地一個勁說他「不能讓白傑失望」。牧師最終氣沖沖地離開了房間。於是巴比立刻坐下來給亨里克和達洛公司寫信，拒絕他們提供的美差。

他邊嘆氣邊寫。他放棄了這個千載難逢的機會，但他明白自己沒有選擇的餘地。

後來，在高爾夫球場上，他把這事對法蘭琪說了。她聽得很專注。

「你原來可能會去南美，是嗎？」她問。

「是的。」

「你想去嗎？」

「想呀，為什麼不想呢？」

法蘭琪嘆了口氣。

「不管怎麼說，」她斷然說道，「我認為你做得很對。」

「你是說對白傑？」

「是的。」

「我不能讓這怪小子失望，對吧？」

「是不能，但要當心你口中的這個怪小子，別讓他害你陷入麻煩。」

「噢！我會當心的。總之，我不會有事的。我沒有什麼財產。」

「那一定相當好玩。」

「為什麼？」

「我不知道為什麼。感覺更完美、更加自在、更加沒責任。話雖這麼說，說到這個問題，我認為我也沒機會得到什麼財產。我是說，父親給我零用錢，我有許多房子可以住，有很多衣服和女僕，不少名貴的家藏珠寶，在商店有大量的購物賒款優惠，但這些全是家裡的，不是我的。」

「不是。不過……」巴比停下來。

「噢，我知道，這和你的情況完全不同。」

「是的，」巴比說，「完全不同。」他突然感到非常沮喪。

他們默默地走到下一個球座前。

「明天我要進城。」巴比把球放上球座時，法蘭琪說。

「明天？哦，我正打算邀請你來野餐呢。」

「我很樂意。但事情已安排好了。父親的痛風又發作了。」

「你應該留下來服侍他。」巴比說。

「他不喜歡讓人服侍，說會煩死他。他最喜歡我們那個二級男僕，這位男僕人很和善，而且不在乎別人把東西扔在他身上，也不在乎別人叫他該死的傻瓜。」

巴比發了個削頂球，球緩緩陷入沙坑。

「運氣不好。」法蘭琪說。

她開出一個漂亮的直擊球，球飛越過了沙坑。

「對了，」她又說，「我們可以在倫敦一起玩玩。你很快就會去嗎？」

「星期一。不過，唔，這不好吧，啊？」

「不好……你這話什麼意思？」

「哦，我是說，我是個兼職的技工，我是說……」

「即便那樣，」法蘭琪說，「你還是可以跟我另外一些朋友一樣，出席雞尾酒會，喝得醉醺醺的。」

巴比搖搖頭。

「如果你喜歡，我為你舉辦一次啤酒香腸派對。」法蘭琪給巴比鼓勵。

「哦，聽著，法蘭琪，這有什麼用呢？我是說，你不能把身分不同的人混雜在一起。你的那些朋友與我的朋友身分完全不同。」

「你在裝糊塗。」

「我向你保證，」法蘭琪說，「我的朋友各種身分都有。」

「如果你願意，可以帶白傑來——看在你的面子上。」

「你對白傑有某種偏見。」

「可能是因為他口吃。口吃的人總是弄得我也口吃。」

「聽我說，法蘭琪，這沒用，而且你也明白這點。這兒還不錯，雖然沒有多少事可做，但我認為有事做總比沒事做好。我是說，你對我總是相當親切，我很感激。但我知道我只是個無名小卒……我是說……」

「等你把你的自卑情結表達完事後，」法蘭琪冷冰冰地說，「記得要用鐵桿大力把球弄出沙坑，不要用輕擊桿。」

「我已……哎喲！該死！」

他將輕擊桿重新放回球袋裡，抽出鐵桿。他連續五次擊球，法蘭琪幸災樂禍地在一旁注視著。他們周圍沙土飛揚。

「到你的洞了。」巴比撿起球。

「我想是的，」法蘭琪說，「這樣我們就平手了。」

「我們再打附加賽嗎？」

「不，不了。我還有很多事呢。」

「是呀，我想也是。」

他們一起默默地走到俱樂部去。

「好了，」法蘭琪伸出手來。「再見，親愛的。我在這兒的期間，有你來打發時間，真是太棒了。也許，等我沒什麼更好的事做時，我們再見面吧。」

「聽我說，法蘭琪……」

「也許你會紆尊參加我的小販聚會。我相信你可以在伍爾沃思百貨公司[1]買到便宜的珍珠鈕釦。」

「法蘭琪……」

他的話音被法蘭琪發動賓利車的引擎聲淹沒。法蘭琪揮揮手，驅車而去。

1　伍爾沃斯百貨公司（Woolworth's），大型連鎖百貨公司，在英國多數城鎮都有分店。

「該死！」巴比發自內心罵了一聲。

他認為法蘭琪的行為太蠻橫了。也許他自己處事不圓滑，不過，管他的，他說的話相當真誠。

但是，也許，他不該說這番話。

後來的三天顯得特別漫長。

牧師因為喉嚨痛，迫使他說起話來有如耳語一般。他很少開口說話，而且顯然發揮了基督徒所應具有的忍耐美德在忍受自己的四子。他引用一兩次莎士比亞的話，大意是毒蛇的牙齒等等。

星期六，巴比覺得自己再也不能忍受家庭生活的羈絆。他請與丈夫一起「管理」牧師公館的羅伯茨太太給他一包三明治，加上他在馬奇波買的一瓶啤酒，就動身出發去做一次單人野餐。

幾天來，因法蘭琪不在，巴比感到心煩意亂。而這些老一輩的人又讓人受不了，老是嘮叨個沒完。

巴比伸開四肢躺在長滿歐洲蕨的山坡上，暗自斟酌是先吃午餐後睡覺，還是先睡覺後吃午餐。正當他左思右想之際，竟不知不覺地睡著了。

他醒來時居然已經下午三點半了！巴比想到父親會以怎樣的方式來糾正這種打發日子的態度時，不禁咧嘴一笑。穿越村子，進行一次十二英里左右的絕妙步行，一個身體健康的年輕人就該這樣做。這使人不免想起一句名言：「我想，我已經掙得了午餐。」

真蠢，巴比想道，為什麼要靠走一大段你並不想要走的路來掙午餐呢？這其中有什麼價值？如果你喜歡步行，那純粹是個人嗜好；如果你不愛步行，卻還要去步行，那你就是個傻瓜。

於是，他開始享用他那份不勞而獲的午餐，吃得津津有味。他心滿意足地嘆口氣，扭開了啤酒瓶。酒味苦得有點怪，但令人感到神清氣爽……

他又躺下來，把空酒瓶扔進一叢石南屬植物中。

懶洋洋地躺在這兒，他感覺像神仙一樣。「世界就在他的腳下」。一句名言，卻是一句精采的名言。他凡事都做得到，只要他盡力而為！偉大的鴻圖和壯志一一掠過他的心頭。

隨後，他又睡著了。睡魔襲擊了他。

他睡了……

睡得很沉、睡得不省人事……

07 死裡逃生

法蘭琪把她那輛綠色大型賓利停在一棟舊式大屋前的路基石旁，這棟房子的門上寫著「聖阿薩夫醫院」。

法蘭琪跳下車，轉身取出一大束百合花，接著按響了門鈴。一個身著護士裝的女人開了門。

「我能見見瓊斯先生嗎？」法蘭琪問。

護士帶著強烈的興趣看了看那輛賓利、百合花和法蘭琪。

「要我通報什麼姓名？」

「法蘭琪・德溫特小姐。」

護士一陣激動。據她判斷，她的病人起床了。她帶法蘭琪上樓，進了二樓的一個房間。

「有人來探視你，瓊斯先生。你猜猜看會是誰？對你來說會是一個驚喜喔。」

所有這些都是療養院的「靈巧」伎倆。

「天哪！」巴比非常驚奇地叫道，「居然是法蘭琪呀！」

「你好，巴比，我帶的花很常見，稍微會讓人聯想到墓園，但我選擇有限。」

「噢，法蘭琪小姐，」護士說，「這些花很可愛。我去把它們放進水中。」

她離開了房間。

法蘭琪坐在一張探病者專用的椅子上。

「好了，巴比，」她說，「這究竟是怎麼回事？」

「你問得好，」巴比說，「我成了這裡的鋒頭人物了。八粒嗎啡，至少。他們正準備把我寫進《刺胳針》[2]雜誌和《BMJ》。」

「《BMJ》是什麼？」法蘭琪打斷了巴比。

「《英國醫學雜誌》。」

「好極了。繼續說下去吧。」

「你知道嗎，我的女孩，半粒嗎啡就能致人死命，我應該死上大概十六遍了。也有過吃上十六粒嗎啡後恢復知覺的案例，不過呢，吃了八粒也算挺厲害了，你不這麼認為嗎？我成

2 《刺胳針》（*The Lancet*），英國醫學週刊，一八二三年創刊。

了這個地方的英雄。以前，他們從未處理過像我這樣的病例。」

「對他們來說太美妙了。」

「可不是嗎?給了他們和病人聊天的話題。」

護士又進房來，把百合花插在花瓶裡。

「確實是這樣，不是嗎，護士?」巴比問，「你們從未碰過像我這樣的病例吧?」

「哦!你根本不該到這兒來，」護士說，「你應該在教堂的墓地裡。他們說，好人不長命。」

她為自己這番妙語吃吃地笑起來，接著走了出去。

「就是這樣，」巴比說，「你等著看，我會在整個英格蘭遠近馳名。」

他滔滔不絕地說著，上次見到法蘭琪時表露的自卑情結完全無影無蹤。他以一種堅定又愉悅的口吻敘述病情的每個細節。

「夠了，」法蘭琪阻止他說下去。「我不在乎胃唧筒可不可怕。聽你說來說去，會讓人以為從前沒人中過毒。」

「很少有人吞下八粒嗎啡後還能好起來，」巴比說，「算了，你無法體會。」

「給你下毒的人一定很想吐血。」法蘭琪說。

「我知道，白白浪費了頂級的嗎啡。」

「嗎啡放在啤酒裡，是吧?」

「是的。是這樣，有人發現我睡得像個死人，試圖喚醒我但辦不到。後來他們嚇壞了，把我送到一個農舍，請來醫師⋯⋯」

「後半部我都知道了。」法蘭琪連忙說。

「起初他們認為是我自己刻意吃了嗎啡，後來他們聽了我的敘述後，就出去找啤酒瓶，在我扔瓶子的地方找到了，還進行了化驗。瓶裡的剩餘物顯然足夠化驗。」

「找不到嗎啡怎樣放進瓶子去的線索嗎？」

「是呀。他們查問了我買酒的酒吧，打開了其他酒瓶，但全都沒問題。」

「一定是有人在你睡著的時候把嗎啡放進酒瓶裡去。」

「沒錯。我記得瓶頂的封紙貼得不很緊。」

法蘭琪若有所思地點點頭。

「好吧，」她說，「這表示那天我在火車上說的話完全正確。」

「你說了什麼？」

「那個叫普里查的人是被推下懸崖的。」

「那不是在火車上，你是在月台上說的。」巴比有氣無力地說。

「沒差。」

「但為什麼⋯⋯」

「親愛的，這很明顯。為什麼有人想殺掉你？你又不是一筆財產或什麼的繼承人。」

「說不定是呢。也許哪個我沒有聽說過的紐西蘭或是哪裡的大姨媽，會把她所有的錢留給我。」

「胡說八道。不認識就不會留。如果她不認識你，怎麼會把錢留給一個排行第四的外甥呢?唉，在這個生活艱難的時代，就連神職人員都不該生下第四個兒子！不，很清楚，沒人會因你的死亡得到好處，所以這點要排除在外。那麼只可能是報復了。你沒有勾引過某位化學家的女兒吧？」

「沒這種事。」巴比義正辭嚴地說。

「我明白了。勾引得太多就記不起來。不過，我冒昧地說一句，你倒是從來沒有勾引過什麼人。」

「你說得我臉都紅了，法蘭琪。話說回來，為什麼是化學家的女兒呢？」

「便於取得嗎啡。因為弄到嗎啡並非那麼容易。」

「得了，我沒有勾引過化學家的女兒。」

「據你所知，你沒有和別人結過仇吧？」

巴比搖搖頭。

「啊，那就對了，」法蘭琪得意洋洋地說，「一定和那個被推下懸崖的人有關。警方怎麼認為？」

「他們認為一定是個瘋子幹的。」

「荒唐。瘋子才不會帶著這麼多嗎啡到處遊蕩，然後找個殘留的啤酒瓶把嗎啡放進去。不會這樣。是有人把普里查推下懸崖，一兩分鐘後你走過來了，他認為你看見了他做的事，於是決定殺人滅口。」

「我看這種說法靠不住，法蘭琪。」

「為什麼靠不住？」

「唔，從一開始，我就什麼也沒看見。」

「沒錯，但他不知道這一點。」

「如果我看見了什麼，早就在驗屍審訊上說出來了。」

「我想也是。」法蘭琪不太甘願地說。

她思索了一兩分鐘。

「也許他認為你看見了你並不認為重要的事，但此事至關重要。聽起來有點顛三倒四，可是你理解這意思吧？」

巴比點點頭。

「是的，我明白你的意思，不過這看來很不可能。」

「我保證懸崖事件與這件事有關。你在現場，是到達那兒的第一個人……」

「湯瑪士也在場，」巴比提醒法蘭琪。「但沒人想要毒死他。」

「也許他們正打算下手，」法蘭琪興奮地說，「也許他們試過，但失敗了。」

「這樣說太過牽強。」

「我認為符合邏輯。如果你在馬奇波這種一潭死水的地方碰上兩件異常的事……等等，還有第三件。」

「什麼事？」

「向你提供工作的事。當然，這是件小事，但你必須承認，它實在很奇怪。我從來沒聽說過哪家外國公司會徵求並不出名的前海軍軍官。」

「你說我不出名？」

「那時你還沒被寫進《BMJ》。但你明白我的觀點。你看見了你並不認為看見了的東西……反正他們——不管是什麼人——大概是這樣認為。好了，他們先試著提供一份到國外工作的機會來擺脫你。此事不成，他們乾脆下手幹掉你。」

「這不是太大膽了嗎？不管怎麼說，這是在冒極大的危險呀！」

「唉！殺人者總是魯莽得要命。他們殺得愈多就愈想殺。」

「像《第三滴血跡》。」巴比想起一本他最愛讀的小說。

「是的，在實際生活中也是如此，阿貓和他的妻子，阿狗和所有的人。」

「少扯了，法蘭琪。但究竟別人認為我看見了什麼呢？」

「當然，這就難說了，」法蘭琪承認道，「我猜他們一定不是認為你親眼目睹了推人的動作，因為你若目擊了，一定會把這件事說出去。這一定與死者本人有關。也許他有胎記、連指或某些異常的生理特徵。」

「我看你一定是想到宋戴克醫師[3]身上去了。不可能是那麼回事，因為無論我看見了什麼，警方也會看見。」

「說的也是。這個說法是蠢。這事挺詭異的，對吧？」

「不過這種推測倒很令人滿足，」巴比說，「使我感覺自己很重要。但是呢，我仍然認為這只是個推測罷了。」

「我堅信我是對的，」法蘭琪站起來。「我該走了，明天我再來看你好嗎？」

「哦！來吧。護士們淘氣的饒舌好單調乏味。對了，你一早就從倫敦回來了？」

「親愛的，我一聽到你的消息，就飛快地趕回來。有個中毒得挺浪漫的朋友，太令人興奮了。」

「我不知道嗎啡是不是有那麼浪漫。」巴比提醒法蘭琪說。

「好吧，我明天來。吻你一下，還是不要？」

「不會傳染的。」巴比鼓勵道。

3 宋戴克醫師（Dr. Thorndyke）是英國推理作家傅里曼（R. Austin Freeman, 1862-1943）筆下的名探，擅長以科學證據破案聞名。

「那麼我就完善地履行對一個病人的職責。」
她輕輕吻了巴比一下。
「明天見。」
法蘭琪出去時，護士正端著巴比的茶進來。
「我常在報紙上看到她的照片，可是她本人和照片不太像。當然啦，我看過她開著車，但從未這麼近的看過她。她一點也不傲慢，對吧？」
「噢，一點也不！」巴比說，「我從不認為法蘭琪傲慢。」
「我跟護士長說了，我說她平易近人，一點也不自以為了不起。我跟護士長說，我說她就和你我一樣。」
巴比以無言的沉默來表示異議。護士見他缺乏回應，便大失所望地離開了，留下巴比在那兒想心事。
他喝完了茶，然後反覆思索法蘭琪那番驚人的推論，最後勉強決定全盤否定。於是他另尋消遣。
他的目光被那瓶百合花所吸引。法蘭琪貼心地給他帶來了這些花。當然花很美，但他其實只希望她給他帶幾本偵探小說來就好了。他的目光轉向身旁的桌子。桌上有一部魏妲[4]的小說、一本《約翰·哈利法斯紳士》[5]及上週的《馬奇波週報》。
他拿起了《約翰·哈利法斯紳士》。五分鐘後，放下了這本書。對一個喜歡《第三點血跡》、《謀殺檔案》、《佛羅倫斯匕首奇遇記》的人來說，《約翰．哈利法斯紳士》實在不夠刺激。

他嘆了口氣，拿起上週的《馬奇波週報》。

不一會兒，他使勁按響了枕下的召喚鈴，一個護士匆匆跑進來。

「出什麼事了，瓊斯先生？你不舒服嗎？」

「打個電話到『城堡』去，」巴比叫道，「告訴法蘭琪小姐馬上到這兒來。」

「哦，瓊斯先生，你不能捎這種口信。」

「我不能？」巴比說，「如果我能從這該死的床上起來，你馬上就知道我能還是不能。就這樣，你得幫我辦這件事。」

「但她不可能趕得來的。」

「你不知道她那輛賓利。」

「她還沒喝完午茶呢。」

「你聽好，乖女孩，」巴比說，「別站在這兒和我爭論，照我說的去打電話，告訴她必

4 魏妲（Ouida, 1839-1908），英國女小說家，一生共創作四十餘部小說，以羅曼史居多。

5 《約翰．哈利法斯紳士》（*John Halifax, Gentleman*），美國作家迪娜．克萊克（Dinah Craik, 1826-1887）的作品。

須馬上來，因為我有很重要的事跟她說。」

護士屈服但很不樂意地去了。她對巴比的口信稍微加油添醋了一些。如果法蘭琪小姐沒什麼不方便的話，瓊斯先生不知她是否在意過來一下，他有一些話要對她說。當然，無論如何不會讓法蘭琪小姐為難。

法蘭琪小姐簡單地回答說馬上就來。

「她一定是愛上他了！」護士對同事們說，「就這麼回事。」

法蘭琪極度興奮地趕到了。

「這種追魂令是什麼意思？」她追問道。

巴比坐在床上，兩頰通紅，手裡揮動著那張《馬奇波週報》。

「看這兒，法蘭琪。」

法蘭琪看了後哼了一聲。巴比說：「這就是你說過的那張照片，當時你說照片是修整過的，但很像凱曼夫人。」

巴比指著一張翻拍得模模糊糊的照片，照片下寫著：「從死者身上發現並證實其身分的照片。艾蜜莉．凱曼夫人，死者的姐姐。」

「我是這樣說過，照片也沒錯。我看不出其中有什麼值得嚷嚷的地方。」

「我也看不出。」

「但你說……」

「我知道我說什麼，法蘭琪，」巴比的聲調突然變得非常沉重。「但這不是我放回死者口袋的那張照片……」

他們倆四目相視。

「如果是這樣的話……」巴比緩緩開口。

「必定有兩張照片……」

「那不就……」

「或者……」

他們倆同時停了下來。

「那個人……他叫什麼名字？」法蘭琪問。

「巴辛頓范奇！」巴比說。

「我敢肯定是他！」

08 照片之謎

他們相互凝視了一會，同時盡量使自己適應這突變的情況。

「不可能是別人，」巴比說，「他是唯一有這種機會的人。」

「除非如我們說的，有兩張照片。」

「我們都一致認為兩張照片不是同一個人。如果有兩張照片，他們會用兩張照片來力證死者的身分，而不是只用一張。」

「不管是幾張，這事很容易弄明白，」法蘭琪說，「我們可以問警方。目前，我們假定只有一張照片，就是你看過之後放回他口袋的那張。你離開他時，照片仍在他身上。但警方來時，那張照片竟不見了，所以唯一能拿走那張照片並換上另一張照片的人，只有巴辛頓范奇。他長什麼樣子，巴比？」

巴比皺著眉盡力回憶。

「一種不好形容的人。聲音很悅耳，風度翩翩……我真的沒有特別注意他。他說他在這兒是個外人，是來找房子什麼的。」

「好歹我們可以證實這件事，」法蘭琪說，「『惠勒和奧恩』是這裡唯一的一家房屋仲介商。」她突然戰慄了一下，「巴比，你想過沒有，如果普里查真是被人推下去的，巴辛頓范奇必定就是凶手……」

「那太可怕了，」巴比說，「他看起來是個非常和善的人。不過你知道，法蘭琪，我們還不能肯定死者真是被人推下去的。那只是你老往那方面想。」

「不，我只是希望事情是那麼回事，因為這可以使案情更加聳動。而且現在我的推測被證實了幾分。如果真是謀殺案，那這一切就符合邏輯了。你出乎意料地打亂了凶手的計畫。你發現了照片，因此他們務必要除掉你。」

「這說法有個漏洞。」巴比說。

「誰說的？你是唯一見過那張照片的人。而巴辛頓范奇留下來單獨和死者在一起時，換走了你見過的那張照片。」

但巴比仍在搖頭。

「不，不會是這樣。現在，讓我們假定那張照片正如你所說的非常重要，以致非得『幹掉』我不可。這雖然聽起來荒唐，但我認為還是有可能。好吧，那麼，無論他們準備做什麼一定得馬上做。但是我去了倫敦，而且因此沒看到登了這張照片的《馬奇波週報》和其他報紙，這事純屬巧合，沒人算得到這一點。比較可能的是，我應該看到報紙後馬上說：『這不是我見過的那張照片。』我何必要等到驗屍審訊之後所有問題都有所定論了才說呢？」

「這裡面是有名堂。」法蘭琪承認道。

「而且還有一點，當然，我也沒有絕對把握，但我幾乎可以斷言，在我把照片放回死者的口袋時，巴辛頓范奇並不在現場。他是五分鐘或十分鐘後才到的。」

「也許他一直在監視你的行動。」法蘭琪辯道。

「我看不出他怎麼監視，」巴比把話說得很慢。「從上面能往下看到我們的位置的地方只有一個。再遠一點，懸崖就陡然凸起，隨即往下延伸，根本看不到什麼。只有那麼一個地方，所以巴辛頓范奇一到，我馬上就聽見了他的聲音。因為腳步聲傳到了下面，所以他也許就近在咫尺，但我敢斷定，他不可能看得見。」

「所以你認為他不知道你看見照片的事？」

「我看不出他怎麼會知道。」

「他不必擔心你看見他做的事……我是指謀殺，因為照你所說，那很荒唐。你絕不會對此保持沉默。這事想來必定別有蹊蹺。」

「只不過我看不出究竟是怎麼回事。」

「驗屍審訊之後，他們才知道了一些情況。我不明白為什麼我會說『他們』。」

「有何不對？凱曼夫婦一定也參與了此案。可能是個犯罪集團。我喜歡犯罪集團。」

「你的品味太低了，」法蘭琪心神不定。「一個單槍匹馬的凶手才算高桿。巴比！」

「啊？」

「普里查死之前說的是什麼？你那天在高爾夫球場給我說過的，你知道，就是那個奇怪的問題？」

「『他們為什麼不找伊文斯？』」

「對。這會不會就是關鍵？」

「這太荒謬了。」

「聽起來是荒謬，但這句話也許很重要。巴比，我確信它就是關鍵。哦，不，我真蠢，你沒把這句話告訴凱曼夫婦吧？」

「事實上我告訴他們了。」巴比慢吞吞地說。

「你說了？」

「是的。那天晚上我給他們寫了封信。當然了，我說這句話大概不十分重要。」

「後來呢？」

「凱曼回了信，自然是有禮貌地贊同說這句話沒什麼意義，但對我的費心表示感謝。我覺得很不是滋味。」

「兩天後，你又收到了那封陌生公司的來信，誘惑你去南美？」

「對。」

「夠了，」法蘭琪說，「我不明白你還想了解什麼情況。他們先試了一下，你沒理睬；下一步他們跟蹤你，抓住一次良機，放了一堆嗎啡到你的啤酒裡。」

「這麼說，凱曼夫婦真的涉及此案？」

「當然啊！」

「是呀，」巴比若有所思地說，「如果你的推論是正確的，那他們一定參與了這事。按照我們目前的推測，事情是這樣進行的：死者X假定被B——請原諒我用這些字母表示——推下懸崖。重要的是X不能讓人證實身分，所以有人把C夫人的照片放進死者的口袋，取走了那位不知名女士的照片，我不知道她是什麼人。」

「抓住要點！」法蘭琪厲聲說道。

「C夫人等照片公布後，就以悲痛欲絕的姐姐身分出現，證實了X是其從國外回來的弟弟。」

「你不相信他是她弟弟？」

「根本不信！你要明白，這件事一直使我很困惑。凱曼夫婦和死者根本不是同一個階層。死者呢……唔，這話說來不太得宜，聽起來很像那些英裔印度遺老會說的話……死者是上等的歐洲紳士。」

「而凱曼夫婦明顯不是？」

「再明顯不過了。」

「那麼，從凱曼夫婦的觀點來看，所有的事都進展得很順利：他們成功地證實了死者的身分，本案以意外事故致死下定論，可謂花園裡百花齊放……但你竟一下子插進來把事情攪亂了。」法蘭琪沉思地說。

「『他們為什麼不找伊文斯？』」巴比思緒重重地重述了這句話。「其實呀，我看不出其中有什麼好讓人大驚小怪的。」

「唉！那是因為你不知道。這就像玩拼字遊戲似的。你寫下一條線索，你以為簡單得要命，人人都會馬上猜出來。可是當你發現他們一點都不能領會時，你又會詫異得不得了。對他們來說，『他們為什麼不找伊文斯？』一定是句意義非同小可的話，他們不知道這句話對你來說毫無意義。」

「蠢斃了。」

「就是啊。不過很可能他們認為普里查如果說過這句話，那他也許還說過其他的話，而你在適當的時候會突然回想起來。總之，他們只有冒險一試，你一定要被除掉。」

「他們冒了很大的風險。為什麼他們不再策畫另一樁『意外事故』呢？」

「不，不，那樣太愚蠢了。一週之內分別出了兩樁事故？那極可能暗示兩者之間有關係，如此一來人們就會開始調查第一樁。不，他們那種簡單的魯莽才是真正的高招。」

「還有，你剛才說嗎啡不容易弄到手。」

「也不是辦不到。你得在毒物登記簿或文件上簽名。哦！當然這是一條線索。下手的人有門路拿到嗎啡。」
「那有醫師、護士或者化學家。」巴比連忙提示。
「唔，我覺得比較可能是非法進口的毒品。」
「你不能把一堆不同的犯罪勾當混在一起。」巴比說。
「其實呀，重點是找不到動機。如果你死了對誰都沒好處。那麼警方會怎麼看？」
「瘋子幹的，」巴比說，「他們確實這麼想。」
「你明白了嗎？這其實簡單得要命，真的。」
巴比突然大笑起來。
「什麼事那麼好笑？」
「想想他們是何等的懊惱！所有那些嗎啡，足夠殺死五、六個人了，而我卻仍然活蹦亂跳。」
「這是生命中難以預料的小小嘲弄。」法蘭琪贊同道。
「問題是，我們下一步該怎麼辦？」巴比問。
「嘿，要做的事多著呢。」法蘭琪答得很快。
「比如……」
「唔，弄清楚那張照片僅僅只有一張，不是兩張。還要弄明白巴辛頓范奇找房子的事。」
「這事大概很正常，而且光明正大。」

「你為什麼這樣說呢？」

「法蘭琪，你想想，巴辛頓范奇必須不受懷疑。他必須清清白白、光明正大。他不僅一定在各方面和死者無關，而且絕對有正當理由來這兒。當時他或許是一時興起想要找個房子，但我敢打賭他也進行了。不能有『神祕陌生人在出事現場附近被人看見』這種傳言。我猜想『巴辛頓范奇』應該是他本人的名字，而且他會是被排除嫌疑的那種人。」

「說得對，」法蘭琪沉思地說，「這是個非常正確的推斷。巴辛頓范奇與亞力克·普里查不可能聯繫在一起。既然如此，如果我們知道死者真正的身分……」

「哎呀，那事情也許就完全不同了。」

「所以說，對他們而言，最重要的是屍體不能被認出來，於是所有的凱曼們紛紛改頭換面，當然這樣做風險很大。」

「你忘了，凱曼夫人立刻就證實了死者的身分。自那以後，即便他的照片已在報紙上登過，你也知道那些東西是何等的模糊不清，人們只會說：『怪了，這個從懸崖上摔下去的普里查長得還真像X先生。』」

「絕對不只如此，」法蘭琪反應極快地說，「X必定是不會輕易失蹤的人。我是說，他不可能是那種有妻子或親戚會馬上去報案失蹤的男人。」

「說得沒錯，法蘭琪。不，他一定是剛剛出國或者剛剛回來——他的皮膚曬得很黑，像個擅長大型狩獵的獵人，他看起來像那種人——他不可能有知道他行蹤的近親。」

「我們做的推論真漂亮，」法蘭琪說，「希望我們沒推錯。」

「很可能，」巴比說，「不過我認為到現在為止，我們所說的姑且算是合理……假設這是個荒誕不經的事件的話。」

法蘭琪隨手一揮，不理會這句「荒誕不經」的說詞。

「關鍵是下一步的做法。我看，我們有三個攻擊角度。」

「說下去，福爾摩斯。」

「第一就是你。他們已經試圖要你的命，下了一次手了。他們大概還會再試。這次我們也許可以使用所謂的『姜太公釣魚』。我是說，用你來作為誘餌。」

「不勞你的駕了，法蘭琪。」巴比動情地說，「這次我算是很僥倖，但如果他們下次改用鈍器來攻擊，我就不可能再這麼幸運了。我考慮要做些萬全措施來保護自己。所以，誘餌的主意你趁早打消。」

「我就怕你會這麼說，」法蘭琪嘆了口氣。「現在的年輕人頹廢得可悲，我父親就是這麼說的，他們不再安於生活動盪，不願去做那些既危險又刺激的事。真遺憾哪！」

「大大的遺憾，」巴比的語氣很堅決。「戰役的第二方案是什麼呢？」

「從『他們為什麼不找伊文斯』這句話入手，」法蘭琪說，「假定死者來這兒看望伊文斯……且不管伊文斯是什麼人。所以如果我們能找到伊文斯……」

巴比打斷她的話說：「你認為馬奇波會有多少個伊文斯？」

「我看有七百個吧。」法蘭琪承認道。

「那是至少！我們也許可以做做看，但我相當懷疑成效如何。」

「我們列出所有叫伊文斯的人，再拜訪那些最符合條件的人。」

「然後問他們什麼問題呢？」

「這就難了。」法蘭琪說。

「我們需要知道得再多一些才行，」巴比說，「那樣的話，你這個主意可能會有用。第三號計畫是什麼？」

「找到那個叫巴辛頓范奇的人。我們已經掌握了某些確鑿的事實：這不是普通的姓氏。我去問問父親，他知道郡裡所有家族的姓氏以及各個支系。」

「對，」巴比說，「我們可以那麼做。」

「總之，我們是真的要做點什麼吧？」

「當然要。你以為我被人家下了八粒嗎啡之後還能坐視不管嗎？」

「真是氣概非凡。」法蘭琪說。

「除此之外，」巴比說，「我還要洗刷胃唧筒的侮辱。」

「夠了，」法蘭琪說，「如果我不阻止你說下去，你又要開始病態、噁心起來了。」

「你簡直沒有半點女人真誠的同情心。」

09 巴辛頓范奇

法蘭琪分秒必爭地著手進行計畫。當天晚上，她就向父親進攻。

「爸爸，」她說，「你認識任何叫巴辛頓范奇的人嗎？」

馬欽頓伯爵正在讀一篇政論文章，沒有完全聽清楚問話。

「這不關法國人和美國人的事，」他激動地說，「這些個愚蠢透頂的會議，浪費國民的時間和金錢……」

伯爵的話語猶如一輛沿著習慣路線奔馳的列車般一瀉千里，而且也是一路如列車到站後才停了下來，此時法蘭琪的思緒才轉過來。

「我問的是巴辛頓范奇家族。」法蘭琪重複了一遍。

「問他們什麼事？」伯爵問。

法蘭琪也不知道該問什麼。她相當了解父親喜歡辯論，便先做了說明。

「他們是約克郡的一個家族，不是嗎？」

「胡說，是漢普郡。另外什洛普郡有一支分支，當然，到後來愛爾蘭也有一些。你朋友是哪個地方的？」

「我不確定。」

法蘭琪含糊地和幾個不相識的人做了朋友。

「不確定？你是什麼意思？你一定要確定。」

「現在的人都居無定所啊。」法蘭琪說。

「漂泊呀，漂泊，那就是他們。在我們那個年代我們會開口問人，然後你就知道對方是哪裡人。假如某人說他是漢普郡支系的，很好，那表示你的祖母嫁給了我的堂侄，這就攀上了關係。」

「那一定很溫馨，」法蘭琪說，「不過當前並非進行家譜和地理探討的時代。」

「的確不是，你們現在做什麼都沒時間，就是有時間喝那些有毒的雞尾酒。」

馬欽頓伯爵挪動他那隻罹患痛風的腳時，突然痛苦地哀叫了一聲，顯然喝了大量的家釀葡萄酒也無濟於事。

「他們富裕嗎？」法蘭琪問。

「巴辛頓范奇家族？說不上。什洛普郡這一系挺艱難的，我看是由於遺產稅，還有各方面的事。漢普郡支系中有個人娶了個女繼承人，是個美國女人。」

「他們有一位子孫來過這兒，」法蘭琪說，「依我看是來找房子的。」

「滑稽。怎麼會有人到這兒來找房子呢？」

法蘭琪想，這正是問題所在。

第二天，法蘭琪走進房屋仲介商惠勒和奧恩先生的辦公室。

奧恩先生起身相迎，法蘭琪向他親切一笑，坐進椅中。

「有幸為你做點什麼呢，法蘭琪小姐？我看，你不是想出賣你們的城堡吧？哈哈！」奧恩先生自作聰明地大笑起來。

「我倒巴不得我們能賣呢，」法蘭琪說，「不是為這件事。是這樣的，我相信我的一個朋友前幾天來過這兒，一個叫巴辛頓范奇的先生，他是來找房子的。」

「噢！確實有過。我清楚記得這個名字，名字裡面有兩個小寫的『f』。」

「對。」法蘭琪說。

「他打算買房子，針對各種小型房屋詢問一番。由於他第二天必須回城去，所以沒辦法看很多房子，但我看得出來他根本不急著要。因為他走了以後，有一兩間適合的房子進來，我詳詳細細寫信寄給他，但他根本沒回覆。」

「你是寄到倫敦，還是寄到他鄉下的地址？」法蘭琪問。

「讓我查查，」他給下面的職員打電話。「法蘭克，請查一下巴辛頓范奇先生的地址。」

「羅傑·巴辛頓范奇先生，住漢茨鎮史太佛利村，梅羅韋莊。」那位職員流利地報出了地址。

「哦！」法蘭琪說，「那不是我要找的巴辛頓范奇先生。這位一定是他的堂哥。我才覺得奇怪，怎麼他到了這兒沒來找我。」

「是呀，是呀。」奧恩先生反應靈敏地說。

「我想想，他應該是星期三來你這裡的。」

「沒錯。六點半之前。我們六點半關門。就是發生了悲慘事件那天，所以我記得特別清楚。有個男子從懸崖上摔了下去。巴辛頓范奇在警方到達之前一直待在死者身邊。他進來時看起來非常不安。太慘了，那條路早該採取一些措施了。我可以告訴你，法蘭琪小姐，市議會被批評得滿頭包。太危險了。我想不透那裡為什麼沒出更多的意外事故。」

「說得太對了。」法蘭琪說。

她思緒重重地離開了辦公室。正如巴比先前說過的那樣，巴辛頓范奇先生的所有行為似乎清白無疑、光明正大。他是漢普郡巴辛頓范奇家族的成員，留下了正確的地址，還向房屋仲介商提到自己在懸崖慘案中的角色。難道巴辛頓范奇真的是個完全清白的人嗎？

法蘭琪產生了懷疑，接著她又摒棄了這種懷疑。

「不對，」她自言自語地說，「一個想買房子的人會早一點到這兒來，要不也會逗留到第二天。他不會在傍晚六點半跨進房屋仲介商的大門，而且第二天就上倫敦去。他到底為了什麼跑這一趟呢？為什麼不寫封信來就算了呢？」

不是這麼回事，她斷定巴辛頓范奇是有罪的一造。

接著，她走訪了警察局。

威廉斯警官是位熟朋友，他曾經成功追捕了一個偽裝成女僕席捲法蘭琪的珠寶而後潛逃的竊賊。

「午安，警官。」

「午安，大小姐。但願沒出什麼事吧。」

「還沒有，但我正考慮去搶劫一家銀行，因為我太缺錢用了。」

這句俏皮話引發警官一陣大笑。

「其實，我是出於好奇心來問點事。」

「是這樣嗎，法蘭琪小姐？」

「請告訴我一件事，警官，那個摔下懸崖的人，他的名字叫普里查或是……」

「對，就叫普里查。」

「他身上只有一張照片，對吧？有人告訴我他身上有三張！」

「一張才是對的。」警官說，「那是他姐姐的照片，她來這裡證實了他的身分。」

「哦，說有三張照片簡直太荒唐！」

「唉！這很好解釋，大小姐。那些新聞記者毫不在乎地誇大其辭，這往往破壞了整個事情。」

「我明白，」法蘭琪說，「我還聽到一個最荒唐的傳說。」她停了片刻，然後憑想像力隨意說起來。「我聽說他的口袋裡塞滿了證件，證實他是布爾什維克的間諜；另一種說法說他口袋裡滿是毒品，又有人說他口袋裡全是偽鈔。」

警官開心地大笑起來。

「真有意思。」

「我想，他口袋裡應該是一些普通的東西吧？」

「而且很少。一條沒有標記的手帕、一些零錢、一包香菸、兩張債券，全是零零星星的，沒裝在皮夾裡。沒有證件。如果沒有那張照片，我們還得證實他的身分才行。這你也許可以稱為天意。」

「我不相信。」法蘭琪說。

出於她個人的認知，她認為「天意」是極落後的一個詞語。她改變了話題。

「我昨天去探望了瓊斯先生——就是牧師的兒子。他中了毒，這事真稀奇。」

「噢！」警官說，「如果你喜歡那麼想，那倒真是稀奇。以前從未聽說過這種事。你可以說，他是個在世間沒有仇人的好青年。你要明白，法蘭琪小姐，現在常有些個怪人在遊蕩。然而，我從未聽說過殺人狂採用這種方式。」

「是誰幹的，有什麼線索嗎？」法蘭琪睜大雙眼問道，接著又說：「聽這些事實在太有趣了。」

利。

警官樂不可支，他很樂於與伯爵的女兒輕鬆地聊聊。法蘭琪小姐沒有半點架子，又不勢

「現場附近有人看到了一輛車，」警官說，「一輛深藍色的塔博特轎車。『洛克角』一個人報告說，那輛車牌為GG8282的深藍色塔博特朝聖博托夫方向駛去。」

「你看呢？」

「GG8282是博托夫大主教的車牌號碼。」

一個殺人成性的主教拿牧師的兒子做祭品……法蘭琪玩味了這種念頭一兩分鐘，但又以一聲嘆息否定了這種想法。

「你不會是懷疑主教大人吧？」

「我們已經查清楚主教的車那天下午沒離開宅邸的車房。」

「這麼說，是個假牌號？」

「對。我們得繼續查下去。」

法蘭琪懷著欽慕之情道別了。雖然她沒說什麼喪氣話，但心中暗忖：「英格蘭境內必定有無數的深藍色塔博特轎車。」

她回家後，從書房的書桌上拿了本馬奇波的姓名地址錄，帶回自己的房間，查閱了好幾個小時。

結果令人失望。

馬奇波有四百八十二個叫「伊文斯」的人。

「見鬼！」法蘭琪罵道。

她開始做下一步的計畫。

10 為車禍做準備

一週後，巴比赴倫敦與白傑共事。法蘭琪寫來數封謎一般的信件，大都書寫得極為潦草，巴比根本看不懂，只有靠猜測來理解其中的意思。總之，這些信大致是說，法蘭琪有了一個計畫，要巴比在沒聽到她的通知之前什麼都別做。這樣也好，因為巴比沒空做別的事。自從倒楣的白傑使出渾身解數成功地將自己與其事業糾纏在一起後，巴比就一直忙於理清他朋友已經陷入泥淖的可怕混亂。

與此同時，這位青年仍保持嚴密的防範措施。八粒嗎啡的作用使這位領受者特別懷疑食物和飲料，而且迫使他帶了一把軍務人員用的手槍，然而帶槍讓他渾身不舒服。

巴比才開始覺得所有這一切都是一場噩夢的時候，法蘭琪的賓利已轟鳴而至「海鷗車行」，停在車庫外。他穿著一身油汙斑斑的工作服出來相迎。法蘭琪坐在駕駛座上，身邊坐著一個相貌有點陰鬱的年輕人。

「你好，巴比，」法蘭琪說，「這位是喬治．阿巴思諾。他是一位醫師，我們會用得著他的。」

巴比在與喬治．阿巴思諾簡單打招呼時，態度微微有點畏縮。

「你確定我們需要一個醫師嗎？」他問道，「你這有點悲觀吧？」

「我不是說我們在那方面會需要他，」法蘭琪說，「我找他是為了一個我已經著手的計畫。好了，有我們可以談話的地方嗎？」

巴比朝四下張望。

「唔，到我臥室去吧。」他一臉猶疑地說。

「好極了。」法蘭琪說。

她走下車，和喬治．阿巴思諾跟著巴比走上幾級階梯，進入一間小得不能再小的臥室。

「我不知道，」巴比懷疑地左看右看。「是不是有坐的地方。」

是沒有。唯一的那把椅子上堆滿了巴比的衣物。

「床可以坐嘛。」法蘭琪說。

她撲通一聲坐到床上，喬治．阿巴思諾也跟著坐上去，床鋪抗議地呻吟起來。

「我得把一切策畫好，」法蘭琪說，「首先，我們需要一部車。你這裡的哪一部都行。」

「你是說，你要買我們的車？」

「沒錯。」

「你真是太好了，法蘭琪，」巴比滿懷謝意地說，「不過你沒這個必要。我不會使朋友為難，這我還分得清楚。」

「你搞錯了，」法蘭琪說，「根本不是那麼回事。我明白你的意思，就像從某個剛開張做生意的朋友那兒去買一堆邪門怪氣的衣帽一樣。是很傷腦筋，但你不得不買。不過這跟那種事不一樣，我是真的需要一輛車。」

「你那台賓利怎麼了？」

「那種車沒有用。」

「你瘋了。」巴比說。

「不，我沒瘋。賓利對我想做的事沒用。」

「你要我們的車做什麼？」

「撞碎。」

巴比哼了一聲，把手按在頭上。

「今天早上我好像不很對勁。」

喬治．阿巴思諾首次開口說話，他嗓音低沉憂鬱。

「她的意思是，她準備出一次車禍。」

「她怎麼知道會出車禍？」巴比怒氣沖沖地問。

法蘭琪懊惱地嘆了口氣後說：「看來，我們起頭起得不好。現在靜下來聽我說，巴比，盡量領會我要說的話。我明白你的智力很低，但如果你專心聽一下，應該能理解。」

她稍停片刻又接著說：「我在追蹤巴辛頓范奇。」

「好，好。」

「巴辛頓范奇，就是我們鎖定的那個巴辛頓范奇，住在漢普郡史太佛利村的梅羅韋莊。房子是他哥哥的。而我們那位巴辛頓范奇和他的哥哥、妻子住在一起。」

「誰的妻子？」

「當然是他哥哥的妻子。那不是重點，重點是你或我……或者我們兩人，如何潛入那棟房子。我去偵察過地形。史太佛利只是個小村子，陌生人到那兒逗留，一定引人注目。這是一件不好辦的事。所以我籌畫出這個方案，這就是即將要發生的事：法蘭琪．德溫特小姐莽撞地開著車，撞在梅羅韋莊大門附近的牆上。車全撞壞了，法蘭琪小姐也差點報銷──這時已被送到屋子裡──因受衝擊過劇，絕對不能搬動。」

「誰會這麼說呢？」

「喬治。現在你明白喬治的用處了吧。我們不能冒險讓一個不認識的醫師判斷說我沒什麼事，否則也許幾個好管閒事的人會把我抬到當地醫院去，這樣不行。情況應該是這樣：喬治正好駕車路過那兒（你最好賣給我們兩輛二手車），目睹了車禍，跳下車來履行醫師的天職。『我是醫師，大家往後站。』（也就是說，假如有人在場的話。）『我們必須抬她進屋子裡，這兒是梅羅韋莊嗎？太好了。我一定得進行一次徹底的檢查。』接著我就被抬進最好的空房，巴辛頓范奇一家要嘛表示同情，要嘛激烈反對，但無論在哪種情況下，喬治都會使他們服服貼貼。喬治進行檢查後，做出判斷。很僥倖，情況並不像他想的那麼嚴重，骨頭沒斷，但有腦震盪之虞，兩三天內絕不能走動，之後就可以回倫敦。於是喬治離去，輪到我來討好這家人。」

「那麼我的作用在什麼地方呢？」

「你不用幹什麼。」

「聽我說……」

「我親愛的小朋友，好好想想，巴辛頓范奇認識你。但他從未見過我，而且我處在一個極其有利的位置……因為我有貴族封號。你也知道它們有多好用。我不僅僅是個為了神祕目的獲准進屋的漂泊小女子，而且還是個伯爵的女兒，所以要受到高度尊重。喬治是個如假包換的醫師，一切都不會引起懷疑。」

「噢！我想的確是沒問題。」巴比神色有些不快。

「我認為這是一個策畫得相當完善的方案。」法蘭琪的口氣很自豪。

「那麼我什麼事也不用做囉？」巴比問。

他依然覺得受了傷害，很像一隻不期然被奪去一根骨頭的狗兒。他覺得這原是自己的案子，現在卻被排擠在外了。

「當然有，親愛的。你要長出鬍子來。」

「噢！要我長鬍子，我？」

「沒錯，那要多少時間？」

「我看要兩三個星期吧。」

「天啊！我沒想到這麼慢。你不能長快點嗎？」

「不能。為什麼我不可以戴個假的呢？」

「那看起來太假，會捲起來，會掉下來，要不聞上去會有一股樹膠味。雖然如此，我還是相信有種鬍子，你可以一根根黏上去，絕對經得起檢查。我想一個在劇院中做假髮的人可以做這件事。」

「他大概會認為我在跑路。」

「他怎麼認為無所謂。」

「有了鬍子之後，我要做什麼呢？」

「穿件司機的制服，把賓利開到史太佛利。」

「哦，我明白了。」巴比面露喜色。

「我的想法是這樣，」法蘭琪說，「沒有人會認真打量一個司機。不管怎麼說，巴辛頓范奇只見過你一兩分鐘，而且他當時一定很緊張，擔心能否及時調換照片，所以沒看清你。對他來說，你不過是一個打高爾夫球的楞小子。他不像凱曼夫婦曾經坐在你對面和你交談，費盡心思地研究你。我敢打賭，只要你身穿一套司機制服，巴辛頓范奇連沒鬍子的你都認不出來。他頂多覺得你使他聯想到某人，如此而已。說到鬍子，它絕對牢靠。好了，你認為這個計畫怎麼樣？」

巴比在心裡把這個計畫思索了一番。

「說真的，法蘭琪，」他態度大方地說，「我看相當不錯。」

「既然這樣，」法蘭琪興致勃勃地說，「我們去買車吧。噢，我看喬治把你的床坐垮了。」

「沒關係，」巴比態度殷勤地說，「這床本來就不很堅固。」

他們下樓來到車行。一個看來神經質、下巴很短的小夥子，在那裡彬彬有禮地微笑跟他們打招呼，口中發出含糊的「呵、呵、呵」。他的雙眼朝同一方向看去時，有一種不快的神情，這樣就略微損害了他那普普通通的容貌。

「你好，白傑，」巴比說，「你記得法蘭琪吧？」

白傑顯然記不起了，但他還是和藹地打著哈哈。

「我最後一次見到你時，」法蘭琪說，「你趴在泥坑裡，頭朝下，我們不得不抱著你的腳把你拉出來。」

「不……不會吧？」白傑說，「哦，那一……一……定是在威爾斯。」

「對，」法蘭琪說，「是在威爾斯。」

「我向來就是個差……差……勁的騎手，」白傑說，「我現在還……還……是這樣。」

他神色悲哀地說了一句。

「法蘭琪想買輛車。」巴比說。

「兩輛，」法蘭琪說，「喬治也得有一輛。他現在已經撞壞了他那輛車。」

「我們可以租一輛給他。」巴比說。

「好吧，來看看我們的存……存貨。」白傑說。

「這些車看起來很摩登嘛。」

法蘭琪說，她已經被大紅大綠的刺目色調弄得眼花撩亂。

「它們『看起來』是挺好的。」巴比臉色陰沉地說。

「這輛是價格合適的二……二……二手克萊斯勒。」白傑說。

「不，不要這輛。」巴比說，「她需要的車至少要能跑四十英里。」

白傑向他的夥伴投去一個責備的眼神。

「這輛斯坦德已經奄奄一息。」巴比喃喃說，「但我想它載你到那兒剛剛好。這輛埃塞克斯做這事太貴了點，撞壞之前至少還可開上二百英里。」

「好，」法蘭琪說，「那我要這輛斯坦德。」

白傑把同事拉到一邊。

「你看要什……什……麼價錢？」他低聲問，「我不想讓你的朋友太……太……為難。

十……十英鎊怎麼樣？」

「十英鎊很好，」法蘭琪參與了討論。「我現在就付錢。」

「她到底是什麼人？」白傑用聲音很大的耳語問。

巴比回他一個耳語。

「我第……第……一次碰到，可以付現金……的……的貴族。」白傑懷著敬意說道。

巴比跟著其他兩人出去，走到那輛賓利之前。

「這件事什麼時候進行？」他問。

「愈快愈好，」法蘭琪說，「我們想在明天下午。」

「喂，我不能明天也去嗎？我會戴上大鬍子——如果你高興的話。」

「當然不行，」法蘭琪說，「萬一大鬍子失誤掉下來，會把事全弄砸了。但讓你扮成摩托車手也未嘗不可——戴上帽子和眼鏡。你認為怎麼樣，喬治？」

喬治・阿巴思諾二度開口。

「很好，愈多愈好。」

他的聲音甚至比先前更憂鬱。

11 車禍發生

這些偉大的車禍策畫者把集合地點定在離史太佛利村約一英里的地方。去安多弗的主道就在這裡分出一條路通往史太佛利。

儘管法蘭琪開的斯坦德小車途經每座山坡時已經明顯露出疲態，但三人還是平安抵達了集合地點。

事發時間定在一點。

「這事不能受人干擾，」法蘭琪說，「幾乎沒有車會走這條路，午餐時間之前我們應該絕對安全。」

他們在支道上行進了半英里，法蘭琪指明了她選來肇事的那個地點。

「依我看，這個地方再理想不過了。」她說，「你們看，它順山坡直驅而下，然後路突然很陡急的轉向那堵凸牆。那堵牆就是梅羅韋莊的圍牆。如果我們發動車，讓車衝下坡去，車就會筆直地撞上圍牆，發生相當猛烈的撞擊。」

「應該會，」巴比贊同道，「但是應當有人在轉彎的地方監視，確定沒人從相反的方向過來。」

「說得對極了，」法蘭琪說，「不能把別人扯進這場混亂中，也許會造成他們終生殘廢。喬治可以把他的車停在那兒，然後掉個頭，讓它看起來好像是從另一個方向過來的。然後我們就等他揮動手帕，表明路上沒有障礙。」

「你看起來臉色很蒼白，法蘭琪，」巴比擔心地說，「你確定你沒問題嗎？」

「我把妝化得很白，」法蘭琪解釋道，「是為撞車所做的準備。我總不能紅光滿面的給人抬進屋裡吧？」

「你真是個了不起的女人，」巴比的口氣充滿讚賞。「你看起來的確像隻病猴。」

「你太無禮了吧。」法蘭琪說，「好了，我要去勘察一下進梅羅韋莊的大門。門正好在凸牆的這一邊。幸好沒有門房。喬治先揮手帕，然後我揮，接著你就發動車子。」

「好，」巴比說，「我踩著車門邊的踏腳板控制車子，車身發熱後我就跳下車去。」

「別傷到自己。」法蘭琪說。

「我會特別小心，在假車禍的現場發生了真車禍，事情就麻煩了。」

「好吧，出發，喬治。」法蘭琪說。

喬治點點頭，跳進那輛二手車，緩慢地開下山坡。巴比和法蘭琪站在那兒目送著他。

「你自己要當心，好嗎，法蘭琪？」巴比的嗓音一下子粗啞了。「我的意思是……別做傻事。」

「我不會有事的。我會特別謹慎。對了，我看我最好不要直接寫信給你。我會寫給喬治，或寫給我的女僕和其他人，再轉給你。」

「我不知道喬治在他這一行會不會成功。」

「為什麼不會呢？」

「唔，他好像不具備醫師對病人的那種嘮叨勁。」

「我料想以後就會有了，」法蘭琪說，「我該走了。需要你開賓利來的時候，我會讓你知道。」

「我得弄一下鬍子了。再見，法蘭琪。」

他們倆對視了一會兒，法蘭琪點了一下頭，開始往坡下走去。

喬治已經把車掉了頭，在凸牆附近倒車。

法蘭琪的身影消失了一會，接著又在大路上出現，她揮舞著手帕，隨後第二塊手帕在大路盡頭的轉彎處揮了起來。

巴比把車換到三檔，然後站在踏腳板上，鬆開煞車。汽車勉勉強強地向前移動，運轉不太順暢。然而因為坡度過於陡急，引擎於是轟鳴起來，車身開始移動。

巴比穩住方向盤。在最後關頭，他跳下了車。

汽車順著山坡往下衝，力量極大地撞上了圍牆。一切順利，車禍成功了。

巴比看見法蘭琪飛快地跑到車禍現場，「撲」的一聲跳進撞壞的車中。喬治將車開過轉彎處停了下來。

巴比嘆了口氣，跨上摩托車朝倫敦方向馳去。

車禍現場一片忙亂。

「我需要在路上稍微滾一下，沾點泥土嗎？」法蘭琪問。

「最好是這樣，」喬治說，「喂，把帽子給我。」

他接過帽子，在上面打了個很深的凹痕。法蘭琪發出痛苦的悶叫。

「腦震盪的證明。」喬治解釋道，「好了，去躺在剛才那個地方不要動。我聽見有腳踏車的鈴聲。」

的確是的，就在這時，一個大約十七歲的小夥子正吹著口哨、騎著腳踏車轉彎過來。他一下子停住了，興高采烈地看著這個奇觀。

「哇！」他突然叫了一聲。「出車禍了？」

「不是，」喬治譏諷道，「這位年輕小姐故意開車撞牆。」

小夥子把這句話領會成在挖苦人而不是真心話，所以依然興頭十足地說：「看來很糟，不是嗎？她死了嗎？」

「還沒，」喬治說，「馬上得把她抬到什麼地方去。我是醫師。這裡是哪裡？」

「梅羅韋莊。巴辛頓范奇的房子，他是個治安官。」

「必須馬上把她抬進去，」喬治權威十足地說，「過來，放下車子，幫我忙。」

小夥子讓車靠牆支著，心甘情願地走來幫忙。他倆把法蘭琪抬上車道，走向這棟舒適而外表老式的莊園宅邸。

他們走近宅邸時已經引起了注意，一位年長的男管家出門來迎候他們。

「出了樁車禍，」喬治簡短地說，「有個房間讓我抬這位小姐進去嗎？她必須馬上接受治療。」

管家驚惶失措地走向門廳，喬治和那個小夥子緊隨其後，仍抬著法蘭琪柔軟的身體。管家走進靠左的房間，一個女人從那間房間走了出來。她身材高䠷、紅頭髮、年齡在三十歲上下，雙眼湛藍。

她處理問題非常迅速。

「一樓有間空著的臥室，」她說，「你們把她送到那兒去好嗎？我該打個電話請醫師嗎？」

「我就是醫師，」喬治連忙聲明。「我正好開車路過，看見車禍發生。」

「噢！太幸運了。請走這兒好嗎？」

她領著他們進入一間舒適的臥室。臥室的窗戶可以看見花園。

「她傷得厲害嗎？」她問。

「我還不敢說。」

巴辛頓范奇夫人領會了醫師的暗示便退下了。那位小夥子陪著她離開，並開始描述車禍的場面，好像他真正在場目擊似的。

「她砰的一聲衝進了圍牆，車全撞壞了。她躺在地上，帽子全壓扁了。那位先生正開車路過……」

他就這麼任意地說著，直到領了十二便士五分錢才罷休。

與此同時，法蘭琪與喬治也正在小心地耳語。

「喬治，親愛的，這樣做不會損害你的事業吧？他們不會吊銷你的執照或什麼的吧？」

「有可能，」喬治臉色陰沉，「如果這事曝光的話。」

「不會的，」法蘭琪說，「別擔心，喬治，我不會害你的。」她又親切地說：「你做得很好，我以前從未聽你講過這麼多的話。」

喬治嘆口氣，看看錶。

「我還要進行三分鐘的檢查。」

「車的情況怎麼樣？」

「我會找一家車行把它修好。」

「那好。」

喬治繼續注視手上的錶，最後以輕鬆的口氣說：「時間到了。」

「喬治，」法蘭琪說，「你真是個天使。我不明白你為什麼願意這樣做。」

「下不為例了。」喬治說，「蠢事一樁。」他向她點點頭說，「再見，盡興地玩。」

「這我懷疑。」法蘭琪說。

她想起了那個略帶美國口音的聲音，冷冰冰的，沒有人情味。

喬治去找屋主，結果發現女主人正在客廳裡等他。

「啊，」他突如其來地說，「很高興，情況並不像我擔心的那樣糟。很輕微的腦震盪，已經沒問題了。儘管如此，她還是應該安靜地躺上一兩天。」他停了一下又說：「她好像是法蘭琪．德溫特小姐。」

「哦，真想不到！」巴辛頓范奇夫人說，「我和她的親戚崔科特一家很熟呢。」

「我不知道留她在這兒對你來說是不是方便。」喬治說，「不過如果她能在這兒休養兩天……」說到這裡，喬治住了口。

「哦，當然可以。那沒問題，你叫……」

「阿巴思諾。對了，我要去處理汽車的事，我應該會找到一家修車行。」

「太感謝你了，阿巴思諾醫師。真幸運你恰好路過這兒。我明天會請個醫師來看看她，看她的情況是否良好。」

「我看沒必要，」喬治說，「她需要的就是安靜。」

「可是這樣我會比較安心一點。還有，她的家人應該知道這事。」

「這事我來辦吧。」喬治說，「至於診治方面的事嘛……唔，她好像是基督教科學派[6]信徒，他們絕對不看醫生。剛才發現我在場，她還不太高興呢。」

「噢，老天！」巴辛頓范奇夫人叫道。

「不過她會好起來的，」喬治想使對方放心。「你們可以相信我的話。」

「如果你真這麼認為，阿巴思諾醫師……」巴辛頓范奇夫人有些懷疑。

「我可以保證，」喬治說，「再見。哎呀，我把一件用具掉在臥室裡了。」

他快步走進房間，走向床邊。

「法蘭琪，」他急急低語道，「你現在是個基督教科學派信徒，別忘了。」

「為什麼？」

「我只得這麼說，唯一的辦法。」

「好吧，」法蘭琪說，「我不會忘記的。」

6 此派信徒崇尚信仰療法。

12 深入虎穴

啊哈，我來了，法蘭琪想道，平安地進入敵營。現在，就看我的了。

門上有輕輕的敲門聲，巴辛頓范奇夫人進房來了。

法蘭琪在枕頭上略微抬起身子。

「我深感抱歉，」她聲音微弱地說，「給您帶來這麼多麻煩。」

「別這麼說。」巴辛頓范奇夫人說。

法蘭琪再次聽出這個冷靜迷人、慢條斯理的聲音中略帶美國口音。她想起馬欽頓伯爵說過，漢普郡的巴辛頓范奇家族中有人娶了一個美國女繼承人。

「阿巴思諾醫師說，如果你保持安靜，一兩天後就會完全恢復。」

法蘭琪覺得此時應該說點自己「失誤」或「一時閃神差點致命」之類的話，但又擔心把話說錯。

「他看起來人很好，」她說，「對人相當和善。」

「是個非常能幹的年輕人，」巴辛頓范奇夫人說，「幸運的是，他剛好碰巧路過這兒。」

「哦，是這樣嗎？不過我並不需要他。」

「你不可以多說話，」女主人說，「我吩咐女僕送些給你用的東西來，她可以讓你舒適地入睡。」

「真是太感謝您了。」

「不用客氣。」

這個女人離去時，法蘭琪感到一陣良心不安。

「一個漂亮、好心的女人，」她自言自語道，「絲毫沒起疑心，太好了。」

她首度覺得自己在對女主人玩一個卑鄙的把戲。她的腦海一直被殘忍的巴辛頓范奇把一個無辜的受害者推下懸崖這種景象牢牢占據著，以致忽略了這幕戲劇性場面中的次要角色。

「哦，唉，」法蘭琪想道，「現在我得繼續把這齣戲演完，但願她對我沒這麼認真就好了。」

她就這樣躺在光線漸漸變暗的房間裡，度過了一個枯燥無味的下午和傍晚。巴辛頓范奇夫人來看過她一兩次，觀察她情況如何，但沒在房裡逗留。

然而，第二天法蘭琪迎接黎明之後，就表達想要人作伴的願望，女主人來與她坐了一段時間。那天結束時，她們倆發覺彼此有許多相同的熟人和朋友。法蘭琪深感內疚不安，覺得她們倆已經成了朋友。

巴辛頓范奇夫人多次提到她丈夫和小兒子湯米。她似乎是個平凡的女人，深深地依戀著自己的家庭，然而法蘭琪總覺得她並不是很幸福。她的眼裡有時會有一種焦慮的神色，與其平靜的心靈不相一致。

第三天，法蘭琪起床後被引介給男主人。

他身材高大，下顎厚實，神情溫和但有點心不在焉。他好像大量時間都閉門於書房中。法蘭琪判斷出他很愛他的妻子，雖然對妻子的關心不太在意。

七歲的小男孩湯米身體健康，個性頑皮。希薇雅顯然很溺愛他。

「住在這兒真舒服。」法蘭琪嘆口氣說。

她此時正躺在花園裡的長椅上。

「我不知道是否是碰傷頭的緣故，還是別的原因，但我就是感覺不想動。我好想在這兒一天天躺著。」

「嗯，躺吧，」希薇雅語調鎮定，漠然地說道，「別動，我是說真的。別急著回去。你知道，你留在這兒，我覺得非常愉快。你這麼活潑，真討人喜歡。有你在，我好開心。」

所以她需要開心，法蘭琪腦中掠過這個念頭。同時又因自己的所作所為感到慚愧。

「我覺得我們真的成為朋友了。」對方又說。

法蘭琪更覺慚愧。

她正在做一件卑鄙的事，卑鄙，卑鄙，真卑鄙。她應該罷手不幹，回城裡去……

女主人還在往下說：「這兒不會太無聊的。明天我的小叔要來。我保證你會喜歡他。大家都喜歡羅傑。」

「他和你們住在一起？」

「斷斷續續。他是個不安分的人，他說自己是家裡最沒出息的，也許從某方面而言是實話。他從來沒在一份工作上堅持很久，其實我也不相信他這輩子能從事什麼實在的工作。但有些人正是這樣，特別是在舊式家庭裡。他們通常都風采相當迷人。羅傑十分有同情心。今年春天湯米生病時，如果沒有他在，我真不知道該怎麼辦。」

「湯米出了什麼事？」

「他從鞦韆上摔了下來，傷得挺厲害。鞦韆是捆在一根腐爛的樹枝上，枯枝斷了。羅傑非常懊惱，因為當時他正在用鞦韆盪孩子，盪得很高，孩子們都喜歡那樣。我們起初以為湯米的背脊受了傷，後來查明傷勢不重。現在他全好了。」

「他一定是好了。」法蘭琪聽見遠處傳來隱隱約約的叫喊聲時，微笑著說。

「是啊。他看起來十分健康，這就叫人放心了。他運氣很差，老碰上意外事故，去年冬天差點淹死呢。」

「真的嗎？」法蘭琪若有所思地問道。

她不再考慮回城的事，內疚的感覺已經減退。

意外事故！

她想，難道羅傑專門製造意外事故？

「如果你說的是真心話，我很高興在這兒停留久一點。不過，你丈夫難道不介意我待在這兒？」

「亨利？」希薇雅的雙唇捲曲成一副奇怪的表情。「不會，亨利不會介意。如今亨利對什麼事都不介意。」

法蘭琪好奇地看著對方。

如果她和我更熟一點，就會告訴我更多事。她心中暗想，我看這個家庭發生了許多奇奇怪怪的事。

亨利．巴辛頓范奇與她們一起喝午茶，法蘭琪仔細地研究著他。此人身上必定有些古怪的地方。他屬於那種普通鄉紳的類型，性格愉快，喜歡運動。但這樣一個人不該一坐下就神經質似地抽搐著，而且顯然到了控制不住的地步；他時而陷入一種喚不醒的出神狀態，時而對別人說的話做出刻薄和挖苦的回答。不過他並非總是這樣。當天傍晚吃晚飯時，他煥然一新地現身。他開玩笑，高聲大笑，講故事，就其能力而言，堪稱相當聰敏。法蘭琪覺得他反應太靈敏了。這種靈敏簡直像是做作，與其個性不符。

「他那雙眼睛非常怪異，」她想，「有點叫我害怕。」

她不需要懷疑亨利．巴辛頓范奇吧？是他的弟弟，而不是他，在出人命的那天曾經到過馬奇波。

想到那位弟弟，法蘭琪倒懷著熱切的興趣盼望見到他。按照她和巴比的想法，這個人就是凶手。她即將與這個凶手正面相逢。

她神經緊張了一會兒。

然而，他哪可能猜得出來？

他怎麼可能把她與一樁成功的謀殺案聯想在一塊呢？

「你是在自己嚇自己。」她自言自語地說。

第二天下午，羅傑．巴辛頓范奇在午茶前到達了。

法蘭琪於下午茶時才見到他。在那之前她還在「午休」。

當她走出房子來到擺設下午茶的草坪上時，希薇雅笑著說：「我們的病人來了。法蘭琪．德溫特小姐，這位是我的小叔。」

法蘭琪看見的是一個身材高大修長的年輕人，三十出頭，眼睛很可愛。雖然她可以理解巴比為何會強調此人應該戴著夾鼻眼鏡、長著短鬚，但她更注意到他那雙酷藍的眼睛。他們握了握手。

他說：「我才聽完你試圖撞壞圍牆的經過。」

「我承認，」法蘭琪說，「我是全世界最差勁的駕駛。不過我當時開的是一輛破舊的老爺車。我自己的車留著沒開，買了一輛便宜的二手車。」

「一位非常英俊的年輕醫師從事故現場搭救了她。」希薇雅說。

「他是相當可愛。」法蘭琪附和道。

這時湯米來了，歡叫著投入叔叔的懷中。

「你給我帶來了霍恩比火車嗎？你說你會帶的，你說會的。」

「哎呀，湯米！你不該跟人家要東西。」希薇雅說。

「沒關係，希薇雅。我答應過的。我帶你要的火車來了，老兄。」他漫不經心地看看他的嫂子說，「亨利不來喝下午茶？」

「我想不會來了，」希薇雅的聲音很不自然。「他今天不太舒服。」接著，她衝動地說：「哦，羅傑，真高興你回來了。」

羅傑的手在她的臂上擱了一會。

「希薇雅，小女孩，不會有事的。」

下午茶後，羅傑與侄子一塊玩火車。

法蘭琪注視著他們，心緒不停翻攪。

毫無疑問，他不是會把人推下懸崖的那種人！這位討人喜歡的年輕人不可能是個冷血殺手！

那就是說，她和巴比自始至終都弄錯了。錯在這一點上。

現在她深信把普里查推下懸崖的不是巴辛頓范奇。

那麼又是誰呢？

她仍然堅信普里查是被人推下去的。是誰推的呢？又是誰把嗎啡放進巴比的啤酒瓶裡？

想到嗎啡，亨利．巴辛頓范奇那雙異常的眼睛以及微小的瞳孔使她得到了啟示。

難道亨利是個癮君子？

13 艾倫・卡斯泰

說來也怪，還不到第二天，她就證實了這種推論，而且是從羅傑口中證實的。

他倆打了一陣網球後，坐在一起喝冰鎮過的飲料。

他們一直在聊著無關緊要的話題，法蘭琪愈來愈感受到羅傑這類足跡踏遍世界各地者的魅力。她不禁想，這位在家中一事無成的人顯然比他那位身軀粗大、一本正經的哥哥更討人喜歡。

當這些念頭掠過法蘭琪的腦海時，談話停了下來。羅傑打破了沉默，這次說話的語氣與先前完全不同。

「法蘭琪小姐，我打算辦一件相當特殊的事。我認識你還不到二十四小時，但是憑直覺，我感到你是可以謀求忠告的人。」

「忠告？」法蘭琪驚訝地問。

「是的。我考慮了兩種不同的方法，但下不了決心。」

他閉口不言，身子向前傾斜，在兩膝之間晃動著球拍，前額上現出輕微的皺紋，看上去焦慮不安。

「這事與我哥哥有關，法蘭琪小姐。」

「是嗎？」

「他吸毒。我確定這是真的。」

「是什麼使你這麼認為？」法蘭琪問。

「種種情況。他的外貌、他明顯改變的心情，還有，你注意到他的眼睛嗎？兩個瞳孔像針尖一樣。」

「我注意到了，」法蘭琪承認道，「你認為他吸的是什麼呢？」

「嗎啡或者某種鴉片。」

「這事發生很久了嗎？」

「我斷定是從大約六個月前開始的。我記得他多次埋怨失眠。他怎麼起的頭我不知道，但我認為從那不久後就開始了。」

「他怎麼弄到毒品的呢？」法蘭琪幾乎馬上就接著問。

「我看是透過郵寄。你有發現某幾次喝下午茶時他特別神經質、容易激動嗎？」

「是的，我注意到了。」

「我懷疑那就是他手上的毒品沒有了，正等著再補充。後來，六點郵差來了，他走進書房，到出來吃晚飯時，情緒完全不同了。」

法蘭琪點點頭。她回想起亨利有時在晚飯時那種反常的妙言妙語。

「但毒品供應來自什麼地方呢？」她問。

「哦，那我就不清楚了。名聲好的醫師根本不會提供他毒品。我猜測，有各種各樣的管道，在倫敦花大錢就可以弄到。」

法蘭琪沉思地點了下頭。

她回憶起和巴比談到有關販毒集團的事，他回答說不能把太多罪行攪在一起。真怪，他們的調查竟然這麼快就碰上了這件事的線索。

更奇怪的是，竟是主要嫌疑人將她的注意力轉到這裡來。這事使她比先前更加傾向於否定羅傑的謀殺嫌疑。

然而，偷換照片的舉動仍然令人費解。她提醒自己，證據依然對羅傑不利。另一方面，僅以此人的性情而加以否定是不夠的，人們總是說殺人犯都是魅力十足的人！

她摒棄了這些想法，轉臉率直地問他：「你為什麼要向我說這件事？」

「因為我不知道該對希薇雅怎麼說。」他坦白道。

「你認為她還不知道？」

「她當然不知道。我應該告訴她嗎？」

「這很難……」

「是很難。這就是我認為你也許能幫幫我的原因。希薇雅非常喜歡你。她從不關心身邊的任何人，但她跟我說，她一眼就喜歡上你了。我該怎麼辦呢，法蘭琪小姐？告訴她，我就會為她的生活增添極大的負擔。」

「如果她知道了，她可能會對他產生一定的影響。」法蘭琪提議。

「我懷疑。一旦吸毒上癮，沒有人——甚至最親密、最親愛的人——能對他產生什麼影響。」

「這種觀點太悲觀了，不是嗎？」

「但這是事實。當然了，辦法是有的。如果亨利同意治療，這附近就有個地方，是一個叫尼克森的醫師開辦的。」

「但他不會同意的。」

「他也許會。有時你可以看到抽嗎啡的人那種極端悔恨的神情，他們會盡一切辦法來治療自己。我倒傾向於認為，如果亨利以為希薇雅不知道這事，可能比較容易進入那種精神狀態。如果治療順利……當然，他們把他的病叫作「神經質」，她就沒必要知道真相了。」

「他非得離家去治療嗎？」

「我說的那個地方離這兒大約有三英里，在村子的另一邊。那個地方是一個加拿大人——尼克森醫師開辦的。這個人非常聰明。而且，值得慶幸的是，亨利喜歡他。噓，希薇雅來了。」

巴辛頓范奇夫人走到他們身邊，說：「你們一直這麼精力充沛？」

「打了三局，」法蘭琪說，「我每局都輸。」

「你的球打得不錯。」羅傑說。

「我很懶得打網球。」希薇雅說，「我們得請尼克森一家哪天過來一下。尼克森夫人很喜歡運動。嗯，出什麼事了？」

她發現那兩人在交換眼色。

「沒什麼，我只是碰巧正和法蘭琪女士談到尼克森一家。」

「你最好像我一樣叫她法蘭琪就好。」希薇雅說，「怎麼會這樣，一個人談到什麼人什麼事，別人馬上接著又談到這個人這件事，這不是有點奇怪嗎？」

「他們是加拿大人嗎？」法蘭琪問。

「醫師是加拿大人。他夫人呢，我認為可能是英國人，不過沒把握。她是個可愛的小女人，那雙動人的大眼睛相當美麗。不知道為什麼，我總覺得她很不幸福，日子一定過得很壓抑。」

「他辦的是種療養院，對吧？」

「對，裡面是精神病患和吸毒者。相當成功，我相信。他是個相當特別的人。」

「你喜歡他？」

「不，」希薇雅的語氣很生硬。「我不喜歡他。」過了一會，她又態度激烈地補了一句：「一點也不喜歡。」

後來，她指著鋼琴上一張有著迷人大眼的女人照片說：「這就是茉拉．尼克森，這張臉不是很誘人嗎？前一陣子有個人和我們的朋友到這兒來，就被這張照片迷住了。我想，他很希望經人介紹認識她。」

她大笑起來。

「我明天晚上請他們來吃晚飯。我倒想知道你對他的看法。」

「對他？」

「是呀，我告訴你了，我討厭他，但他是個外貌英俊的男人。」

她說話的聲調中含有某種意思，法蘭琪迅速地朝她看去，但希薇雅已經轉過身去把枯萎的花取出花瓶。

「我必須集中思想，」法蘭琪當天晚上為出席晚餐整妝時，一面用梳子梳理濃密的黑髮，一面想道，「而且，是我進行幾項試驗的時候了。」她果斷地這樣想。

羅傑是不是她與巴比斷定的壞人呢？

她與巴比一致認為，那個費盡心機要除掉巴比的人，必定具有輕易取得嗎啡的捷徑。現在就某種程度而言，羅傑符合此項資格。

如果其兄靠郵件獲得嗎啡供貨，對羅傑來說，從中抽取一包為自己所用，那是再容易不過的事。

法蘭琪在一張紙上寫道：「備忘錄：一、查明羅傑十六日（即巴比中毒的那天）在什麼地方（她認為自己有可能把這件事弄清楚）。二、出示死者的照片。觀察反應。如果羅傑承認當時在馬奇波，特別注意他的反應。」

她對第二條事項略感緊張，這意味著必須把問題公開化。不過，慘案是在她家附近發生的，不經意地提起也是世間極其自然的事。

她將這張紙揉皺後燒掉。

她設法在吃晚飯時極其自然地將第一點提出來。

「我說，」她坦率地對羅傑說，「我總覺得我們以前見過面，而且就在前不久。不會是在克拉里奇的沙恩夫人家那次聚會吧？那天是十六號。」

「十六號不可能。」希薇雅立刻說道，「當時羅傑人在這兒。我之所以記得，是因為那天舉行了一次孩子的聚會。沒有羅傑，我簡直不知道該怎麼辦才好。」

她說罷向小叔投去感激的一瞥，羅傑向她一笑。

「我覺得我以前沒見過你，」他親切地對法蘭琪說，「如果見過，我會想得起來。」

他說的話非常得體。

第一點解決了，法蘭琪想，巴比中毒那天，羅傑．巴辛頓范奇不在威爾斯。

接著提出第二點就相當容易了。法蘭琪把話題引向鄉村生活，談到這種生活的枯燥無味，再談到會引起地方騷動的事件。

「上個月，我們那兒有個男人從懸崖上摔了下去。」她說，「我們都激動得要命。我興奮萬分地去參加驗屍審訊，但那場審訊真的相當乏味，真的。」

「是那個叫馬奇波的地方嗎？」希薇雅突然問道。

法蘭琪點點頭。

「德溫特城堡離馬奇波只有七英里左右。」她解釋道。

「羅傑，那他一定是你見到的那個人。」希薇雅叫起來。

法蘭琪探詢地看著羅傑。

「我當時就在死者身邊，」羅傑說，「警方來之前，我都和死者在一起。」

「我原以為是個牧師的兒子在死者身邊呢。」法蘭琪說。

「他得去演奏風琴什麼的，所以我就接替了他。」

「真是太不可思議了，」法蘭琪說，「我確實聽說還有其他人到過現場，但沒聽說他的姓名。這麼說就是你囉？」

現場頓時出現了那種常見的「多奇怪呀！世界不是太小了嗎？」之類的驚嘆氣氛。法蘭琪覺得自己這招真高明。

「也許那正是你覺得見過我的原因，那是在馬奇波吧？」羅傑說。

「事故發生時我不在那兒，」法蘭琪說，「兩天後我才從倫敦回來。你參加驗屍審訊了嗎？」

「沒有。那事發生後的第二天早上我就回倫敦去了。」

「他有些荒唐的念頭，想在那個地方買棟房子住。」

「十足胡鬧。」亨利．巴辛頓范奇說。

「一點也不。」羅傑愉快地說。

「你明明知道，羅傑，你一買房子，你的旅行癮就會一下子發作，然後跑到國外去。」

「哦，我總有一天要去住的，希薇雅。」

「如果你想安定下來，最好住在我們附近，」希薇雅說，「不要離開我們到威爾斯去。」

羅傑大笑一陣後對法蘭琪說：「那樁意外事故還有什麼有趣的情況嗎？還沒弄清是自殺還是別的原因嗎？」

「哦，不是。令人遺憾的是此事全都真相大白了。幾位被嚇掉魂的親戚來證實了死者的身分。他當時似乎正在進行徒步旅行。太慘了，真的，因為他長得好英俊喔。你看見報上登載的照片了嗎？」

「我想我看過，」希薇雅含糊地說，「可是我記不起來了。」

「我樓上有張剪報，是從我們當地的報上剪下來的。」

法蘭琪迫不及待地跑上樓去，接著手持剪報走下樓來。她將剪報遞給希薇雅。羅傑走過來越過希薇雅的肩頭看。

「你不認為他很英俊嗎？」法蘭琪以一個女學生的口吻問道。

「是挺英俊的，」希薇雅說，「他似乎很像一個人——艾倫・卡斯泰。你不覺得嗎，羅傑？我記得當時我就這樣說過。」

「這張照片和那個人很像，」羅傑表示贊同。「但你要明白，他們真正相似的地方並不是很多。」

「報紙上的照片很難說，不是嗎？」

希薇雅把剪報遞還法蘭琪。

法蘭琪附和說是。

談話轉向了其他內容。

法蘭琪就寢時仍然覺得問題懸而未決。每個人的反應都十分自然。羅傑找房子的事毫無祕密可言。

她唯一成功的是獲知了一個人的姓名，那就是艾倫・卡斯泰。

14 尼克森醫師

第二天早上，法蘭琪對希薇雅發動攻勢。

她漫不經心地說道：「昨晚你提到的那個人叫什麼來著？卡斯泰？我以前聽說過這個名字。」

「我想你應該聽說過。他在他那一行裡頗有名氣。他是加拿大人，是個生物學家、獵手、探險家。我其實不認識他。我們的朋友黎文騰夫婦有一天帶他到這兒來吃午餐。他真是個魅力十足的人，身材魁梧、青銅色皮膚、有一雙漂亮的藍眼睛。」

「我是聽說過這個人。」

「我想，他以前從沒來過這裡。去年他和那位百萬富翁約翰．薩維奇一起去做穿越非洲的遠遊。薩維奇自以為患了癌症，所以想用這種悲壯方式來了結自己。卡斯泰走遍了全世界：東非、南美，到處都去過。」

「聽起來好像是個富於精采冒險經歷的人。」法蘭琪說。

「哦，是的，魅力無窮。」

「怪了，他的經歷太像從馬奇波的懸崖上摔下去的那個人了。」法蘭琪說。

「我不知道是否人人都會和某個人長得很像。」

她們開始比較實例，談到阿道夫．貝克，又說起萊昂斯．梅爾。法蘭琪盡量不提及艾倫．卡斯泰。過分對他表示興趣可能會引起麻煩。

但是，法蘭琪感到事情正在進展。她堅信艾倫．卡斯泰就是馬奇波懸崖悲劇的受害者。他符合所有條件。在此地他沒有親朋好友，就算失蹤了，在一段時間裡也不大可能會引起關注。一個經常跑到東非、南美的人，突然失去蹤影是不足為奇的事。而且法蘭琪注意到，雖然希薇雅已經就報紙上的照片評論說他與死者很相像，但她並沒有聯想到照片上的人就是那個男人。

法蘭琪想，這倒帶點心理學的趣味。

我們很少懷疑新聞中的人物就是自己經常見到或遇到的人。

這樣很好。艾倫．卡斯泰就是死者。下一步得獲悉有關他的更多情況。他與巴辛頓范奇一家的關係可以略過，他只是偶然被朋友帶到這兒來。帶他來的人叫什麼名字？黎文騰。法蘭琪在腦中記下了這個名字，以備將來派上用場。

這絕對是個可行的調查手段。不過這事要慢慢來。有關艾倫．卡斯泰的調查必須非常小心地進行。

「我可不希望被人下毒或敲碎腦袋，」法蘭琪扮個鬼臉說道，「他們早就準備幹掉巴比……」

她的思路忽然轉到那句引發整個事件的待解話語。

伊文斯！誰是伊文斯？伊文斯在哪兒？

一個販毒集團，法蘭琪斷定。也許卡斯泰的某個親戚受毒品所害，他決心摧毀這個集團。他到英格蘭來也許就是為了這個目的。伊文斯可能是毒販，已經洗手不幹，到威爾斯去定居。卡斯泰買通伊文斯讓他供出其他人。伊文斯同意卡斯泰到那兒去見他，但是某個跟蹤他的人下手殺了他。

跟蹤者難道就是羅傑·巴辛頓范奇？看起來不太像。凱曼夫婦倒是頗為符合法蘭琪設想中的那種毒販或幫派分子。

不過還有那張照片。若是能解釋那張照片不見的原因就好了。

當晚，尼克森醫師和妻子受邀來吃晚飯。法蘭琪剛換完裝就聽見他們的車駛至大門口。窗戶正對著那條路，她朝外看了看。

一名高個男子正從一輛深藍色的塔博特車駕駛座上下來。

法蘭琪若有所思地把目光收回來。

卡斯泰是加拿大人，尼克森醫師也是加拿大人。而且尼克森醫師開的是一輛深藍色的塔博特車。

當然，憑這些就做出推斷太過荒唐，但這不也暗示了些什麼嗎？

尼克森醫師身材魁梧，言行舉止如同大權在握的人。他說起話來慢條斯理，話不多，但企圖使每一個字聽起來都意義重大。他戴了一副厚重的眼鏡，鏡片後淡藍色的雙眼反射出光芒。

他的妻子身材苗條，二十七歲左右，十分美麗。法蘭琪想，這個女人似乎有些神經質，說起話來相當亢奮，彷彿在隱瞞事情。

「我聽說你出了車禍，法蘭琪小姐？」尼克森醫師在餐桌旁傍著法蘭琪身邊坐下時說。

法蘭琪便講述了車禍的經過。她不懂自己在敘述時為什麼感到特別緊張。醫師態度平和，聽得津津有味。為什麼她總覺得自己像是在對一番根本不存在的控訴做抗辯練習。醫師沒事幹嘛懷疑她發生車禍的事？

「那太不幸了，」他說，在她說完之後……也許做了過多不必要的描述。「但你看起來康復得不錯。」

「我們認為她還沒好，就把她留在我們這裡。」希薇雅說。

醫師把目光轉向希薇雅，一絲微笑浮現在唇邊，但幾乎瞬間即逝。

「我會建議她盡可能留在這裡。」醫師嚴肅地說。

法蘭琪坐在男主人與尼克森醫師之間。亨利·巴辛頓范奇今晚明顯悶悶不樂，雙手痙攣，幾乎沒吃東西，不參與談話。

坐在亨利對面的尼克森夫人十分尷尬，只有在轉臉對著羅傑時才如釋重負。她與羅傑說話時漫無邊際，但法蘭琪發現她的目光從未久離自己的丈夫。

尼克森醫師正在大談鄉間生活。

「你知道何謂文化嗎，法蘭琪小姐？」

「你指的是書本知識嗎？」法蘭琪十分不解地問。

「不，不，我指的是細菌。你知道，法蘭琪小姐，它們在特製的血清中發育。鄉間文化就有點像這東西。它們有空間、時間和無止境的閒暇等最佳的條件來發育。」

「你指的是邪惡的事物？」法蘭琪仍不解地問。

「那得取決於被培育的細菌品種，法蘭琪小姐。」

法蘭琪暗忖，真是無聊的談話，但怎麼那麼教人毛骨悚然，真的！

她失禮地開口說道：「我想我正在培育各種各樣的邪惡品質。」

醫師看著她，神情鎮定地說：「啊，不，我不認為如此，法蘭琪小姐。我想你會站在法律和秩序的那一邊。」

他是不是過於強調「法律」這個名詞呢？

突然，尼克森夫人在桌子對面說：「我丈夫很以善於歸納人性自豪。」

尼克森醫師微微地點點頭。

「說得對，茉拉。我對小事情很感興趣。」他轉向法蘭琪又說：「你出事的情況我聽說了，不過有件事令我非常感興趣。」

「是嗎？」法蘭琪心跳忽然加快。

「那位路過的醫師，就是送你到這兒來的那位。」

「怎麼了？」

「他的個性一定很好奇，他在動手救人前還把自己的汽車掉了個頭。」

「我不明白。」

「你當然不明白，你失去了知覺。但小李夫斯，就是送信的那個小夥子，一路從史太佛利騎自行車過來，其間都沒有汽車經過他身旁。他騎到拐角處時，發現了你撞壞的車，然而這時候那位醫師的車頭朝著他騎車的方向——往倫敦去。你明白這點嗎？那位醫師不是從史太佛利來的，所以他一定走的是另外一條路，是從山上下來的。如果那樣，他的車頭應該對著史太佛利，但又不是，所以說他一定把車掉了頭。」

「要不然就是他從史太佛利來的時間更早一點。」法蘭琪說。

「那麼，當你下坡時，他的車就一直停在那個地方，是嗎？」醫師淡藍色的眼珠透過厚厚的鏡片死死盯著法蘭琪。

「我記不起來了，」法蘭琪說，「我想不是那樣。」

「你簡直像個偵探，賈斯珀，」尼克森夫人說，「你說的根本沒有什麼意義。」

「我感興趣的就是小事情，」尼克森說。

他轉臉對女主人說話時，法蘭琪才鬆了口氣。

他為什麼要如此盤問她呢？他怎麼對車禍的情況了解得這麼多呢？他說「我感興趣的就是小事情」，難道這就是全部的理由？

法蘭琪回憶起那輛深藍色的塔博特轎車，想起卡斯泰是加拿大人。她認為尼克森醫師是個險惡的傢伙。

晚飯後，她盡量避開尼克森醫師，而去接近性格溫和脆弱的尼克森夫人。她發覺這位夫人的目光仍然一直注視著她的丈夫。法蘭琪便想：這是愛呢還是怕呢？

尼克森一直專心與希薇雅談話。十點半時，他察覺到妻子對他使個眼色，兩人便起身告辭。

「喂，」他們離去後羅傑說，「你認為我們的尼克森醫師如何？他具有一種強勢的個性，對吧？」

「我和希薇雅一樣，」法蘭琪說，「我想我不大喜歡他。我比較喜歡他夫人。」

「長得漂亮，但有點癡呆，」羅傑說，「她若非十分崇拜她丈夫，就是怕他怕得要命，我不知道是哪一種。」

「這也正是我覺得奇怪的地方。」法蘭琪贊同道。

「我不喜歡他，」希薇雅說，「但你得承認，他很有魄力。我相信他用一種神奇的方法來治療吸毒者。那些都是讓親友極度絕望的人。他們抱著最後一點希望到那裡去，出來時卻完全治好了。」

「說得沒錯，」亨利．巴辛頓范奇突然說，「你們知道他們是怎麼治療的嗎？你們知道那些恐怖的傷害和精神折磨嗎？他們斷絕吸毒者的毒品，切斷所有來源，讓他們因為缺乏毒品而趨於瘋狂，把頭往牆上撞……這就是他所做的事。你們那位『有魄力』的醫師折磨患者，折磨他們，送他們下地獄，害他們發瘋……」

亨利的身體激烈地搖晃起來，突然轉身離開了房間。

希薇雅嚇了一跳。

「亨利怎麼了？」她感到奇怪地問，「他好像十分生氣。」

法蘭琪和羅傑不敢對視。

「整個晚上他都不對勁。」法蘭琪大膽地說。

「是，我注意到了。他最近情緒起伏很大。我希望他沒有放棄騎馬。噢，順帶一提，尼克森醫師邀請湯米明天過去，但我很不喜歡他去那兒，不想讓他和那些古里古怪的精神病人和吸毒者在一起。」

「醫師不會讓湯米和那些人接觸的，」羅傑說，「他似乎非常喜愛小孩子。」

「是的，我想他很遺憾沒有自己的親生孩子。他的夫人大概也是這樣。她看起來很悲傷，而且纖細極了。」

「她就像悲傷的聖母。」

「對，說得非常恰當。」

「如果尼克森醫師這麼喜愛孩子，那麼我想他也來參加了你們的兒童聚會吧？」法蘭琪漫不經心地問。

「那時他不巧離開了一兩天。我想是去倫敦開個什麼會。」

「我明白了。」

他們起身回房就寢。睡前，法蘭琪給巴比寫了封信。

15 一項發現

巴比度過了一段難受的時光。被迫按兵不動令他極其不耐。他討厭靜靜地待在倫敦無所事事。

阿巴思諾給他打來一次電話，三言兩語地告訴他一切進行得很順利。兩三天後他收到一封法蘭琪的信，是她的女僕送來的。信寄到馬欽頓伯爵城堡，附在給女僕的信中。

自那以後，巴比再沒聽到任何消息。

「你的信。」白傑叫道。

巴比激動地上前取過信，但信上的筆跡是他父親的，郵戳蓋的是馬奇波。

然而就在此時，他一眼瞥見法蘭琪的女僕身穿乾淨黑袍正走過海鷗車行。五分鐘後，他拆開了法蘭琪的來信。

親愛的巴比：

我看是你出馬的時候了。我已給家裡的人下了指令讓你使用賓利車，無論你何時需要都行。準備一件司機制服，我們家常用的是深綠色的。到哈羅茲去買，記我父親的帳。細節一定要精準。集中精力把鬍子做好，任何人留了鬍子後長相都有極大的差別。

到這兒來找我。你可以假裝帶了我父親的信來給我，說那輛車如今又運轉正常了。這裡的車庫只容得下兩輛車，一輛是家用戴姆勒，另一輛是羅傑·巴辛頓范奇的雙人座轎車。幸虧車庫塞滿了，所以你要把車開到史太佛利去停。

到那裡以後你盡可能去獲取當地的消息，特別是為吸毒病人開設診所的那位尼克森醫師的。他這個人有幾個可疑的情況：他有輛深藍色的塔博特車；當你的啤酒在十六號那天被人做手腳時，他不在家；還有他對我撞車事件的細節表現出極大的興趣。

我想我已確認了屍體的身分！

再見，我的偵探搭檔。

愛你且如願以償的「腦震盪患者」法蘭琪

又及：此信我親自寄出。

巴比的精神為之一振。

他脫下連身工作服，把馬上要走的消息告訴了白傑。正當他匆匆準備離開時，他才記起還沒拆開父親的來信。他拆信時並不怎麼興奮，因為牧師的來信與其說是樂意提筆，不如說是為義務所驅使，而且流露著一種基督徒忍辱負重的壓抑情緒。

牧師提及馬奇波的日常訊息，敘述了他與風琴師的不快，詳說了手下一位教會執事的非基督徒情結，另外也提到了重新裝訂《讚美詩集》的事。牧師希望巴比果決地堅持其工作，盡力闖出一番成績，並表示他永遠是摯愛他的父親。

信後又附帶寫道：

順帶一提，有個人來訪，問你在倫敦的地址。當時我出去了，他沒留下姓名。羅伯茨太太說他是個兒高高、腰有點彎的紳士，戴著夾鼻眼鏡。沒遇上你，他似乎非常遺憾，並且急於再見到你。

一位個兒高高的、腰有點彎、戴夾鼻眼鏡的男人？巴比在心裡把熟人中接近這種描述的人想了一遍，但想不出是誰。

突然，一陣疑慮猛地掠上他的心頭。難道這是又一次有人企圖索他性命的前兆嗎？那些神祕莫測的冤家對頭正在試圖跟蹤他嗎？

他靜靜地坐著，認真思考。他們，無論是什麼人，剛剛發現他離開了家。羅伯茨太太不疑有他地給了那個人他的新地址。

這樣，他們，無論是什麼人，已經監視了這個地方。如果他外出會被跟蹤，那按目前情況看來，要擺脫跟蹤根本不可能。

「白傑，」巴比說。

「我在，老弟。」

「過來一下。」

接下來的五分鐘，他花費在一項相當艱苦的工作上。而十分鐘後，白傑已可以把巴比的吩咐牢記在心了。

當白傑一字不漏地熟記後，巴比上了一部標有一九〇二年生產的雙座飛雅特，銳氣十足地把車駛出車行。他把車停在聖詹姆斯廣場，從那裡徑直走向他所屬的俱樂部。他在裡面打了幾個電話，兩小時後有人給他送來了包裹。最後，大約三點半時一個身穿深綠色制服的司機走到聖詹姆斯廣場，迅速上了一部約半小時前停在那兒的大型賓利。停車場的服務員向他點頭致意，並說把車停在這裡的那位先生說過——那位先生說話有點結巴——他的司機要不了多久會來取車。

巴比腳踩離合器，技術熟練地飛馳而去。那輛被遺棄的飛雅特仍嫻靜地停在那兒等候主人。儘管上唇由於緊張略有不適，巴比已開始盡情享受。他將車朝北而非朝南開去，沒多久，馬力強大的汽車已在北方大道上快速前進。

這麼做只是為了格外謹慎。他十分確信無人跟蹤他。不久，他左轉，採取繞道的方式取道去漢普郡。

恰好在下午茶之後，賓利車噗噗噗地駛上了梅羅韋莊的車道，開車的是一個拘謹有禮的司機。

「呵，」法蘭琪輕快地叫道，「車來了。」

她走出屋子來到大門口，希薇雅和羅傑與她一塊出來。

「一切正常嗎，霍金斯？」

司機以手觸帽致禮。

「是的，小姐，車徹底檢修過了。」

「那太好了。」

「主人給你的信，小姐。」

法蘭琪接過去。

「你要住在……叫什麼……『漁人碼頭』旅館，在史太佛利村，霍金斯。如果我要車，我會在早上打電話給你。」

「好的，小姐。」巴比倒車掉頭，加速開下車道。

「真抱歉，我們這兒沒房間了。」希薇雅說，「這車真漂亮。」

「車速很快。」羅傑說。

「是的。」法蘭琪承認道。

她很滿意，羅傑臉上絲毫沒有顯露認出巴比的戰慄之色。如果真認出來了，她一定會感到吃驚。若非她與巴比很熟，她也認不出他。那綹小鬍子看來十分自然，加上那與巴比平常個性截然不同的拘謹態度，以及那套司機制服的加強效果，喬裝順利完成。說話的聲音也棒極了，完全不像巴比本人。法蘭琪開始認為巴比的才能遠遠超過她對他的評價。

此時，巴比已經順利地住進了漁人碼頭旅館。

他的任務是扮演法蘭琪・德溫特小姐的司機——愛德華・霍金斯這個角色。

至於司機在私生活中的言行舉止，巴比並不了解，但假設他帶點傲慢態度不會有錯。他盡量使自己表現出優越感。受雇於漁人碼頭的各色年輕女子對他充滿欽慕，明顯地振奮其心，他很快就發現自車禍發生以來——法蘭琪和她所遭遇的車禍——在史太佛利已成為主要的話題。巴比心情輕鬆地朝店主走去。店主身體結實、態度親切，名叫湯瑪士・艾西丘，有什麼話都藏不住。

「小李夫斯在場看到了撞車。」艾西丘先生宣稱道。

巴比接受那位小夥子逼真的謊言。這場出名的車禍現在有個目擊者加以證實了。

「他真以為自己的末日來臨了，」艾西丘先生繼續說，「車從山坡上直直朝他衝來，然而沒撞上他，反而撞到牆上。那位年輕小姐沒被撞死真是奇蹟。」

「小姐經歷了幾次死亡威脅。」巴比說。

「她碰上過很多次車禍？」

「她一向很幸運，」巴比說，「但我向你保證，艾西丘先生，每當小姐從我手上把車接去開時——她有時會這麼做——啊，我就深信我的末日到了。」

在場的幾個人都自作聰明地搖搖頭，說他們並不覺得奇怪，這正是他們早就想到的事。

「你這棟小樓房真漂亮，艾西丘先生，」巴比態度寬厚地說，「非常舒適。」

艾西丘露出一副心滿意足的神情。

「梅羅韋莊是附近唯一的一座大宅院嗎？」

「唔，還有關吉樓，霍金斯先生。嚴格地說，你不會稱它為一個住宅，那兒沒有住戶。不，在那位美國醫師住進去之前，一連空了好幾年。」

「一位美國醫師？」

「他叫尼克森。如果你問我的話，霍金斯先生，那兒發生了一些稀奇古怪的勾當。」

這時一個酒吧女侍說，尼克森醫師讓她毛骨悚然，真的。

「勾當，艾西丘先生？」巴比說，「你說勾當是什麼意思？」

艾西丘臉色陰沉地搖搖頭。

「我是說，住在那兒的人並不願意住進那兒。他們是被他們的親戚弄進去的。我向你保證，霍金斯先生，你不會相信的，呻吟聲和尖叫聲不停地從那兒傳出來。」

「為什麼警方不干預呢？」

「哦，算了吧，別人認為這很正常。裡面是精神病人以及類似的病人或病情並不很嚴重的瘋子。醫師是個紳士，可以說很正常……」

此時店主把臉埋進酒罐，臉冒出來後又顯得疑心重重地搖搖頭。

「哈！」巴比帶著一種邪惡的口氣大聲說，「如果我們知道了那個地方發生的全部事情……」

他也做出埋頭喝酒的樣子。

那位酒吧女侍心急如焚地嘮叨起來。

「那還用你說，霍金斯先生。那兒有什麼勾當？呀，有天晚上，一個可憐的年輕女孩逃出來，只穿著睡衣。醫師和兩個護士出來找她。『啊！別讓他們抓我回去！』她就這麼叫呀喊呀，真是可憐。她還說她很有錢，她的親戚叫人把她送了進去。後來他們還是把她捉回去了。醫師說她是個迫害狂，他是這麼說的。這麼一想，大家都不同情她了。可是我常常覺得奇怪，真的，我常常覺得奇怪……」

「哎呀！」艾西丘先生說，「說說倒容易……」

在場有個人說根本不知道那兒發生什麼事，又一個人說那是正常的。

最後，閒聊結束了，巴比說想在睡覺前出去散散步。

他知道，從梅羅韋莊看去，關吉樓在村子的另一頭，於是他就朝那個方向走去。晚上聽到的這些事，讓他覺得值得注意。當然很多話不能全信。村民們向來對新來的人抱有偏見，若新來者國籍不同更是如此。要是尼克森辦了一家戒毒所，那兒當然可能會傳出奇異的聲響，但那些呻吟聲甚而尖叫聲未必有不法之嫌。

然而，那個潛逃女孩的故事使巴比的心情極不愉快。

難道關吉樓真是一個強行關人的地方嗎？有些真病人可能被當作幌子嗎？

巴比就這樣東想西想地來到了一堵有鑄鐵大門的高牆前面。他走到鐵門前，輕輕地摸了下門。門鎖著，嗯，當然了？

不知道什麼緣故，他一觸摸到緊鎖的大門，就產生一種微弱的罪惡感。這個地方像一座監獄。

他沿著牆外的路走，用眼睛打量著圍牆。有可能翻進去嗎？牆面平滑，牆很高，根本沒有易於攀緣的裂縫。他搖搖頭。突然，他走近一扇小門，沒抱多大希望地推了推，門出乎他意料地開了，門沒鎖。

一點小小的疏忽，巴比想道，不禁咧嘴一笑。

他溜進小門，在身後輕輕把門帶上。

他發現自己站在一條通往一排灌木叢的路上，沿著這條彎彎曲曲的路走時，想起了《愛麗絲夢遊奇境》中的那條彎道。

沒有任何預警，路突然猛地一轉，通向了離房屋不遠的一塊空地。夜晚的月光明亮，空地被照得一片清晰。巴比不知不覺已經完全步入月光之下。

就在此時，一名女子的身影從屋角處出現，她輕手輕腳地躡行著，像隻被人追逐的動物般警覺，她四下掃視——或者這只是巴比的感覺——突然她停住腳步，站在那兒，身子搖晃起來，像要倒下似的。

巴比衝上前去扶住她。她的嘴唇發白，巴比從未見到這麼令人害怕的恐懼神色。

「沒事了，」他用很低的聲音安慰她。「完全沒事了。」

這名年輕女子輕輕地哼出聲來，眼瞼半合。

「嚇死我了，」她喃喃道，「真是嚇死我了。」

「出了什麼事？」巴比問。

突然，她似乎聽到了什麼聲響，連忙挺直身子，從巴比手中掙脫出來，對他說：「走吧，馬上走。」

「我想幫你。」巴比說。

「你？」

她用銳利而動人的目光盯著巴比看了一兩分鐘，似乎在探尋他的靈魂。

後來，她搖搖頭。

「沒人能幫我。」

「我能，」巴比說，「我什麼事都願意做。告訴我，什麼東西把你嚇成這樣？」

她搖搖頭。

「現在不行。哦！快……他們來了！你現在不走就幫不了我。馬上……馬上走吧。」

巴比在她的催促下屈服了。

「我住在漁人碼頭旅館。」

他對她低聲耳語，說罷便躍回原路。他最後回首向她望去時，她還是那副催他快走的緊張姿勢。

突然他聽見前面的路上傳來腳步聲，有人從小門那邊向這兒走來。巴比一下跳進路邊的灌木叢裡。

他沒聽錯，一個男人正沿路而來。他從巴比身邊走過去，由於天色太暗，巴比沒能看清他的臉。

此人走過後，巴比繼續退卻。他覺得今天晚上什麼事也做不成了。

總之，他的腦中一片混亂。

因為他認出了那名年輕女子。絕對沒錯，她就是那張神祕消失的照片上的那個人。

16 巴比成為律師

「霍金斯先生嗎？」

「我是。」巴比含著一大口培根和雞蛋，聲音有些含混。

「有電話找你。」

巴比喝了一大口咖啡，揩揩嘴站起來。電話位在窄小黑暗的走廊上，他拿起話筒。

「哈囉。」是法蘭琪的聲音。

「哈囉，法蘭琪。」巴比說得很輕率。

「我是法蘭琪．德溫特小姐，」對方的語氣很冷淡。「你是霍金斯嗎？」

「是的，小姐。」

「我十點鐘要用車，去倫敦。」

「是，小姐。」

巴比掛上了話筒。

「什麼時候該說『小姐』，什麼時候又該說『小姐閣下』，」巴比這麼想道，「我應當知道，但我不知道。這種事會讓一個正牌司機或男管家把我識破。」

那一頭，法蘭琪掛上話筒，轉身面對羅傑·巴辛頓范奇，她故作輕鬆地說：「我今天得去倫敦一趟，真煩。全是因為父親小題大做。」

「不過，」羅傑問，「你今晚會趕回來吧？」

「噢，是的！」

「我本來想問問你，能不能讓我搭便車去倫敦？」羅傑隨意問道。

法蘭琪略停了一下，才欣然答道：「啊，當然可以。」

「不過我重新考慮了一下，又覺得今天不想去了。」羅傑接著說，「亨利的模樣比平時更古怪。不知怎地，我很不想讓希薇雅單獨和他在一起。」

「我懂。」法蘭琪說。

「你自己開車？」兩人從電話機旁離開時，羅傑不在意地問道。

「是的，但是我會帶著霍金斯。我還要買點東西，自己開車很不方便，因為你不能到處停車。」

「那當然。」

他不再說話了。車駛來的時候，巴比舉止得體，直挺挺地坐在車上。羅傑走到門階上送法蘭琪。

「再見。」法蘭琪說。

在這種情形下，她沒想到要握手道別，但羅傑抓住她的手握了好一陣。

「你會回來吧？」他的語氣異常堅持。

法蘭琪笑了。

「當然囉，我說的只是今天傍晚再見。」

「別再出什麼車禍了。」

「如果你擔心，我讓霍金斯開車。」

她躍上車坐在巴比身邊，巴比觸了觸帽子。轎車順著車道啟動時，羅傑還站在階梯上，目光追隨著轎車。

「巴比，」法蘭琪說，「羅傑也許愛上我了，你認為可能嗎？」

「他？」

「是呀，我只是猜測。」

「我以為你很清楚這些表徵。」

他說得心不在焉，法蘭琪迅速地瞥了他一眼。

「出什麼事了嗎？」法蘭琪問。

「沒錯，是有事。法蘭琪，我發現了照片上的那個人！」

「你是說……是那張……你多次談到的，在死者衣袋裡的那張照片？」

「沒錯。」

「巴比！我本來有些事要告訴你，不過和這件事相比就算不了什麼了。你在哪兒發現她的？」

巴比猛地把頭縮回肩頭。

「在尼克森醫師的戒毒所。」

「快告訴我經過。」

巴比小心翼翼地敘述了昨夜發生的事情。法蘭琪聽得屏氣凝神。

「這麼說，我們追查的方向是正確的，」她說，「這一切都是尼克森醫師在背後搞鬼！我挺怕那個人的。」

「他是個什麼樣的人？」

「唔，魁梧有力，而且透過鏡片目不轉睛地注視你。你感覺到他對你無所不知。」

「你什麼時候遇見他的？」

「他來吃晚飯的時候。」

她講述晚餐桌上的事，以及尼克森醫師如何不停地和她糾纏「車禍」的細枝末節。

「我覺得他很多疑。」她最後說。

「他那樣一個勁追問細節，的確很奇怪。」巴比說，「你看這件事到底是怎麼回事？」

「唔，你提過有個販毒集團的說法，當時我嗤之以鼻，現在我開始認為這個猜測還不算離譜。」

「是個以尼克森為首的集團？」

「是的，戒毒所的事務對做那種勾當來說，是個極好的偽裝。他可以在完全合法的條件下，取得某些藥品的來源。在裝作治療吸毒病人的同時，可以同時向病人提供毒品。」

「聽起來似乎很有道理。」巴比贊同道。

「我還沒告訴你亨利・巴辛頓范奇的事。」

巴比聚精會神地傾聽法蘭琪描述亨利的怪癖。

「他的妻子沒起疑心？」

「我覺得她沒懷疑。」

「她這人怎麼樣？聰明嗎？」

「我沒仔細想過。不，我看她並不很聰明。可是在某些方面她看起來相當厲害。是個坦誠待人的女人，讓人很愉快。」

「我們那位巴辛頓范奇呢？」

「我很傷腦筋，」法蘭琪說得很慢。「巴比，你認為我們有冤枉他的可能嗎？」

「胡說！」巴比說，「我們絞盡腦汁才斷定他一定是個壞蛋。」

「因為照片的事？」

「就是因為照片。沒有其他人有機會去調換照片。」

「我知道，」法蘭琪說，「但我們只握有這件對他不利的事。」

「這已經相當足夠了。」

「我也這麼想，不過呢……」

「嗯？」

「我不知道該怎麼說，不過我有一種很奇怪的感覺，認為他是無辜的，他與這件事情毫無牽連。」

巴比眼神嚴厲地盯著法蘭琪。

「你說他愛上你……還是你愛上他了？」他問得很有禮貌。

法蘭琪的臉唰一下紅了。

「別胡說，巴比。我只是懷疑他或許是清白無辜的，就是這樣。」

「我看沒這種可能。特別是現在我們已經發現那個女孩就在這附近。這似乎是確鑿的事實。如果我們再有死者是什麼人的蛛絲馬跡……」

「噢，我有。我在信中曾經告訴過你。我差不多可以肯定被害人是一個名叫艾倫．卡斯泰的人。」

她再度詳述一番。

「你看，」巴比說，「我們真的有進展。現在我們必須再加把勁地，重新推想案情。我們來把已經掌握的情況分析一下，弄清楚我們可以著手哪些工作。」

他停頓片刻，汽車好像也跟著放慢了速度。於是他再次使勁用腳蹬加速器，同時開口說：「首先，我們必須確定艾倫・卡斯泰的事是正確的。他當然符合條件，他就是那種人，過著浪跡天涯的生活，在英格蘭熟人、朋友很少，而且如果他失蹤了，可能不會有人想起他或者尋找他。說到此，都沒問題。艾倫・卡斯泰是和這些人到史太佛利來，你說他們姓什麼……」

「黎文騰。這是個可能的調查管道。實際上，我看我們應該追查下去。」

「我們會的。很好，卡斯泰與黎文騰一家來到了史太佛利。這件事有什麼含義呢？」

「你是說，他是故意讓他們帶他來的？」

「正是如此。或者這只是一次偶然的機會？他被他們帶來後，他像我一樣偶然碰上了那名年輕女子？我推測他以前認識她，否則他不會隨身帶著她的照片。」

「換種可能是，」法蘭琪沉吟道，「他已經在追蹤尼克森和他的集團了。」

「而且利用黎文騰一家作為自然而然來到這裡的媒介？」

「這是很有可能的推論，」法蘭琪說，「他可能一直在追蹤這個集團。」

「或者只是追蹤那名女孩。」

「那個女孩？」

「對。她也許被誘拐了。他或許到英格蘭來找她。」

「唔，不過如果他在史太佛利發現了她，那他為什麼又離開這兒到威爾斯去呢？」

「顯然，還有很多事我們不知道。」巴比說。

「伊文斯，」法蘭琪若有所思地說，「我們還沒有獲得有關伊文斯的任何線索。伊文斯一定和威爾斯有關。」

他們倆沉默了一會兒。隨後，法蘭琪被四周的環境驚醒過來。

「我的天哪，我們已經到了普特尼山，怎麼好像才過五分鐘似的。我們打算上哪兒去？打算幹什麼呢？」

「由你來決定呀。我連為什麼要進城都不知道。」

「進城只是為了和你談話所找的一個藉口。我總不能讓人看見我在史太佛利的巷弄裡與我的司機邊走邊聊，那樣風險太大。我用那封父親寄來的假信作為開車進城的藉口，以便在路上和你討論，就連這樣也差點被巴辛頓范奇給毀了，他原本想搭我的便車。」

「那樣可就不妙了。」

「不一定。送他到他想去的地方後，我們還是可以到布魯克街去談。總之，我看我們最好還是這樣做。你的車行也許被人監視了。」

巴比同意這個說法，並提及有人到馬奇波打聽他的那件事。

「我們去我這裡的家，」法蘭琪說，「那兒除了我的女僕和兩個守門人之外，沒有其他的人。」

他們驅車抵達布魯克街。法蘭琪按響了門鈴，自己先進去。巴比留在屋外。不一會兒，法蘭琪又打開門，用手示意他進去。他們上樓到了大客廳，拉下幾扇窗簾，卸下一張沙發的蓋布。

「有件事我忘記對你說了，」法蘭琪說，「十六號，就是你中毒的那天，羅傑人在史太佛利，但尼克森不在，說是在倫敦出席一場會議。他的車是深藍色的塔博特車。」

「而且他有獲得嗎啡的門路。」巴比說。

他們彼此交換了意味深長的眼神。

「還缺乏確鑿的證據，」巴比說，「但條件恰好符合。」

法蘭琪走到桌子的另一邊，取了本電話簿回來。

「你打算做什麼？」巴比問。

「我查查姓黎文騰的人。」她飛快地翻閱著。

「A·黎文騰父子，建築商；B·A·C·黎文騰，牙醫；黎文騰博士，住在射手山丘。我看都不是。芙蘿蘭·黎文騰小姐；H·黎文騰上校，參議員，這有點像，住在切爾西的泰特街。」

她接著往下查找。

「有個M·R·黎文騰，住在旺斯洛廣場。可能是他。還有個威廉·黎文騰，在漢普斯德。我看旺斯洛廣場的那家和泰特街的那家挺像一家人。巴比，我們必須盡快找到黎文騰一家人。」

「我認為你說得對。但我們要說些什麼呢？要想出一些絕妙的謊話，法蘭琪。我可不善於做這種事。」

法蘭琪想了一會兒。

「我認為，」法蘭琪說，「你必須去一趟。你覺得你可以充當一家律師事務所的新進合夥人嗎？」

「這看來是個極有紳士派頭的角色，」巴比說，「我還擔心你想的是比這更差的角色呢。不過，這個角色也不好當，不是嗎？」

「你是什麼意思？」

「律師們從不進行私人拜訪，不是嗎？他們總是寫信，每次六先令八便士，或是寫信邀請某人約定在辦公室會面。」

「這間特殊的律師事務所作風新潮，」法蘭琪說，「等一等。」

她走出房間，回來時拿著一張名片。

「佛雷德．斯普拉格先生，」她說著把名片遞給巴比。「你就是斯普拉格事務所的一名年輕律師，布魯斯貝瑞廣場的『斯普拉格和詹金森律師事務所』。」

「你發明了這家事務所嗎，法蘭琪？」

「當然不是。他們是我父親的律師。」

「要是他們因為我假冒身分起訴我呢？」

「沒問題的。他們沒有什麼年輕的斯普拉格。唯一那位斯普拉格大約一百歲了，總而言之，他聽命於我。如果出了問題，我會擺平他。他是個勢利小人，最喜歡巴結那些公爵、伯爵，卻弄不到他們多少錢。」

「服裝怎麼辦？打電話叫白傑送來嗎？」

法蘭琪顯得很懷疑。

「我不是想嫌棄你的服裝，巴比，」她說，「也不是因為你窮或諸如此類的事譴責你。但那些服裝會令人信服嗎？我認為，我們最好還是襲擊父親的衣櫃，他的衣服你穿起來應該不會太不合身。」

一刻鐘後，巴比上穿一件晨禮服，下著剪裁精良的條紋褲，站在馬欽頓伯爵的穿衣鏡前打量著自己。

「你父親在穿衣服上不虧待自己，」他神態自若地評論道，「有塞維街[7]的力量在支持我，我感覺信心大增。」

「我看你得把鬍子黏緊一點。」法蘭琪說。

7 塞維街（Savile Row），倫敦西區街名，高級男裝縫製店集中於此。

「它黏得很緊啊，」巴比說，「它是件藝術品，不能匆匆忙忙複製。」

「那麼你最好留著它，儘管面孔白淨看來比較像律師。」

「總比大鬍子好，」巴比說，「好了，法蘭琪，你認為你父親可以借給我一頂帽子嗎？」

17 與黎文騰夫人談話

「萬一，」巴比停步在門檻邊說，「旺斯洛廣場的M．R．黎文騰先生本身就是律師呢？那可會是當頭棒喝。」

「你最好先試試泰特街的那位上校，」法蘭琪說，「他對律師這行一無所知。」

於是，巴比乘了一輛計程車到泰特街。上校不在家，但他的夫人在。巴比向長得挺乖巧的女僕遞了名片，他在名片上寫道：「來自斯普拉格和詹金森律師事務所，急事求見。」名片及馬欽頓伯爵的服裝在女僕身上產生了效果。她一點也不懷疑巴比會來推銷小型器具或招攬保險業務。他被引入一間陳設富貴華麗的客廳，不一會兒，服飾和化妝也同樣富貴華麗的黎文騰夫人走進了客廳。

「我必須為打擾你深表歉意，黎文騰夫人，」巴比說，「但事情相當緊迫，我們希望避免函件受到耽誤。」

說律師希望避免延誤，那是不可能的，巴比因此產生了片刻的憂慮，不知道黎文騰夫人是否看穿這個託辭。

然而，黎文騰夫人顯然是個美貌勝過智慧、凡事照單全收的女人。

「哦！請坐！」她說，「我剛剛接到你辦公室打來的電話，說你正在來這兒的路上。」

巴比心裡佩服法蘭琪在這最後關頭顯現的才華。

他坐下來努力顯得合乎身分。

「這事與我們的委託人艾倫．卡斯泰有關。」他說。

「哦，是嗎？」

「他也許提起過我們為他代理法律事務。」

「他提起過？我相信他提過，」黎文騰夫人張開很大的藍眼睛，顯然她是那種容易受影響的人。「當然了，我知道你們的事。桃莉．莫爾特開槍射殺那個討厭的男裁縫時，你們替她打過官司，不是嗎？我想你知道所有的細節吧？」

她懷著明顯的好奇心看著巴比。巴比認為黎文騰夫人是個容易對付的笨蛋。

「我們知道許多從來沒有提上法庭的情況。」他微笑著說。

「哦，我猜你一定知道。」黎文騰夫人羨慕地看著他說，「告訴我，她真的……我是說，她穿得就跟那個女人說的一樣？」

「這個情節在法庭上被否認了。」巴比一臉嚴肅地說，但稍微眨了眼。

「哦，我明白了。」黎文騰夫人與高采烈地吸了口氣。

「關於卡斯泰先生，」巴比說，感覺他現在已經與她建立了友好關係，可以進行正事。

「他非常突然地離開了英格蘭，也許你知道？」

黎文騰夫人搖搖頭。

「他離開英格蘭了？我不知道。我們好一陣子沒見到他了。」

「他告訴過你，他打算在這兒待多久嗎？」

「他說他也許在這兒逗留一兩週，或許可能六個月或一年。」

「他住在什麼地方？」

「薩伏飯店。」

「你最後一次見到他，是什麼時候？」

「唔，大概三個星期或一個月以前吧。我記不清楚了。」

「有一天，你帶他去過史太佛利？」

「當然啦！我相信那就是我們最後一次見到他。他打電話來問說他什麼時候可以來深望我們，他剛到倫敦。休伯特非常為難，因為我們隔天就要去蘇格蘭，當天我們又準備到史太佛利去用午餐，而且晚上又要和一些我們擺脫不了的討厭鬼一起外出吃晚餐，而他又想見見卡斯泰，因為他很喜歡卡斯泰。所以我說：『親愛的，我們帶他一起去巴辛頓范奇家吧。他們不會在意的。』就這樣我們一起去了。當然了，他們並不在意。」

她屏息了一會兒。

「他告訴你們他在英格蘭暫住的原因了嗎？」巴比問。

「沒有。他有什麼原因嗎？哦，對了，我明白了。我們認為這事與他那位百萬富翁朋友有關，那人死得真慘。醫師告訴他，說他罹患了癌症，他就自殺了。身為醫師這麼說太邪惡了，你不這麼認為嗎？醫師們經常出錯。我們家的醫師幾天前說我的小女孩罹患了痲疹，結果證明是一種熱疹。我跟休伯特說應該換掉他。」

巴比置黎文騰夫人要求醫師萬能的看法於不顧，把談話轉向正題。

「卡斯泰認識巴辛頓范奇一家人嗎？」

「噢，不！不過我認為他喜歡他們。雖然在回來的路上，他神情古怪，悶悶不樂。我猜一定是有人提起某件事使他心煩。他是加拿大人，你知道，我常常認為加拿大人太敏感。」

「你不清楚是什麼事使他心煩嗎？」

「我一點兒也不知道。有時候只是為了很無聊的事，不是嗎？」

「當時他有在那附近走走嗎？」

「哦，沒有。這個想法真怪！」她凝視著巴比。

巴比試著追問：「那天有聚會嗎？他碰上什麼鄰居了嗎？」

「沒有，只有我們一家和他們一家。不過你這麼問真奇怪……」

「哦？」在她住口時，巴比連忙說。

「因為他一直在打聽某個住在那裡的人。」
「你記得那個人的名字嗎？」
「不，記不得了。不是個什麼很有趣的人，一個醫師或什麼人。」
「尼克森醫師？」
「我看是這個名字。卡斯泰想知道那位醫師和他妻子的所有情況，以及他們是什麼時候來的等等問題。教人覺得奇怪的是，他並不認識他們，而且他平常也不是個好奇心很強的人。不過呢，當然啦，也許他是沒話找話說。有時候人會這樣。」
巴比附和說人往往是這樣，又問起尼克森一家怎麼會成為話題的，但黎文騰夫人愛莫能助。她當時和亨利．巴辛頓范奇到花園去了，回來時發現大家正在談論尼克森一家。
截至目前為止，談話進行得非常順利，巴比明目張膽地套問黎文騰夫人，但她現在突然表現出好奇。
「你想要知道卡斯泰先生的什麼事呢？」她問。
「我需要他的地址。」巴比解釋說，「如你所知，我們替他處理一些法律事務，我們收到一封來自紐約的重要電報。你知道，美元匯率剛剛發生一陣嚴重的波動……」
黎文騰夫人非常靈敏地點點頭。
「所以，」巴比快速地說下去。「我們想和他聯絡，獲知他的指示。他沒有留下地址，但我們聽他提過你們是他的朋友，我就以為你們或許知道他的消息。」

「噢，我明白了，」黎文騰夫人極其放心地說，「真遺憾！不過他一向行蹤不定。」

「哦，的確如此。好吧，」巴比起身說道，「占用了你這麼多時間，我深感抱歉。」

「唉，沒關係。」黎文騰夫人說，「知道桃莉．莫爾特真的那麼做了，真有意思，因為你說她……」

「我根本沒說什麼。」巴比說。

「是呀，不過律師都小心得很，不是嗎？」黎文騰夫人發出咯咯的笑聲。

「這樣就行了，」巴比走在泰特街上時這樣想道，「我好像已經毀了桃莉了，但我敢說她是咎由自取。那個可愛的傻女人永遠不會明白如果我需要卡斯泰的地址，為什麼不簡簡單單地打個電話問問就行了。」

回到布魯克街後，他與法蘭琪一起從各種角度分析了這個情況。

「看來好像他是偶然到巴辛頓范奇家來的。」法蘭琪若有所思地說。

「沒錯。但很明顯，當他到那兒時，某些偶然的談話使他把注意力轉向尼克森一家。」

「這樣說來，其實，尼克森才是這宗謎案的關鍵人，而不是巴辛頓范奇一家了？」

巴比看著法蘭琪，厲聲問道：「你就是執意要洗清你那位英雄的嫌疑嗎？」

「親愛的，我只是指出一種可能性。正是提到尼克森和他的戒毒所才刺激了卡斯泰的。他被帶到巴辛頓范奇家只是偶然。你必須承認這一點。」

「似乎是這樣。」

「為什麼是『似乎』呢？」

「唔，還有另一種可能性。透過某種途徑，卡斯泰獲知黎文騰全家準備去巴辛頓范奇家吃午飯。他可能不期然在薩伏的餐廳聽到一些談話。所以他給他們打電話，迫切要去見他們，他希望事情如他所願進行。他們兩家真的約定了，而且他們提議他一同前去，說他們家的朋友不會在意，也非常想見見他。這有可能，法蘭琪。」

「我想是有可能。但這是一種非常拐彎抹角的手段。」

「不會比你的車禍事件更拐彎抹角。」巴比說。

「我的車禍事件是種有魄力的直接行為。」法蘭琪冷冷地說。

巴比脫下馬欽頓伯爵的衣服，重新放回他先前找到這些衣物的地方，然後再次穿上司機制服。不一會兒，他們驅車朝史太佛利疾馳而去。

「如果羅傑真愛上我，」法蘭琪神態莊重地說，「我這麼快就回去，他八成很高興。他一定認為我無法忍受離開他太久。」

「我也不太確定你忍受得了，」巴比說，「我聽說真正危險的罪犯最吸引人。」

「不管怎麼說，我無法相信他是罪犯。」

「你以前就這麼說過。」

「唔，這是我的感覺。」

「你不要忘了照片的事。」

「該死的照片！」法蘭琪罵道。

巴比默默地把車駛上車道。法蘭琪一躍而出，頭也不回地走進屋裡去。巴比驅車而去。

屋子裡顯得很寂靜，法蘭琪瞥了一眼時鐘。兩點半。

「他們沒料到才幾個小時我就回來了，」她想道，「奇怪，他們在哪兒呢？」

她推開書房的門走進去，突然一下子在門口停住腳步。

尼克森醫師正坐在沙發上，雙手握住希薇雅的手。

希薇雅跳起來，穿過房間朝法蘭琪走來。

「他已經告訴我了。」她說。

她的聲音很壓抑，雙手掩面，彷彿刻意隱藏表情。

「太可怕了。」她一面抽泣，一面掠過法蘭琪身旁衝出了房間。

尼克森醫師站起身來。法蘭琪朝他走了一兩步。醫師和以往一樣帶著警戒的眼神直視法蘭琪。

「可憐的女人，」他和藹地說，「這對她是一次極大的打擊。」

他的嘴角肌肉抽搐著。有一會兒，法蘭琪認為他是在笑。後來，她突然明白這是一種完全不同的表情。

這個人是在生氣。他正在克制自己，在一副和藹可親的面罩下掩飾著自己的憤怒，但憤怒的表情已經呈現出來了。他所能做的就是抑制住情緒。

沉寂持續了一會兒。

「巴辛頓范奇夫人應當知道真相，這樣最好。」醫師說，「我希望她勸她丈夫讓我來照顧。」

「恐怕，」法蘭琪輕聲說道，「我打斷了你們的談話。」她停了一會兒又說：「我回來得比預定時間早了一些。」

18 照片上的女孩

巴比回到小旅館時，獲知有人正在等他。

「是一位女士。你會在艾西丘先生的小客廳裡見到她。」

巴比略感困惑，他不明白法蘭琪怎麼可能比他先到漁人碼頭，除非她展翅飛來，他腦裡只想到來訪者是法蘭琪而非別人。

他打開了艾西丘先生用來當作私人客廳的那扇小房門。椅子上端正地坐著一位身著黑裝的苗條女子——照片上的那個女孩。

巴比大吃一驚，一時說不出話來。接著他注意到那個女孩神情非常緊張，她那雙小手正在顫抖，一會兒捏緊椅子的扶手，一會兒又鬆開。她似乎太過緊張，話也說不出來，但那對大眼睛蘊含著一種急切求援的神情。

「原來是你？」巴比終於開口道。他關上門往前走到桌邊。

這女孩仍然一言不發，那對神色嚇人的大眼睛直視巴比。最後她說話了……一種聲音嘶啞的低語。

「你說過，你說過的……你會幫助我。也許我不該來……」

巴比打斷了她，同時搜尋安慰的言辭。

「不該來？胡說。你到這兒來絕對沒錯，你當然該來。我會盡一切可能幫助你。別害怕，現在你非常安全。」

女孩的臉上有了點血色。她突然說道：「你是什麼人？你……你……不是司機。我是說，你也許是司機，但不是真的司機。」

不管她語無倫次地想表達什麼，巴比還是理解了她的意思。

「現代人什麼工作都做，」他說，「我過去在海軍服役。事實上，我確實不是司機，但這點現在不重要。不管怎麼說，我向你保證，你可以信任我，把一切都告訴我吧。」

她的臉更紅了。

「你一定認為我瘋了，」她喃喃說道，「你一定認為我完全瘋了。」

「不，不。」

「我就這個樣子到這兒來……但我太害怕了，怕得太厲害了……」

她的話音消逝了，雙眼張大得有如看見了恐怖的幻象。

巴比緊緊抓住她的手。

「聽我說，」他說，「不會有事的，一切都會順順利利。你現在很安全，和……和一位朋友在一起。你不會有事的。」

他感覺到她手指的回壓。

「前幾天晚上，你來到月光下的時候，」她的話又低又急。「那就像，就像一場夢，一場拯救我的夢。我不知道你是什麼人，不知道你從哪兒來，可是這給了我希望，於是我下定決心來找你……告訴你。」

「那就對了，」巴比鼓勵她說下去。「告訴我吧，把一切都告訴我。」

她突然抽回手去。

「如果我說了，你會認為我瘋了，認為在那個地方和那些人住在一起，我的腦子一定出了毛病。」

「不，我不會那樣想，真的不會。」

「你會的。這事聽起來就很瘋狂。」

「我想不會。說吧，請告訴我。」

她從他身旁退回去了一點，筆直地坐著，雙眼凝視著前方。

「事情是這樣，」她說，「我擔心自己會被人謀殺。」

她的聲音不帶任何感情，而且嘶啞，說話時帶著明顯的自制，但兩隻手一直在顫抖。

「被人謀殺？」

「是的，聽起來很瘋狂吧？就像……他們把這叫什麼來著？迫害妄想。」

「不，」巴比說，「你看起來並不瘋狂，只不過嚇壞了。告訴我，是誰要謀害你？為什麼？」

她沉默了一兩分鐘，兩手一會兒扭緊，一會兒鬆開。後來她壓低嗓音說：「我丈夫。」

「你丈夫？」巴比腦中一陣混亂，脫口問道：「你是……」

這回輪到她吃驚了。

「你不知道？」

「我一點也不知道。」

她說：「我是茉拉．尼克森。我丈夫是尼克森醫師。」

「那麼你不是那裡的病人？」

「病人？哦，不，不！」她的臉色一下子陰沉下來。「我猜你認為我說起話來像個病人。」

「不，不，我根本不是那個意思。」他竭力使她安心。「老實說，我不是那麼想。我只是很訝異你已經結婚，還有……那些事。好了，繼續說說你丈夫想謀害你的事。」

「我知道，這事聽起來瘋言瘋語。但不是，它不是！每當他盯著我看的時候，我從他的眼神就看得出來。而且還發生了許多奇怪的事……意外事故。」

「意外事故？」巴比連忙問。

「是的，哦！我知道這聽起來有點歇斯底里，好像這一切都是我編出來的……」

「一點也不，」巴比說，「你說的完全合乎情理。說下去，說說那些意外事故。」

「看來不過是意外罷了。他倒車沒看見我在那兒，我及時跳到一邊；有些藥品裝錯了瓶子……哦，就這類蠢事，而發生這些事，人們會認為很正常，但這些事其實不正常……我知道是經過刻意安排的。要提防這些意外，保護我自己，盡力拯救我自己的性命，已使我疲憊不堪。」

她痙攣地吞嚥著口水。

「為什麼你丈夫想要除掉你呢？」巴比問。

他幾乎不期望有個確定的回答，但回答來得直截了當。

「因為他想和希薇雅結婚。」

「什麼？不過她已經結婚了呀。」

「我知道。但他正在安排這件婚事。」

「這怎麼說呢？」

「我並不清楚實際狀況，但我知道他正打算把亨利·巴辛頓范奇先生當作病人帶到闕吉樓。」

「然後呢？」

「我就不清楚了，但我想會發生事情。」她顫抖了一下。「他握有可以控制亨利·巴辛頓范奇先生的把柄，但我不知道是什麼。」

「亨利吸毒。」巴比說。

「是這樣嗎？我想是賈斯珀給他的。」

「嗎啡是郵寄來的。」

「賈斯珀也許不是直接給他，他很狡猾。亨利．巴辛頓范奇先生可能不知道嗎啡來自賈斯珀，但我保證是他給的。這麼一來，賈斯珀就可以把他弄到關吉樓來，假裝替他治病。一旦他到了那兒……」她住口不言，渾身發抖。「在關吉樓，各種各樣的事情都會發生，」她又說，「什麼事都稀奇古怪。病人來的時候希望能好一點，然而他們沒有好轉，反而愈來愈糟。」

她說話時，巴比隱約感覺進入了一種陌生、邪惡的環境。他覺得有種恐怖的東西長時間封閉了茉拉．尼克森的生活。

他突然打斷她的話。

「你說你丈夫想與巴辛頓范奇夫人結婚？」

茉拉點點頭。

「他對她很迷戀。」

「那麼她呢？」

「我不知道，」茉拉慢吞吞地說道，「我做不了判斷。表面上她似乎愛著丈夫和兒子，日子過得悠然自得、平平靜靜，像個頭腦簡單的女人。不過有時我覺得她並不像表面看起來那麼簡單。有時我甚至懷疑她是不是完全相反的女人，我不知道她是不是在演戲而且演技高超……但是，我想，這些想法很荒唐，都是我的妄想罷了。生活在關吉樓那樣一個地方，頭腦就會不正常，你會開始胡思亂想。」

「他弟弟羅傑怎麼樣？」

「我對他了解不多。我看他人不錯，但他是那種容易上當的人。我知道他完全受到賈斯珀影響。賈斯珀正在他身上下工夫，讓他勸導亨利．巴辛頓范奇到關吉樓來。我猜他還認為這全是他自己的主意呢。」她忽然往前一靠，抓住巴比的袖子哀求道：「別讓亨利到關吉樓來，如果他來了，可怕的事就會發生。我知道會發生。」

巴比沉默了一兩分鐘，心裡反覆思索著這個驚人的情況。

「你和尼克森結婚多久了？」他終於問道。

「才一年多。」茉拉聲音發抖。

「你沒想過離開他嗎？」

「我怎麼離開？我沒地方可去，也沒錢。即使有人收留我，我又能說些什麼呢？說一個丈夫想謀害我的離奇故事嗎？誰會相信我呢？」

「啊，我相信你。」巴比說。

他沉默了片刻，像是在決定某個行動方針。後來他說話了。

「好，我打算開門見山地問你一個問題：你認識一個叫艾倫．卡斯泰的人嗎？」

他看見她的雙頰泛出了紅暈。

「你為什麼問我這個？」

「因為這很重要，我必須知道。我認為你一定認識他，而且或許在某個時候你給過他你的照片。」

她沉默了一會兒，雙眼低垂。隨後她抬起頭來盯著巴比的臉。

「是真的。」她說。

「你婚前就認識他？」

「對。」

「你婚後他到這兒來看過你嗎？」

她猶豫一下才說：「是的，來過一次。」

「那是大約一個月前的事嗎？」

「對，我想大約一個月了。」

「他知道你住在這兒嗎？」

「我不知道他是怎麼獲知的，我沒告訴過他。結婚後我連信都沒給他寫過。」

「但他找到了，而且到這兒來看你。你丈夫知道這件事嗎？」

「不知道。」

「你認為他不知道，但他可能還是知道了。」

「我想他可能知道，但他從來沒說什麼。」

「你和卡斯泰談論過你丈夫嗎？你告訴過他你對自身安全的恐懼嗎？」

她搖搖頭。

「那時我還沒有起疑心。」

「但你那時不快樂吧？」

「是的。」

「你這樣告訴過他嗎？」

「沒有。我想盡辦法不表露出我的婚姻不幸福。」

「但他可能猜出來了。」巴比溫和地說。

「我想是的。」她低聲承認。

「你認為——我不知道怎麼說——你認為他知道你丈夫的一切，對他產生了懷疑，比如說，覺得那個療養所不是那麼回事？」

她眉頭緊蹙竭力思索。

巴比再次沉思了幾分鐘後才說：「你認為你丈夫是個嫉妒心很重的男人嗎？」

頗使他驚訝的是，她居然答道：「對，非常重。」

「比如說，對你嗎？」

「你是說，即使他不愛我嗎？沒錯，他照樣會起嫉妒心。你知道，我是他的財產。他是一個怪人，很怪很怪的人。」她又發起抖來。接著她又突然發問：「你和警方沒有什麼關係吧？」

「我？哦，沒有。」

「我感到很奇怪，我是說……」

巴比低頭看看身上的司機制服。

「這就說來話長了。」他說。

「你是法蘭琪．德溫特小姐的司機，不是嗎？這兒的房東是這麼對我說的。我與法蘭琪小姐有天晚上一起吃過飯。」

「我知道，」巴比停了一下。「我們得聯絡上她。這由我去做有點困難。你想你能否打個電話給她，然後請她與你在外面哪個地方見面？」

「我想可以……」茉拉說得很慢。

「我明白這樣做你會覺得不可思議，但我一解釋清楚就不奇怪了。我們必須盡快找到法蘭琪，盡快。」

茉拉站起身來。

「好。」

她手觸到門上的把手時，猶豫了一下。

「艾倫……」她說，「艾倫．卡斯泰，你說你見過他？」

「見過，」巴比緩慢地說，「但不是在最近。」

他心中一驚，想道，她不知道他死了……

於是他說：「打電話給法蘭琪小姐。然後我會把一切都告訴你。」

19 三人議事

茉拉幾分鐘後就回來了。

「我找到她了，」她說，「我請她到河邊的避暑小屋來與我見面。她一定認為這事很怪，但她說她會來。」

「好極了，」巴比說，「那麼，那棟屋子在什麼地方？」

茉拉仔細描述了一番，並說明如何抵達。

「好吧，」巴比說，「你先去，我接著就到。」

他們講定後，巴比留下來跟艾西丘先生講句話。

「真巧，」他隨口說道，「這位女士，尼克森夫人，我過去為她的一個叔叔工作過，她叔叔是個加拿大紳士。」

巴比覺得，茉拉的來訪可能會引起閒言閒語，他最不樂意的就是這種閒言閒語四處傳開，因為那有可能會傳到尼克森醫師的耳中。

「原來是這麼回事啊？」艾西丘先生說，「我剛才還挺納悶的呢。」

「是呀，」巴比說，「她認出了我，就來打聽我現在做些什麼。她是個言談悅人的漂亮女士。」

「的確。居住在關吉樓那種地方，她不可能過得很好。」

「看來這不是我一個人的想像。」巴比贊同道。

巴比覺得自己達到了目的，便做出一副東遊西逛的模樣，走進村子，朝茉拉指示的方向走去。

他順利抵達約定地點，發現茉拉已在那兒等他。法蘭琪尚未露面。

茉拉明白地流露出詢問的眼神，巴比感到自己必須完成把事情解釋清楚的艱巨任務。

「我得告訴你一些可怕的事。」他說罷便為難地住了口。

「怎麼了？」

「首先，」巴比滔滔不絕地說起來，「說真的，我不是司機，儘管我確實在倫敦一家車行工作。我的名字不是霍金斯，我叫瓊斯……巴比．瓊斯，住在威爾斯的馬奇波。」

茉拉全神貫注地傾聽著，但很顯然，提到馬奇波對她並無任何影響。巴比咬緊牙關，勇氣十足地把話直接切入要害。

「注意了，我恐怕會使你大吃一驚。你的朋友艾倫．卡斯泰，他……呃，是這樣的，他死了。」

他察覺到她的驚訝，連忙從她臉上移開目光。她非常在意嗎？她曾經……該死，喜歡過這個人嗎？

她好一陣子沒吭氣，然後才以一種低沉又思緒重重的語氣說：「這麼說，這就是他沒回來的原因？我一直感到奇怪。」

巴比冒險地偷偷瞟了她一眼。他的精神為之一振。她似乎很悲哀，一副沉思冥想的樣子，但僅此而已。

「告訴我這件事吧。」她說。

巴比就按她的要求說了。

「他從馬奇波的懸崖上摔下去，就是我住的那個地方。我和一位醫師碰巧發現了他。」

他停了片刻又說，「他的衣袋裡有張你的照片。」

「是嗎？」她露出一個甜蜜卻略帶淒楚的微笑。「親愛的艾倫，他非常忠實。」

兩人又是一陣沉默。後來茉拉問：「這事發生在什麼時候？」

「大約一個月前。準確地說是十月三日。」

「那正好是他來這兒以後的事。」

「對。他提起過要去威爾斯嗎？」

茉拉搖搖頭。

「你不認識叫伊文斯的什麼人吧？」巴比問。

「伊文斯？」茉拉皺著眉頭竭力想了想。「不，我想我不認識，這個名字很普通。我實在想不起來，他是什麼人？」

「我們也不知道。哦！你看，法蘭琪來了。」

法蘭琪正沿著小路匆匆走來。她看到巴比與尼克森夫人坐在一起聊天，臉上露出一種矛盾的表情。

「你好，法蘭琪，」巴比說，「你來了我真高興。我們得來次狂歡。先說這個吧，尼克森夫人就是那張照片上的人。」

「哦！」法蘭琪漠然地應道。

她看著茉拉，突然大笑起來。

「親愛的，」她對巴比說，「現在我明白你為什麼在驗屍審訊上看到凱曼夫人時會嚇一跳了！」

「對極了。」巴比說。

他當時真蠢。竟然認為歲月能把一個茉拉·尼克森變成一個艾蜜莉·凱曼。

「老天爺，我真蠢！」他嘆道。

茉拉被弄得莫名其妙。

「有許多驚人的事要說，」巴比說，「我簡直不知道怎麼開頭才好。」

他描述了凱曼夫婦以及他們認屍的過程。

「但我不懂，」茉拉不解其意。「那究竟是誰的屍體呢，是她的弟弟還是艾倫·卡斯泰的？」

「那正是讓人棘手的地方。」巴比說。

「隨後，」法蘭琪接著說，「巴比被人下了毒。」

「八粒嗎啡。」巴比提醒道。

「別又開始了，」法蘭琪說，「這個話題你可以講好幾個鐘頭，講得叫人心煩。讓我來解釋吧。」

她長長地吸了口氣。

「事情是這樣的，」她說，「那兩個叫凱曼的人，在驗屍審訊之後來看巴比，並問他弟弟——假設是實情的話——死前說過什麼，巴比說沒有。可是後來他回憶起死者說過有關伊文斯的話，所以他就寫信告訴他們了。幾天後，他又收到一封來自祕魯或什麼地方的信件，提供他一份工作。他不想接受這份工作，於是接踵而來的就是有人把大量的嗎啡……」

「八粒。」巴比又說。

「放進他的啤酒裡。只是，因為具有極其神奇的腸胃，他才沒被殺死。於是我們馬上明白那位普里查……或叫卡斯泰的人，必定是被人推下懸崖的。」

「為了什麼呢？」茉拉問。

「你還不明白嗎？我們認為事情一清二楚。我想我話說得不夠明白。總之，我們斷定他被推下懸崖，而且羅傑·巴辛頓范奇大概就是推他的人。」

「羅傑？」茉拉的語調帶著興趣。

「這是我們推斷出來的結果。你知道，他當時在場，你的照片又不翼而飛，所以他似乎是唯一可以拿走照片的人。」

「我明白了。」茉拉若有所思。

「後來，」法蘭琪往下說，「我在這兒碰巧遇上了意外事故。驚人的巧合，不是嗎？」她以警告的眼神嚴厲注視巴比。「於是我打電話給巴比，提議他裝作我的司機來這兒，然後我們著手調查這件事。」

「所以現在你明白是怎麼回事了，」巴比領會了法蘭琪聰明的謊話。「最後的高潮是昨天晚上，我逛進闊吉樓的庭院時正好碰上了你……那張神祕照片上的人物。」

「你很快就認出了我。」茉拉略露微笑。

「沒錯，」巴比說，「到哪兒我都認得出照片上的那個人。」

沒什麼特殊原因，茉拉的臉一下子紅了。

接著好像有種念頭觸動了她，她目光銳利地一一打量他們。

「你說的是實話嗎？」她問，「你到這裡是因為車禍，是真的嗎？或許你來是因為……因為……」她的聲音不由自主地顫抖起來。「懷疑我丈夫？」

巴比和法蘭琪對視了一眼，然後巴比說：「我以名譽向你發誓，我們到這兒來之前，從來沒聽說過你丈夫。」

「哦，我明白了，」她轉向法蘭琪。「很抱歉，法蘭琪小姐，不過，你知道，我想起我們來吃晚飯的那天晚上。賈斯珀一直不停地衝著你問車禍的事。我當時不明白是什麼原因。但我現在認為，他那樣做也許是懷疑車禍是假的。」

「好吧，如果你真想知道，車禍是假的沒錯。」法蘭琪說，「呼！我現在感覺好多了！車禍從頭到尾偽裝得十分仔細，然而這件事與你丈夫一點關係也沒有。演這齣戲是因為我們想……怎麼說呢？打探一下羅傑．巴辛頓范奇的底細。」

「羅傑？」茉拉皺皺眉頭，困惑地笑笑，隨即坦率地說：「這似乎太荒唐。」

「事實終歸是事實。」巴比說。

「羅傑……哦，不會的。」茉拉搖搖頭。「他可能性格脆弱或者行為放蕩，他可能負債累累，或者涉及醜聞，但把人推下懸崖……不可能，我簡直不能想像他會這樣做。」

「其實呢，」法蘭琪說，「我也同樣不能想像。」

「但一定是他拿走了那張照片，」巴比執意說道，「尼克森夫人，請聽我敘述事實。」

他詳細地娓娓道來。他說完後，茉拉領悟地點點頭。

「我明白你的意思了。這事很怪。」她稍停片刻又出人意料地問道，「你為什麼不去問問他呢？」

20 兩人會議

這句大膽而簡單的提問使他倆大驚失色好一陣子。法蘭琪和巴比立刻同時開口說話。

「那不可能……」

巴比開口說，而法蘭琪同時也說：「絕對不可以那樣做。」

接著他們倆突然住口，思考這個主意是否可行。

「其實呀，」茉拉熱切地說，「我完全明白你們說的事。儘管羅傑拿走了照片……看來確實如此，但我目前還不相信是他把艾倫推下懸崖的。他們僅僅是在這兒吃午餐時見過一面，別的場合從未碰到過。所以這事完全缺乏動機。」

「那麼到底是誰把艾倫推下去的呢？」法蘭琪直截了當地問。

一陣陰影掠上茉拉的面孔。

「我不知道。」她的聲音很不自然。

「對了，」巴比說，「你介意我把你對我說的話全都告訴法蘭琪嗎？就是你害怕的那些事。」

茉拉把頭扭開。

「你想說就說，不過那些事說起來太像戲劇，太歇斯底里了。有時候連我自己也不敢相信。」

這番赤裸的冷漠表白，在寂靜的英格蘭鄉村空氣中飄蕩，感覺怪異得缺乏現實感。

茉拉忽然站起來。

「我真的覺得自己傻透了，」她嘴唇顫抖。「請別把我說的當回事，瓊斯先生。我只不過有點神經過敏罷了。好了，我得走了，再見。」

她快步離去。

巴比一躍而起跟在她身後，但法蘭琪使勁把他往後推。

「留在這兒，白癡，交給我來處理吧。」

她迅速尾隨茉拉而去，幾分鐘後返回。

「怎麼樣？」巴比著急地詢問。

「一切正常。我使她鎮定下來了。當著自己的面讓人把私人的恐懼告訴第三者，她當然難以忍受。我向她承諾，我們會再次見面，就我們三人。現在既然你不受她在場的妨礙了，就把事情全說出來吧。」

巴比把所見所聞說了。

法蘭琪全神貫注地聽著。後來她說：「這就符合兩件事了。第一，我剛回來時發現尼克森握著希薇雅的雙手，而且他猛瞪著我呢！如果盯著人看就可以置人於死地，我確信他早就當場使我成為一具屍體了。」

「第二樁呢？」

「哦，只是樁偶然的小事。希薇雅講到某個到她家的客人，對茉拉的照片印象極深。據此可知，那個客人就是卡斯泰。他認出了照片，希薇雅對他說是尼克森夫人的照片，這就說明了他怎麼會找到她住的地方。不過你要知道，巴比，我還看不出尼克森如何涉及這件事。」

「你認為是他幹的而不是巴辛頓范奇？如果他和巴辛頓范奇同一天都在馬奇波，那就巧了。」

「得了，巧合確實會發生。但如果是尼克森幹的，我還看不出動機何在。難道卡斯泰認為尼克森是販毒集團的首腦，正在追蹤他？要不就是你新結識的這位女性朋友是他的目標所在？」

「兩種可能都有，」巴比說，「尼克森或許知道他妻子和卡斯泰見過一次面，他或許認為他的妻子出於某種原因背叛了他。」

「啊，這是一種可能，」法蘭琪說，「但首要的事是要查清楚羅傑的情況。唯一對他不利的事就是照片。如果他能令人滿意地澄清這件事……」

「你打算在這個問題上揪住他不放嗎？法蘭琪，這明智嗎？如果他是我們斷定的那種壞蛋，那就意味著我們準備向他攤牌。」

「不完全……我不會那樣做。畢竟他在各方面都相當直率，光明正大。我們把這視作極端詭詐，但說不定那是清白無辜的表現呢。如果他能把照片的事說清楚……他真這麼做時我會審視他，只要他流露一絲罪惡感，我會看得出來。如我所說，如果他能講清楚照片的事，那麼他也許是一個極有價值的夥伴。」

「你這話怎麼說呢，法蘭琪？」

「親愛的，你那位女性朋友，說不定是個喜歡誇大其辭、聲色俱佳的謠言散布者，但假設她不是，假設她所說的千真萬確——即她丈夫想除掉她和希薇雅結婚——你難道不明白，在這種情況下，亨利．巴辛頓范奇也處於致命的危險之中？我們要竭盡全力阻止他去關吉樓。目前，羅傑站在尼克森這一邊。」

「幹得好，法蘭琪，」巴比神色平靜。「繼續執行你的計畫吧。」

法蘭琪起身要走，離去之前她站立了一會。

「事情不是很怪嗎？」她說，「不知怎麼的，我們像是被放進一本書的封面當中。我們進入了別人的故事。這種感覺非常古怪。」

「我懂你的意思，」巴比說，「這事頗有些令人毛骨悚然，與其稱之為一本書，倒不如說是一部戲。我們像是在第二幕的中間才上台，而我們根本沒在劇中擔任角色，但我們又不得不裝模作樣一番。之所以弄得這麼尷尬，是我們一點也不知道第一幕演的是什麼內容。」

法蘭琪熱切地點點頭說：「我甚至不能確信戲已演到了第二幕，我看更像第三幕。巴比，我猜我們還得往回走老遠一段路……而且我們得快一點，因為我覺得這部戲正可怕地接近尾聲。」

「屍骸遍野，」巴比說，「帶我們進入這齣戲的是一句普普通通的提示詞，十個字，而且就我們目前所知毫無意義。」

「『他們為什麼不找伊文斯？』這不是很怪嗎，巴比？儘管我們已經發現了許許多多線索，而且有愈來愈多的人物扯進這件事，但我們對這位神祕的伊文斯卻是一點進展也沒有。」

「對伊文斯我倒有個想法。我覺得伊文斯根本無關緊要，雖然他可以算是起點，但他本身大概並不重要。這就像威爾斯有部小說所說的，一個王子在他愛人的墳墓周圍建造了一座輝煌的宮殿還是一座寺廟。完工後只有一處小景觀與環境極不協調，於是王子說：『把它拆掉。』實際上那個景觀就是墳墓。」

「有時候，」法蘭琪說，「我實在懷疑有伊文斯這個人。」

說罷，她朝巴比點點頭，重新走向那棟房子。

21 羅傑答問

法蘭琪運氣不錯，因為她在離屋子不遠的地方就與羅傑相遇。

「你好，」羅傑說，「你從倫敦回來得真早。」

「我哪有心情多待在倫敦。」法蘭琪說。

「你進屋子了嗎？」他的面容變得很嚴肅。「我發現，尼克森在對希薇雅談亨利的事。可憐的女孩，她一時難以接受這件事。她根本沒起過疑心。」

「我知道，」法蘭琪說，「我進去時，他們倆在書房裡。希薇雅……非常難過。」

「聽我說，法蘭琪，」羅傑說，「絕對要治好亨利。毒癮好像還沒有牢牢控制住他。他吸毒的時間並不長。他擁有希薇雅、湯米以及一個家庭，每個條件對他都是種鼓勵，有助於他戒毒。必須讓他認清現狀。尼克森就是能把這事辦好的人。幾天前他和我談過。他有過一些驚人的成功案例，即使是那些耽迷於這邪惡玩意多年的人也戒毒成功了。只要亨利同意去關吉樓……」

法蘭琪打斷了他的話。

「對了，」她說，「有件事情我想要問問你。就一個問題而已，希望你不要以為我太多管閒事。」

「什麼事？」羅傑聚精會神地問。

「你可不可以告訴我，你是不是從那個人的口袋裡拿走了一張照片？就是在馬奇波的懸崖摔下去的那個人。」

她仔細觀察著他，注視他每一個細微的表情。她對觀察結果深感滿意。

稍帶煩惱，略顯窘迫，但沒有一絲內疚或沮喪的表情。

「唉，你是怎麼猜到這件事的？」他說，「或者，是茉拉告訴你的？可是她並不知道這件事啊！」

「這麼說，是你拿走了照片。」

「我想我得承認這件事。」

「為什麼？」

羅傑似乎左右為難。

「好吧，那就說說我這樣做的原因吧。我當時在現場，守護著一具陌生的死屍。死者口袋裡露出了東西，我就看了一下。巧得很，那是一張我認識的女人照片，這女人已經結婚，而且依我猜想，那樁婚姻不太幸福。想想下一步會發生什麼事？詢問，大肆宣揚，也許這不幸女孩的大名會出現在所有的報紙上。我一時衝動，拿了照片，把它撕了。我知道這種作法不對，但茉拉．尼克森是個善良的小女孩，我不想讓她陷入困境。」

法蘭琪深深吸了一口氣。

「原來如此，」她說，「假如你知道……」

「知道什麼？」羅傑困惑不解。

「我現在不能告訴你，」法蘭琪說，「晚一點也許可以。這件事相當複雜。我完全能夠理解你為什麼要把照片拿走，可是你為什麼沒說你認得那個人呢？難道你不該告訴警察那個人是誰嗎？」

「認得他？」羅傑說，顯得莫名其妙。「我怎麼會認得他呢？我不認識他啊。」

「但你在這兒見過他，僅僅在此事發生之前大約一個星期。」

「親愛的小姐，你瘋了嗎？」

「艾倫．卡斯泰，你見過他吧？」

「噢，對！和黎文騰一家一起到這兒來的那個人。但死者並不是艾倫．卡斯泰。」

「就是他呀！」

他倆相互凝視著。接著，法蘭琪疑意又起地說：「你一定認出他來了吧？」

「我沒看見他的臉。」羅傑說。

「什麼？」

「沒看見。他臉上蓋著一塊手帕。」

法蘭琪牢牢地盯著他，她突然想起巴比首次敘述慘案時，曾經提到他用塊手帕蓋住死者面部的事。

「你沒想到要看一看嗎？」法蘭琪繼續問。

「沒有。為什麼要看呢？」

當然要看，法蘭琪心中暗想，如果我在一個死人的口袋裡發現了我熟人的照片，我一定會去看看死者的臉。男人還真是一點也不好奇！

「可憐的小女孩，」法蘭琪說，「我真為她感到難過。」

「你指誰，茉拉．尼克森？你為什麼替她感到難過呢？」

「因為她受驚了。」法蘭琪緩緩說道。

「她總是一副被嚇得半死不活的樣子，她到底在怕什麼呢？」

「怕她丈夫。」

「我也知道，我自己也很不願意面對賈斯珀．尼克森。」羅傑承認道。

「她覺得他試圖謀害她。」法蘭琪出其不意地說。

「哦，天哪！」他不可置信地看著她。

「坐下來，」法蘭琪說，「我要告訴你許多事。我要向你證明那位尼克森醫師是個危險的罪犯。」

「罪犯？」羅傑的語調明顯帶著疑意。

「等你聽完整個故事，你就會相信。」

她清楚詳盡地向他講述了自巴比和湯瑪士醫師發現死者之後所發生的一切。她只隱瞞了假車禍這件事，不過還是把自己由於渴望弄清神祕事件的真相而逗留在梅羅韋莊的事和盤托出了。

她不禁要為她的聽眾顯得興致過高而叫苦。羅傑似乎完全被她的敘述迷住了。

「真是這樣嗎？」他追問道，「有關瓊斯中毒以及所有那一切？」

「千真萬確，親愛的。」

「我為自己深感懷疑表示歉意，但它確實需要時間慢慢接受，不是嗎？」

他沉默片刻，眉頭緊皺。

「聽我說，」他後來說，「這件事聽起來簡直難以置信，我認為你的第一個推斷是正確的。那個人，亞力克．普里查，或者艾倫．卡斯泰，一定是被謀殺的。如果他不是被謀殺，那似乎就沒理由謀害瓊斯。既然你對伊文斯是什麼人以及請他來幹什麼，都沒什麼線索，所以『他們為什麼不找伊文斯』這句話是否重要，我看無關緊要。我們來假設一下，凶手斷定瓊斯掌握了一些情況，不管他本人是否知道，但凶手覺得很危險。所以他們試圖幹掉他，如果他們掌握了他的行蹤，大概還會再下手。到目前為止這種推斷是合理的。但我不明白你把尼克森視為罪犯的理由是什麼。」

「他這個人太陰險，而且他有輛深藍色的塔博特。巴比中毒那天，他不在這兒。」

「這些證據太不充分了。」

「尼克森夫人還告訴巴比許多事。」

她開始述說這些事，於是在寂靜的英格蘭景致襯托下，那些像是虛構的、戲劇般的事件又一次被大聲地重述了一遍。

羅傑聳聳肩。

「她認為是尼克森提供亨利毒品，但那純粹是猜測，她沒有半點證據來證明。她認為尼克森想讓亨利以病人的身分住進關吉樓，唉，醫師有這樣的願望是太自然了。醫師總想能多收病人。她認為尼克森愛上了希薇雅。唔，說到這事，我無話可說。」

「如果她這麼認為，她有可能是對的，」法蘭琪打斷他的話。「女人對自己的丈夫瞭如指掌。」

「好吧，就算這些都是事實，那也不足以說明這個人是危險的罪犯。許多備受尊敬的公民都愛上了別人的妻子。」

「她認為他想謀害她。」法蘭琪強調這一點。

羅傑滿懷困惑地看著她。

「你把她的話當真嗎？」

「她反正是這麼認為。」

羅傑點點頭，點燃了一根菸。

「問題是，對她的這種想法要多加注意。」他說，「關吉樓是個令人毛骨悚然的地方，裡面滿是怪人。住在那兒極容易使一個女人的情緒失衡，倘若她原就是那種膽小如鼠、神經緊張的人更是如此。」

「這麼說，你認為她說的話靠不住？」

「我沒那麼說。也許她真心真意地相信尼克森正打算謀害她，但她這種想法有事實根據嗎？似乎沒有。」

法蘭琪相當清晰地記得茉拉說的那句話：「這不過是神經質罷了。」

不知什麼緣故，法蘭琪認為單就茉拉說的那些事實而言，大可表明她根本不是神經質，但她不知如何把自己的看法向羅傑講清楚。

此時，羅傑正在往下說：「提醒你，如果你可以證明發生懸崖慘案的那天，尼克森人就在馬奇波，事情就很不一樣了……或者，如果我們能發現他謀害卡斯泰的任何確切動機。但依我看，你忽略了真正的嫌疑犯。」

「真正的嫌疑犯？」

「你叫他們什麼……海曼夫婦？」

「凱曼夫婦。」

「就是。他們絕對全程參與這件事。首先，對屍體做假證；接著迫切想知道那個可憐的傢伙死前是否說過什麼話。我認為這是符合邏輯的設想——來自布宜諾斯艾利斯那封提供工作的信就是他們寫的，或者是他們安排的。」

「叫人煩惱的是，」法蘭琪說，「有人大費周章地想幹掉你，因為你知道了某件事，但你自己卻又不知道你知道了什麼事。真傷腦筋，這些話攪得人一團糟。」

「是的，」羅傑的表情很冷酷。「那是他們的失誤。這一失誤迫使他們必須花費全部的時間去補救。」

「啊呀！」法蘭琪大叫起來，「我剛想起一件事。你聽我說，我一直假定茉拉．尼克森的照片是被凱曼夫人調換了。」

「我可以向你保證，」羅傑神色嚴肅。「我絕不會把凱曼夫人的照片放在身邊珍藏，她簡直令人噁心透了。」

「哎，在某方面她還是挺俏皮的，」法蘭琪寬容地說，「在魯莽、粗俗、妖冶那些方面。但要點是：卡斯泰身上一定有她的照片，也有尼克森夫人的照片。」

羅傑點點頭，說：「那麼你認為……」

「我認為一張是因為愛情，另一張是因為買賣！卡斯泰帶著凱曼夫人的照片是有目的的。也許他需要某人來確認這張照片。接著發生什麼了呢？有個人，也許就是凱曼，跟蹤他，看準一個好機會，在迷霧中偷偷溜到他身後猛地推了他一下。卡斯泰驚叫一聲摔下懸崖。凱曼盡快溜走了，他不知道近處有什麼人。假定他不知道卡斯泰身上帶著那張照片。後來發生了什麼事呢？照片被發表……」

「凱曼一家驚惶失措。」羅傑補充說。

「正是這樣。這要怎麼辦呢？這個大膽的傢伙馬上出面解決棘手的問題。誰會認識卡斯泰呢？在這個地方幾乎沒人認識他。凱曼夫人出面，她假惺惺地哭幾聲，指認死者是她弟弟。他們還玩了一個小騙局，寄了個郵包用來證明卡斯泰正在徒步旅行。」

「法蘭琪，我認為你的推論太高明了。」羅傑不禁讚嘆。

「我自己也認為挺不錯的。」法蘭琪說，「你說得對，我們應該趕快去追蹤凱曼夫婦。我看我們早就該這樣做了。」

這句話不全是真話，因為法蘭琪十分清楚其中的原因——他們一直在追蹤羅傑本人。不過，她覺得在此時披露真相不太明智。

「我們該怎麼幫尼克森夫人呢？」她突然問羅傑。

「你是什麼意思……幫她？」

「嗯，這個可憐的女人嚇得要死。我認為你對她太無情了，羅傑。」

「我不是無情，只是，那些不能自助的人總是使我生氣。」

「唉，不過說句良心話，她能幹什麼呢？她沒錢，又無處可去。」

羅傑出人意料地說道：「如果你處於她的位置，法蘭琪，你就會採取行動。」

「哦！」法蘭琪頗為吃驚。

「是的，你會的。如果你真認為有人要謀害你，你不會乖乖留在那兒等著被殺。無論如何你會逃走，會求生存，要不你會先殺了對方！你一定會採取行動。」

法蘭琪竭力想像自己會做些什麼。

「我一定會採取行動。」她認真考慮後說。

「問題在於你有膽量而她沒有。」羅傑說得很果斷。

法蘭琪感覺備受恭維。茉拉．尼克森真的不是她欣賞的那類女性，而巴比對茉拉的關注使她感到十分煩惱。她心中暗想：「巴比喜歡茉拉這類束手無策的人。」她憶起從這事一開始，那張相片就對巴比產生了一種古怪的魅力。

「哦，管他，」法蘭琪想，「總之，羅傑與他們完全不同。」

很明顯，羅傑不喜歡束手無策的人。茉拉對羅傑也沒多大興趣。法蘭琪把他看得很軟弱，而且觀察了他可不可能有膽量殺人。也許他很軟弱，但不可否認他具有魅力。對這種魅力，她在初到梅羅韋莊時就感覺到了。

羅傑平靜地說：「如果你願意，你什麼男人都要得到……」

法蘭琪突然心跳加快，同時也感到十分窘迫。她立刻改變話題：「談談你哥哥吧，你還認為他該去關吉樓嗎？」

22 又一個受害者

「不，」羅傑說，「我不那麼認為。他可以接受治療的地方多得很，重要的是要取得亨利的同意。」

「你認為取得他同意很難嗎？」法蘭琪問。

「恐怕是很困難。那天晚上你也聽他說了。不過，如果我們在他處於悔恨交加時說服他，情況就大不一樣。啊，希薇雅來了。」

巴辛頓范奇夫人從屋裡出來，四下看了看，看到羅傑和法蘭琪後，就穿過草坪朝他倆走來。

他們看出她憂心如焚，緊張萬分。

「羅傑，」希薇雅說，「我一直到處找你。」

當法蘭琪做出要離開他們的表示時，她隨即說道：「不，親愛的，別走，何必瞞來瞞去呢？反正，我看該知道的你都知道了。你對這件事已經懷疑多時了，對吧？」

法蘭琪點點頭。

「我一直被蒙在鼓裡呀，」希薇雅抱怨道，「你們都已看出我從未起疑的事。我感到納悶的，只是亨利對大家的態度為什麼變成這樣。他的變化弄得我很不愉快，但我根本沒有懷疑原因何在。」

她稍停片刻，接著語調略有改變地繼續說：「尼克森醫師一告訴我真相後，我就直接去找亨利。我剛剛才離開他。」她停住口，吞下抽泣聲。

「羅傑，事情會順利進行的。亨利同意了。明天他就去闒吉樓，把自己託付給尼克森醫師。」

「哦！不行……」羅傑與法蘭琪齊聲叫道。

希薇雅吃驚地注視著他們倆。

羅傑侷促不安地說道：「你知道，希薇雅，我一直在仔細思索這件事，總之，我認為去闒吉樓不是個好辦法。」

「你認為他能靠自己與毒癮抗爭嗎？」希薇雅的問話中充滿疑慮。

「不，我不這麼以為。但有別的地方，別的地方……嗯，地點不那麼近的地方。我想讓他待在這個地區是一種錯誤。」

「我也覺得。」法蘭琪出面給他解圍。

「唉！我不同意。」希薇雅說，「他去別的地方，我受不了。再說，尼克森醫師為人厚道，善解人意。亨利由他來治療，我才會感到安心。」

「我還以為你不喜歡尼克森醫師呢，希薇雅。」羅傑說。

「我已經改變看法了。」她說得很直率。「今天下午，沒人比他更親切、更厚道的了。我對他懷有的那些愚蠢偏見已經完全消失了。」

談話冷場了一會兒，局面很是尷尬。羅傑和希薇雅都不知道下一步該說什麼。

「可憐的亨利，」希薇雅說，「他崩潰了。由於我知道了他的事，他非常不安。為了我和湯米，他答應一定與可怕的毒癮抗爭，但他說我對毒癮沒有概念。雖然尼克森醫師解釋得很充分，不過我還是缺乏這種概念。尼克森醫師是這樣說的：染上毒癮成了一種擺脫不了的迷戀，它使人們無法對自己的行為負責任。唉，羅傑，毒癮太可怕了！尼克森醫師真的很仁慈，我信得過他。」

「我仍然認為最好還是……」羅傑剛開口就被打斷了。

希薇雅怒氣沖沖地對他說：「我弄不懂你，羅傑。你為什麼改變主意了呢？半小時前，你還滿口贊同亨利去關吉樓的呀。」

「唔……我已經……我已經把這件事再細想了一下，因為……」

希薇雅再次打斷他的話。

「不管怎麼說，我打定主意了。亨利就去關吉樓，不去別的地方。」

他們默默面對著她，後來羅傑說：「好吧，我看我去給尼克森醫師打個電話。他現在在家。我想……和他談點事。」

還沒等希薇雅回答，他就轉身快步進屋裡去了。兩個女人站在那兒目送他進去。

「我弄不懂羅傑，」希薇雅態度很不耐煩。「大約一刻鐘以前，他還積極地催促我安排亨利去關吉樓。」她的語調明顯帶有怒氣。

「不過呢，」法蘭琪說，「我倒是很贊同他的看法。我記得我在什麼地方看到過這樣一句話：人們應該到遠離家園的地方去接受治療。」

「這只不過是胡說。」希薇雅說。

法蘭琪感到進退兩難。希薇雅出乎意料的固執使事情變得很棘手，她似乎突然變得強力支持尼克森醫師，而她原先是堅決反對他的。很難知道該用何種論證來說服她。法蘭琪考慮把全部真相告訴希薇雅，但希薇雅會相信嗎？就連羅傑對尼克森醫師有罪的推測都不置可否。那麼，才剛與尼克森醫師建立友好關係的希薇雅，更不可能相信此事。她甚至可能會把聽到的全告訴他。這事實在很難辦。

暮色籠罩，一架飛機在空中低飛，飛機發動機的巨大轟鳴瀰漫蒼穹。希薇雅和法蘭琪抬頭凝望著飛機，並為出現飛機感到慶幸，因為她們倆簡直不知道下一步該說什麼。這就使得法蘭琪有時間集中思緒，而希薇雅也有時間從勃然大怒中鎮定下來。

飛機在林子上方消失，轟鳴聲漸漸遠去。希薇雅突然轉身面對法蘭琪。

「太可怕了，」她神色沮喪地說，「你們都似乎想把亨利送得離我遠遠的。」

「不，不，」法蘭琪說，「根本不是這麼回事。」

她盤算了一會兒才說：「我只是認為，他應該受到最好的治療。而且，我真的認為尼克森醫師有點……唔，有點騙人。」

「我不相信，」希薇雅說，「我認為他是聰明人，正是亨利所需要的那種人。」

她以一種挑戰的神情看著法蘭琪。法蘭琪為尼克森醫師能在如此短暫的時間就控制了希薇雅而感到驚異，希薇雅過去對醫師的不信任似乎無影無蹤了。

法蘭琪不知道接著該說什麼或做什麼才好，於是再度陷入沉默之中。這時，羅傑又從屋裡出來，看起來有點氣喘吁吁。

「尼克森還是不在家，」他說，「我有留言。」

「我不明白你為什麼要這麼急著見尼克森醫師。」希薇雅說，「你提議的這個計畫都安排好了，而且亨利已經同意了。」

「在這件事情上，我想我有幾句話要說，希薇雅，」羅傑的聲音很輕柔。「我畢竟是亨利的弟弟。」

「這項方案是你本人提議的。」希薇雅仍很固執。

「對，但我後來聽說了尼克森的一些事。」

「什麼事？哦！我不相信你。」希薇雅緊咬嘴唇，轉身衝進屋裡去。

羅傑注視著法蘭琪。

「問題有點棘手了。」他說。

「的確非常棘手。」

「希薇雅一旦下了決心，就會像魔鬼一樣頑固。」

「我們下一步怎麼辦？」

他們重新坐在花園的椅子上，認真考慮這件事。羅傑贊同法蘭琪的想法：把全部情況告訴希薇雅是個錯誤。依他的意見，最好的辦法是就此事和醫師交涉。

「但你到底打算說什麼呢？」

「我知道不能多說，但我可以強烈暗示。不管怎麼說，有件事我贊同你：亨利不可以去闗吉樓。即便我們得把事情攤開，也要阻止亨利去那兒。」

「如果那樣我們就露出馬腳了。」法蘭琪提醒道。

「我明白。這就是為什麼我們先得試試別的方法。該死的希薇雅，她為什麼一下子變得這麼固執？」

「這顯示了那個男人的力量。」法蘭琪說。

「不。你要知道，這樣更使我相信那些事，不管有證據還是沒證據。總之你對他的看法也許是對的……什麼聲音？」

他們倆一躍而起。

「像是槍聲，」法蘭琪說，「從屋子裡傳來的。」

他們相互看了看，連忙朝樓房跑去。他們從客廳的落地窗進去，走進門廳。希薇雅站在那兒，臉色蒼白。

「你們聽見了？」她說，「是槍聲……從亨利的書房傳來的。」

她身子一晃，羅傑伸出手臂扶住她使她站穩。法蘭琪走到書房門前，扭動門把。

「門鎖上了。」法蘭琪說。

「到窗戶那兒去。」羅傑說。

他把處於半昏迷狀態的希薇雅安頓在身邊的沙發椅上，又衝出客廳。法蘭琪緊隨其後。他們繞著房子走了一圈才到書房窗前。窗戶緊閉，他們把臉貼近玻璃往裡面窺視。太陽正在下沉，光線不太明亮，但他們還是看得清楚。

亨利·巴辛頓范奇手腳張開地撲在書桌上，太陽穴上有一處明顯易見的槍傷，一把左輪手槍掉在地板上，是從他手中掉下去的。

「他開槍自殺了。」法蘭琪說，「多可怕呀！」

「往後站一點，」羅傑說，「我來打碎窗戶。」

他用外衣把手包上，猛擊窗格，玻璃頓時被砸得粉碎。羅傑仔細撿出碎片，然後與法蘭琪跳了進去。正在此時，希薇雅和尼克森醫師沿著陽台匆匆而來。

「醫師來了，」希薇雅說，「他剛到。亨利出什麼事了？」

接著她一看到亨利撲在桌上的身軀，馬上發出一聲哭叫。

羅傑再次迅速跳出窗戶，尼克森醫師用雙臂使勁抱住希薇雅。

「把她弄走，」醫師簡潔地說，「照顧一下她。如果她要白蘭地，就給她一點。你要做的就是別讓她看到什麼。」

他說完越窗而入，與法蘭琪站在一起。

他緩緩搖頭。

「這是場悲劇，可憐的傢伙。他覺得自己無法面對挑戰。太糟了，太糟了。」

他俯下身軀，接著又立起身來。

「沒救了。應該當場就死了。我懷疑他是不是寫下了什麼。自殺的人常會這樣做。」

法蘭琪向前走到他們旁邊。一張紙上潦草地寫著幾行字，顯然剛寫不久，紙擱在亨利的手肘旁含義相當清楚：

我認為這是最好的出路。這個致命惡習已經牢牢控制了我，我再也無法抵抗。為了希薇雅……希薇雅和湯米，我想只能這樣做。

上帝保佑你們母子倆，我親愛的。原諒我……

法蘭琪覺得喉頭哽住了。

「不可觸動任何東西，」尼克森醫師說，「當然還是要驗屍。我們得打電話報警。」

按尼克森的示意，法蘭琪朝書房門口走去，接著她止住了腳步。

「鑰匙不在鎖上。」她說。

「沒有嗎？也許在他口袋裡。」

他俯身仔細搜尋，從死者的上衣口袋裡抽出一把鑰匙。他將鑰匙插進門鎖中擰了一下，門打開了。他們一起走出書房到了門廳。尼克森醫師朝電話走去。

法蘭琪雙膝發抖，突然感到一陣噁心。

23／茱拉失蹤

約一小時後，法蘭琪給巴比打了電話。

「是霍金斯嗎？哈囉，巴比，你聽說發生的事了嗎？你聽說了。快，我們必須在某個地方見個面。我看明天清晨最好。早餐前我溜出去。八點好了，地點就在我們今天見面的同一個地方。」

為防隔牆有耳，巴比恭敬地重述第三遍「是，小姐」，法蘭琪在這時掛斷了電話。

巴比首先抵達約定地點，法蘭琪並未讓他久等。她面色蒼白，神色不安。

「哈囉，巴比，這事是不是太恐怖了？我整夜都不能入睡。」

「我還沒有聽說任何細節，」巴比說，「只知道亨利・巴辛頓范奇開槍自殺了。我想對吧？」

「對。希薇雅一直在和他談話，勸他同意接受一個療程，他說他會接受。我想，後來他失去了勇氣。他進了書房，鎖上門，在一張紙上寫了幾句話，就開槍自殺了。巴比，太可怕了！這事……太恐怖了。」

「我明白。」巴比的神色很平靜。

兩人沉默了片刻。

「我今天必須離開。」法蘭琪立刻就說。

「是的，我想你會這麼做。她還好嗎？我指的是巴辛頓范奇夫人。」

「她垮了，可憐的人。從我們發現屍體之後，我還沒有見到她。她受到的這個打擊太沉重了。」

巴比點點頭。

「你最好十一點左右把車開來。」法蘭琪接著說。

巴比沒回答。法蘭琪不耐煩地注視著他。

「你怎麼了，巴比？你看起來魂不守舍。」

「對不起，其實……」

「其實什麼？」

「啊，我只是覺得奇怪。我想，嗯，這事正常嗎？」

「正常？你指的是什麼？」

「我是說，你確定他真的是自殺嗎？」

「噢！」法蘭琪說。

她思索了一會兒又說：「我懂你的意思。是的，是自殺沒錯。」

「你很確定嗎？你想想，法蘭琪，我們聽茉拉說過，尼克森想殺掉兩個人。好了，現在其中一個死了。」

法蘭琪又想了想，但再次搖搖頭。

「是自殺沒錯。」她說，「我和羅傑聽到槍聲時，我們正在花園裡。我們直接跑進屋子，穿過客廳進了門廳。書房門從裡面鎖上了。我們繞到窗前，窗戶也閂得緊緊的，羅傑只得砸碎了窗玻璃。直到這時尼克森才出現在現場。」

巴比細想了一下這番話。

「看來是沒問題。但尼克森出現在現場似乎太突然。」

「他下午來的時候把手杖丟在那兒了，他回來拿。」

巴比皺著眉頭想了一會兒。

「聽著，法蘭琪，假設其實是尼克森槍殺了亨利·巴辛頓范奇……」

「那他得先誘迫亨利寫一封遺書。」

「我認為，偽造是世界上最容易不過的事。筆跡的改變可以推說是情緒波動。」

「對，說得沒錯。繼續你的推測。」

「尼克森槍殺了亨利，留下遺書，偷偷鎖上門溜出來，幾分鐘後又露面，就像是剛剛才到似的。」

法蘭琪搖頭表示遺憾。

「推測倒是合理，但不能成立。從一開始，鑰匙就在亨利·巴辛頓范奇的口袋裡。」

「誰找到的？」

「嗯，事實上是尼克森。」

「這就對了。對他來說，假裝在那兒找到鑰匙真是太容易了。」

「我記得，我當時一直監視著他的舉動，我確定鑰匙在亨利的口袋裡。」

「那是看魔術的人所說的話。你親眼看見兔子放進帽子裡了！如果尼克森是個第一流的罪犯，這種再簡單不過的手法對他來講是小把戲。」

「唔，你的推測可能是對的。但說實話，巴比，那是不可能的。槍響時，希薇雅在屋子裡。她一聽到槍響就衝出房間進了門廳。如果尼克森開槍後走出書房，她一定會看到他。此外，她告訴我們尼克森是從車道走進大門的。當我們繞著房子跑時，她看見他了，還帶他繞到書房的窗前。不是這樣，巴比，我不願這樣說，但這個人的確有不在場證明。」

「原則上，我不相信有不在場證明的人。」巴比說。

「我也不相信。但是，我不明白你如何能推翻這個不在場證明。」

「不能。希薇雅的話應該足以證明了。」

「對，確實是這樣。」

「算了，」巴比嘆了口氣。「我看我們只得把它看成是自殺了。可憐的傢伙！法蘭琪，下一個進攻目標是什麼？」

「凱曼夫婦，」法蘭琪說，「我想不通為什麼我們這麼粗心大意，竟然之前沒去拜訪他們。你留有凱曼寫信來的地址吧？」

「有，和他們在驗屍審訊上提供的一樣。派汀頓，聖倫納德花園十七號。」

「你不覺得我們忽視了那條線索嗎？」

「絕對如此。但是，法蘭琪，我有個非常準確的想法，就是你會發現鳥兒已經遠走高飛。我想凱曼夫婦不是省油的燈。」

「即便他們溜了，我也許能發現他們的一些事情。」

「為什麼說『我』呢？」

「因為，我再說一次，我認為你最好不要在這件事中露面，就像我們以為羅傑是這場戲中的壞人就來這兒一樣。他們都認識你，而不認識我。」

「那麼你打算怎麼結識他們呢？」巴比問。

「我將假扮成政界人士，」法蘭琪說，「正為保守黨遊說。我會帶傳單去。」

「很好，」巴比說，「不過，正如我剛才說的，我認為你會發現鳥兒已遠走高飛。現在還有件事需要考慮，那就是茉拉。」

「哎呀，」法蘭琪說，「我把她全忘了。」

「所以我才提醒你。」巴比的態度有些冷淡。

「你提醒得對，」法蘭琪親切地說，「得處理她的事。」

巴比點點頭。那張不可思議又令人難忘的面容浮現在他眼前。這張臉龐帶有悲戚……當他最初從艾倫·卡斯泰的口袋取出那張照片的那一刻起，他就常有這種感覺。

「如果在我第一次去關吉樓的那天晚上你也看到她就好了！」他說，「她害怕得發狂。我可以說，法蘭琪，她說的話是對的，那不是神經質，也不是胡思亂想什麼的。如果尼克森想與希薇雅結婚，有兩個障礙必須排除。而其中一個已經死了。我有一種感覺，茉拉的性命危在旦夕，任何延誤都可能會致命。」

巴比急切的話語使法蘭琪清醒過來。

「天啊，你說得對，」她說，「我們必須趕快行動。我們該怎麼辦呢？」

「我們必須勸她馬上離開關吉樓。」

法蘭琪點頭贊同。

「我說，」她說，「她最好到威爾斯去，到城堡去。沒錯，在那兒她應該足夠安全了。」

「法蘭琪，如果你能安排好這件事，那就最好了。」

「嗯，這事相當簡單。父親從不注意誰來誰去。他會喜歡茉拉的，幾乎每個男人都會喜歡她，她是那麼嬌柔。奇怪，男人怎麼都喜歡無助的女人。」

「我認為茉拉不是那種無助的女人。」巴比說。

「胡說，她就像一隻坐以待斃、等著蛇來吞食的小鳥。」

「要不她能做什麼呢？」

「多著呢。」法蘭琪沒好氣地說。

「啊，我看不出來。她沒錢，沒朋友……」

「親愛的，別再嘮叨了，好像你在給少女聯誼會推薦一個個案似的。」

「對不起。」巴比說。

交談不甚愉快地中止了。

「算了，」法蘭琪平息了怒氣。「照你說的，我們得趕快著手進行這件事。」

「我也這麼想，」巴比說，「真的，法蘭琪，你太寬宏大量了……」

「好啦，」法蘭琪打斷了他。「我不在意援救這個女孩，只要你提及她的時候別再說那些蠢話，好像她缺手缺腳、沒口沒腦似的。」

「我實在不明白你在說些什麼。」巴比說。

「好了，我們不要再談這些了。」法蘭琪說，「現在，不管要幹什麼最好快點。這是一句名言嗎？」

「是名言的釋義。接著說，馬克白夫人。」

「你知道，我總是以為，」法蘭琪突然不著邊際地岔開話題。「馬克白夫人唆使馬克白去犯下那些謀殺案，都只是因為她對生活、對馬克白都厭倦透了。我確信馬克白是那種逆來順受、與世無害、使妻子厭煩到家的人。然而一旦他一生中首次殺了人，他就對做個好人產生反感，而且開始成為自大狂，以補償他原先的自卑情結。」

「就這個論點，你應該寫本書，法蘭琪。」

「我拼字不強。啊，我們說到哪兒了？噢，對，營救茉拉。你最好十點半把車開來。我開車去闊吉樓找茉拉。見到她時，如果尼克森在場，我會提醒茉拉說她答應來與我同住的事，然後當場把她帶走。」

「妙極了，法蘭琪。很高興我們沒浪費時間。我很怕再發生意外事故。」

「十點半，就這樣。」法蘭琪說。

她到達梅羅韋莊時已是九點半了。早餐正好端進來，羅傑自己倒了點咖啡。他面容憔悴不堪。

「早安，」法蘭琪說，「我睡得糟透了，最終不得不在七點左右起床，出去散散步。」

「非常抱歉讓你擔憂了。」羅傑說。

「希薇雅怎麼樣？」

「他們昨晚給她服了安眠藥。我想她還在睡吧。可憐的女人，我為她深感難過。她深愛亨利。」

「我知道。」

法蘭琪稍停片刻，然後表明了離去的打算。

「我想你一定得走，」羅傑憤憤地說道，「星期五驗屍。如果他們要傳喚你，我會讓你知道。一切都取決於驗屍官了。」

他把一杯咖啡和一片麵包一吞而下，然後出去處理一些等著他張羅的事。法蘭琪為他感到難過。一個家庭中發生自殺事件會引起多大的流言蜚語和好奇心，這她實在太清楚了。湯米來了，她只好專心逗他玩。

十點半，巴比開車到來，法蘭琪的行李被送了下來。法蘭琪向湯米道別，給希薇雅留了個紙條。之後賓利疾馳而去。

他們用很短的時間抵達了闕吉樓。法蘭琪從前沒到過這兒，兩扇大鐵門和繁茂的灌木叢使她倍感壓抑。

「這是個令人毛骨悚然的地方，」她評論道，「茉拉在這兒感到不安寧，我一點也不奇怪。」

他們把車開到正門，巴比下車按響了門鈴。

幾分鐘都無人應答。最後，一個全套護士裝的女人開了門。

「尼克森夫人在嗎？」巴比問。

女人猶豫了一下，然後退進門廳把門開大一些。法蘭琪跳出汽車，進入屋內。門在她身後關上了。門關上時發出討人厭的叮叮噹噹共鳴聲。法蘭琪注意到門上橫著粗大的門閂。她產生一種荒謬的感覺，擔心自己誤打誤撞成了這棟邪惡房屋的囚犯。

「荒唐，」她自言自語地說，「巴比就在外面的車上。我大搖大擺地進來，不可能出什麼事。」

擺脫那些古怪的感覺後，她隨護士上了樓，順著一條通道走去。護士打開一扇門，法蘭琪便進入一間小客廳。室內用賞心悅目的擦光印花布布置得很優雅，花瓶裡插著鮮花。她的精神為之一振。護士口中喃喃地說著什麼，離開了客廳。

大約五分鐘後，門開了，尼克森進來。

法蘭琪完全不能控制住突來的輕微緊張，但她靠微笑和握手掩飾了慌張的心情。

「早安。」她說。

「早安，法蘭琪小姐。我希望，您不是到這來告訴我巴辛頓范奇夫人的壞消息吧？」

「我離開那兒時，她還在熟睡。」法蘭琪說。

「可憐的女人。當然，她自己的醫師在照料她。」

「噢！對了，」她停了一會兒才說，「我知道你很忙，我不該占用你太多時間，尼克森醫師。我是來拜訪您的夫人的。」

「來看茉拉？您太客氣了。」

說來也怪，那雙淡藍眼眸的嚴厲神色大大減弱了。

「是呀，」他重說了一遍。「太客氣了。」

「如果她還沒起床，」法蘭琪笑容可掬地說，「我坐在這兒等她。」

「哦！她起來了。」尼克森說。

「好的，」法蘭琪說，「我想勸她到我那兒暫住一下。她答應過的。」她又微笑著說。

「唷，那您真是太客氣了，法蘭琪小姐，真的，太客氣了。我想茉拉應該會感到很高興。」

「應該會？」法蘭琪尖刻地問道。

尼克森笑了起來，露出一口整齊的白牙。

「令人遺憾的是，我妻子今天上午離開了。」

「離開了？」法蘭琪一陣茫然。「去哪兒了？」

「唉！事情有點變化。你是了解女人的，法蘭琪小姐。對一個年輕女人來說，這個地方陰沉了點。茉拉覺得必須要有點刺激，所以她就走了。」

「您不知道她去哪兒了嗎？」法蘭琪問。

「我想是倫敦吧。逛逛商店，看看戲。您懂得這類事的。」

法蘭琪感覺他的笑容是她見過最醜陋的東西。

「我今天要去倫敦，」她輕聲說道，「你可以把她的地址給我嗎？」

「她一般住在薩伏，」尼克森說，「但不管怎麼樣，我在一兩天內會有她的消息。就怕她不是一個好聯繫的人。我認為丈夫與妻子之間應該要有充分的自由。但我看你最有可能在薩伏找到她。」

他把門打開，法蘭琪發現自己與他握手時被引到了大門前。護士站在那兒讓她出去。法蘭琪最後聽到的是尼克森醫師和藹且略帶嘲弄的聲音。

「您想邀請我妻子到府上去住，真是太客氣了，法蘭琪小姐。」

24 追查凱曼夫婦

法蘭琪一人從屋子裡出來時，巴比竭力保持司機那副面無表情的樣子。

法蘭琪為了應付那個護士，就說：「回史太佛利，霍金斯。」

車急速駛上車道出了大門。到了一個人煙稀少的地方，巴比煞住車，焦急地看著法蘭琪。

「怎麼樣？」他問。

法蘭琪臉色相當蒼白，她答道：「巴比，我覺得情況不妙。她已經離開了。」

「離開了？今天早上？」

「或許是昨晚。」

「沒給我們留話？」

「巴比，我根本不信。那個人在撒謊，我敢肯定。」

巴比的臉色一下子變得蒼白，他喃喃著說：「太晚了！我們太蠢了！我們昨天就不該讓她回去。」

「你不會認為她死了吧？」法蘭琪聲音顫抖著低聲問道。

「不。」巴比的聲音很激烈，像是硬逼自己相信。

他們倆沉默了一會兒，後來巴比語調平靜地進行推斷。

「她一定還活著，因為處理屍體等等問題很麻煩。而且她的死會被安排得很自然，像意外事故引起的。不，她要嘛被強行帶走，要嘛還在宅邸裡。」

「在關吉樓？」

「對。」

「那麼，」法蘭琪說，「我們下一步該怎麼辦？」

巴比思索了一會兒，說：「我看你插不上手，最好回倫敦去。你提議去追查凱曼夫婦，那你就繼續辦這件事。」

「哦，巴比！」

「親愛的，你在這兒毫無用處。你太引人注目，非常引人注目。你已經宣布說要離開……你還能做什麼呢？你不能繼續待在梅羅韋，也不能待在漁人碼頭。你會讓當地人議論紛紛。不行，你一定得走。尼克森也許會懷疑，但他並不確定你知道了什麼。你回倫敦去吧，我留下來。」

「留在漁人碼頭？」

「不，我認為你的司機現在要消失了。我會在安布林德佛建個大本營，那兒離這裡有十英里遠。如果茉拉還在那座該死的房子裡，我去找她。」

法蘭琪猶豫了片刻。

「巴比，你要小心點，好嗎？」

「我會像蛇一樣狡猾。」

法蘭琪心情沉重地服從了巴比的安排。巴比說的確實有道理。她留在那兒毫無益處。巴比送她回到城裡。法蘭琪進了布魯克街的宅邸，突然感到一陣淒涼。

然而，她不是那種聽天由命的女人。當天下午三點，一位衣著時髦而得體的年輕女子戴著夾鼻眼鏡，一本正經地皺著眉頭，走向聖倫納德花園，手裡拿著一束小冊子和文件。

派汀頓的聖倫納德花園是一片十分陰暗的住宅群，大部分的房屋都破敗不堪，但還可看出漫長歲月前處於「黃金時代」的風采。

法蘭琪順著走道走下去，抬頭看門牌號碼，突然神情焦慮地停下步來。

十七號房的門上掛著空屋出售、出租的牌子。法蘭琪連忙取下夾鼻眼鏡，顯露出緊張的表情。

看來用不著政治遊說者了。

牌上有幾家房屋仲介的名字，法蘭琪選了兩家記下來。然後，她決定了出征計畫，並著手付諸行動。

第一家仲介公司是位於普雷德街的「戈登和波特仲介公司」。

「早安，」法蘭琪說，「我不知道你能否向我提供凱曼先生的地址？最近他還住在聖倫納德花園十七號。」

「沒錯，」法蘭琪問的那個小夥子答道，「不過他只在那裡住了很短的時間，對吧？我們替屋主代理租賃業務。凱曼先生租了一季，因為他隨時會到國外任職。」

「這麼說，你沒有他的地址了？」

「恐怕沒有。他和我們結清了帳，就這樣。」

「但他來租房子的時候應該有留下某個地址吧。」

「是個旅館，我想是派汀頓車站的GWR旅館。」

「照會信用的東西是……」法蘭琪試探道。

「他預付了一季的租金，還有一份煤氣和用電的押金。」

「哦！」法蘭琪深感失望。

她看見那位小夥子頗覺奇怪地盯著她看。房地產仲介商善於概括客戶的「社會階級」，他顯然不懂法蘭琪為何會對凱曼先生大感興趣。

「凱曼先生欠我許多錢。」法蘭琪謊稱道。

小夥子的臉上頓時現出震驚的表情。出於對紅顏女子破財的同情，他盡其所能地翻遍了成卷的書信文案，但始終沒有找到凱曼先生現在和過去的住址。

法蘭琪謝過他後就離開了。她搭乘一輛計程車到了下一家仲介公司。她根本沒浪費時間重複剛才的過程。第一家公司是租房子給凱曼，那些人只關心如何代表屋主把房子再租出去。法蘭琪索取了一份看屋許可證。

這次，她為了消除辦事員臉上的驚訝表情，就解釋說想要一處便宜的房子開辦女子宿舍。驚訝的表情頓時無影無蹤，法蘭琪出來時帶著聖倫納德花園十七號的鑰匙，還有另外兩處她不想看的房屋的鑰匙，以及一張可看第四家房屋的看屋許可證。

法蘭琪想，她還算走運，那位辦事員不想陪她前往，大概只有涉及到帶家具的房屋，他們才會那麼做。

當她打開十七號大門並推門而入時，一股房屋緊閉的霉臭味撲進她的鼻孔。

這是一棟令人倒胃口的房子，裝修品質很差，油漆骯髒起泡。法蘭琪從頂樓到地下室依次細查了一遍。屋子在房客離去後已經清理過了。屋內還有些繩子、舊報紙、零星的釘子和工具。但有關個人用品，法蘭琪連張撕碎的紙片也沒發現。

唯一使她覺得有點意義的東西，是一本翻開放在窗下座位上的《鐵路指南》。翻開的那一頁上站名並未顯現任何特殊意義，但法蘭琪還是將其抄在一本小筆記本上，以資安慰。

就查尋凱曼夫婦來說，她宣告失敗了。

她自我安慰，心想此乃意料中事。如果凱曼夫婦真與犯罪有關，他們一定會留心不讓別人查到他們的蹤跡。這至少是種消極的有效證據。

當法蘭琪把鑰匙交回房屋仲介商手中、並謊稱兩天後再與他們聯繫時，心中仍然感到十分失望。

她心情沉重地沿著街道向公園走去，盤算下一步究竟該怎麼辦。一陣暴雨襲來，打斷了她毫無結論的沉思冥想。看不到一輛計程車，她急忙護住心愛的帽子，衝進了附近的地鐵入口，買了一張到皮卡地里廣場的車票，又在書攤上買了兩份報紙。

法蘭琪進入車廂時，車廂裡幾乎空無一人。她竭力排除腦中那些煩人的問題，打開報紙，集中注意力看報上的消息。

她漫無邊際地讀著報上的消息。

若干人暴斃街頭；一名女學生神祕失蹤；彼德漢普頓夫人在克拉里奇舉辦舞會；約翰．米爾金頓爵士在遊艇出事後恢復健康，那艘有名的「阿斯特拉多拉號」遊艇原屬於已故的百萬富翁約翰．薩維奇先生。這是一艘不吉利的船嗎？船的設計者慘死；薩維奇先生自殺身亡；只有約翰．米爾金頓爵士奇蹟似的逃過一劫。

法蘭琪撇下報紙，皺眉努力回憶著。

約翰．薩維奇的名字以前被提過兩次：一次是希薇雅在說到艾倫．卡斯泰時提到的；一次是巴比在複述與黎文騰夫人的談話時講到的。

艾倫．卡斯泰曾經是約翰．薩維奇的朋友。黎文騰夫人似乎認為，卡斯泰之所以在英格蘭出現，與薩維奇的死亡有關。薩維奇得了……什麼來著？他自殺是因為他認為自己得了癌症。

假定艾倫．卡斯泰對他朋友的死因並不信服，假定他來英格蘭是為了調查事實真相？再假定，圍繞薩維奇之死的事件，就是她與巴比正在演出的第一幕戲。

這有可能，法蘭琪想道，是呀，有可能。

她陷入了深思，不知道如何善用此一新局面。誰是薩維奇的摯友她一無所知。

後來她想到了薩維奇的遺囑。若說他的死亡有什麼可疑之處，他的遺囑可能可以提供一些線索。

法蘭琪知道，只要花一先令就可在倫敦的某個地方查到任何人的遺囑，但她記不起那個地方在哪裡。

列車到站停下了，法蘭琪發現是大英博物館。那已過了牛津廣場兩站，本來她打算在那兒換車的。

她跳下車來。當她出現在街上時想起了個主意。走了五分鐘，她來到斯普拉格和詹金森聯合律師事務所。

法蘭琪受到滿懷敬意的接待，馬上被迎進斯普拉格先生的個人辦公室。斯普拉格先生是這家律師事務所的資深律師。

斯普拉格先生為人和藹可親。那些有身分的當事人想擺脫麻煩時都來找他，聽到他那豐潤而且具有說服力的聲音，他們就會得到極大的安慰。據傳聞，斯普拉格先生對倫敦上流家庭的醜聞知道得比其他同行多。

「幸會，法蘭琪小姐。」斯普拉格先生說，「請坐。那張椅子坐得還舒服吧？是的，是的。今天的天氣真不錯，可不是？是個小陽春。馬欽頓伯爵身體怎麼樣？很好吧，我想？」

法蘭琪很得體地回答了一連串的詢問。

接著斯普拉格先生動了動鼻梁上的夾鼻眼鏡，儼然一副法律諮詢家的模樣。

「那麼，法蘭琪小姐，」他說，「今天下午什麼事使我有幸在我……唔……我這亂糟糟的辦公室裡見到你？」

是勒索？卑劣的信件？與某個不良青年纏上了？被您的裁縫師控告了？他皺著眉頭飛快地猜想這一系列的問題。

小心謹慎的皺眉提問，最符合斯普拉格先生的律師身分和收入。

「我想查一份遺囑，」法蘭琪說，「我不知道該去哪裡和怎麼查。不過有個地方付一先令就可以查，是吧？」

「那是遺書委託處。」斯普拉格先生說，「不過那是什麼樣的遺囑呢？我想我大概能夠告訴你所想知道的……呃……您家的遺囑。我相信我們事務所多年以前就有幸擬定了那些遺囑。」

「不是我家的遺囑。」法蘭琪說。

「不是？」斯普拉格先生問。
他那種使當事人信任的強烈吸引力，如催眠術一般，也使法蘭琪無法抗拒，只得實說。
「我想查的是薩維奇先生的遺囑，約翰．薩維奇。」
「真的？」斯普拉格先生的語調裡顯出極大的驚異。他沒料到這一點。「那太出乎意料了，確實非常出乎意料。」
他的聲音極不自然，以致法蘭琪吃驚地注視著他。
「真的，」斯普拉格先生說，「我不知道該怎麼辦。法蘭琪小姐，也許您能告訴我需要查這份遺囑的理由。」
「不行，」法蘭琪緩緩說道，「我恐怕不能告訴你。」
法蘭琪覺得，斯普拉格先生不知為何完全不像他平時那麼和藹、那麼全知。他顯得焦慮不安。
「我認為，」斯普拉格先生說，「我應當警告您。」
「警告我？」法蘭琪問。
「是的，雖然跡象還很模糊，非常模糊，但明顯有些可疑的事在運作。我無論如何都不會讓您捲入任何可疑的事件中。」
話說到此，法蘭琪本想告訴他，自己早已捲入了他明顯反對的這樁事件中了。但她沒說，只是疑惑地盯著斯普拉格先生看。

「這是個相當令人驚訝的巧合，」斯普拉格先生接著說，「這事明顯還在運作，很明顯。但究竟怎麼回事，我目前不能隨便說。」

法蘭琪仍然疑惑地看著他。

「我剛剛知道了一項消息，」斯普拉格先生怒氣沖沖地說，「我被人冒充了，法蘭琪小姐。故意冒充。對這件事您怎麼交代？」

法蘭琪一陣驚慌，一句話也說不上來。

25 斯普拉格先生如是說

終於，法蘭琪結結巴巴地問道：「你是怎麼發現的？」

這根本不是她想要說的話。實際上，她可以閉口不言裝一陣子糊塗，但話已出口。斯普拉格先生要是還看不出他們冒名頂替的話，那他根本就不是律師了。

「這麼說，你知道這件事的一些情況了，法蘭琪小姐？」

「沒錯，」法蘭琪答道。她稍停一下，深深吸一口氣後又說：「斯普拉格先生，整件事其實我都參與了。」

「我深感驚奇。」斯普拉格先生說。

他的語音中含有一絲掙扎，憤怒的律師與慈祥的家庭律師正在交戰。

「這是怎麼回事？」他問。

「這只不過是開個玩笑罷了，」法蘭琪心虛地說，「我們……我們想找點事做。」

「那麼，」斯普拉格先生追問道，「是誰擅自做主要冒充我呢？」

法蘭琪看著他，計上心來，迅速做了決定。

「那是年輕的公爵諾……」她住了口。「我不該提名道姓的，那樣不太好。」但她明白形勢對她有利。斯普拉格先生是否會原諒區區一個牧師兒子的魯莽行為，這值得懷疑，但他對貴族的偏愛會使他寬貸他們的無禮做法。果然，他恢復了慈祥的神情。

「唉！你們這些聰明的年輕人呀，你們這些聰明的年輕人喲，」他喃喃道，一面擺動食指。「你們給自己找了多少麻煩，法蘭琪小姐，說來您一定會大吃一驚，相當多的法律糾紛也許是起因於一場表面上毫無惡意、一時興起的玩笑。只不過高興得過頭了點，但有時這種糾紛很難私下和解。」

「我認為你太了不起了，斯普拉格先生。」法蘭琪連忙誠摯地說，「我真的這麼想。一千個人中也沒有一個人有你這麼了不起。我的確深感羞愧。」

「不，不，法蘭琪小姐。」斯普拉格先生像個父親一樣地說道。

「哦，但我真難為情。我想是黎文騰夫人告訴您的……她到底說了什麼呢？」

「你看我這兒有封信，半小時以前我才打開的。」

法蘭琪伸出手，斯普拉格先生把信放在她手上時似乎在說：「瞧，自己瞧瞧你的愚蠢導致了什麼結果。」

黎文騰夫人的信是這樣的：

親愛的斯普拉格先生：

我真是太遲鈍了，但我剛想起一件事，也許有助於您了解那天拜訪我時問及的事。艾倫・卡斯泰提過他打算到一個叫奇賓薩默頓的地方去。我不知道這是否對您有幫助。

您告訴我的關於莫爾特一案的情況，我太感興趣了。致以誠摯的問候。

您忠實的愛迪絲・黎文騰

「你可以看得出來情況非常嚴重，」斯普拉格先生聲色俱厲地說，但嚴厲中夾雜善意。「我相信一樁極其可疑的事正在進行。是否和莫爾特一案有關，還是和我的訴訟委託人卡斯泰先生……」

法蘭琪打斷了他的話，激動地問道：「艾倫・卡斯泰是你的委託人？」

「是的，他一個月前到英格蘭時來向我諮詢過。你認識卡斯泰先生嗎，法蘭琪小姐？」

「可以說認識吧。」法蘭琪說。

「一個極富魅力的人，」斯普拉格先生說，「他把一大片……廣闊的世界帶進了我的辦公室。」

「他來向你諮詢薩維奇先生的遺囑，是嗎？」法蘭琪問。

「噢！」斯普拉格叫道，「這麼說，是你建議他來找我的吧，他想不起那個人是誰了。我沒能幫他更多忙，真是遺憾。」

「你建議他做什麼呢？」法蘭琪問，「告訴我並不違反職業道德吧？」

「當然，」斯普拉格先生微笑了，「我建議他不必採取任何行動，什麼也不必做，也就是說，除非薩維奇先生的親戚準備花一大筆錢來打官司。依我看，他們不準備打官司，也沒立場打。我從不勸人把案子弄上法庭，除非有勝訴的希望。法蘭琪小姐，法律，是頭捉摸不定的畜生，牠彎來拐去的，常叫那些毫無法律頭腦的人嚇一跳。我的座右銘向來是：私下和解。」

「這件事太古怪了。」法蘭琪沉思地說道。

她產生一種如履薄冰的感覺。她可能隨時踏出一步，這場遊戲就終結了。

「這類案件不像你認為的那麼簡單。」斯普拉格先生說。

「是自殺案件嗎？」法蘭琪問。

「不，不，我說的是使用威脅手段的案件。薩維奇先生是個頭腦精明的生意人，但他顯然像個蠟像一樣受那個女人擺布。我保證她精通此道。」

「我希望你完完全全地告訴我全部情況，」法蘭琪大膽地說，「卡斯泰先生是……唔，如此地激動，弄得我莫名其妙。」

「這個案子極其簡單，」斯普拉格先生說，「我可以把事實簡略告訴你，這些情況每個人都可以理解，而且我這樣做沒有人會反對。」

「那麼就告訴我吧。」法蘭琪說。

「薩維奇先生是去年十一月從美國旅行歸來回到英格蘭的。如你所知，他是個鉅富，沒有近親。在這次旅行中，他結識了一個叫……呃，譚普頓夫人的女士。關於這位譚普頓夫人，除了知道她是個非常漂亮的女人和有個丈夫住在附近之外，就沒人再知道更多了。」

法蘭琪想道，就是凱曼夫婦。

「這類海上旅行很危險，」斯普拉格先生一面說一面微笑著搖搖頭。「顯然，薩維奇先生被她深深吸引住了。他接受了那位女士的邀請，來到她在奇賓薩默頓的那棟小別墅，並住了下來。至於他多久去那兒一次，我還沒查清楚。但毫無疑問，在譚普頓夫人的影響下，他去那裡的次數愈來愈頻繁。後來悲劇發生了。他有段時間感到自己的健康狀況不太正常。他擔心自己可能患上了某種疾病……」

「癌症？」

「唔，是的，確實如此，癌症。他無法擺脫這個念頭。當時他正和譚普頓夫婦住在一起。他們勸他去倫敦找專家諮詢，他也去了。說到這兒，法蘭琪小姐，我的頭腦很開通。那位傑出的醫師是這行的頂尖高手，他在驗屍審訊上發誓說薩維奇先生並未得到癌症，而且他也如此告訴過薩維奇先生，但薩維奇先生太迷信自己的感覺，聽到此話後也不願相信。嗯，法蘭琪小姐，鑑於我對醫學界的認識，我嚴正地認為事情也許出了差錯。

「如果薩維奇先生的症狀使醫師難以判斷，醫師也許會很嚴肅地板著臉，提到某些價格昂貴的治療方式，並且安慰他說所謂癌症只是表示他的身體出了嚴重的問題。薩維奇先生聽說醫師們常常向病人隱瞞病情，他便根據自己的見解解釋這件事，自認為得了癌症，醫師的保證都是假的。他真相信自己得了這種絕症。

「總之，薩維奇先生精神嚴重沮喪地回到了奇賓薩默頓。他明白自己正面臨痛苦不堪且揮之不去的死亡陰影。我了解他家族的一些成員曾經死於癌症，他決心不再重蹈他們遭受的那種痛苦。他派人請來一位律師，他是一家著名事務所的重要成員。律師為他擬定了一份遺囑，後來薩維奇先生在遺囑上簽了字，送交律師妥善保管。就在當天晚上，薩維奇先生服用了大量的三氯甲烷，留下了一封信。信中解釋自己寧願迅速地平靜而終，也不願痛苦而緩慢地死去。

「根據遺囑，薩維奇先生給譚普頓夫人留下了七十萬英鎊的免稅遺產，其餘的捐給幾家指定的慈善機構。」

斯普拉格先生自我陶醉地在椅子上往後一靠。

「陪審團審判時普遍表示同情，裁定為精神不健全自殺。但針對他立遺囑時是否精神不健全，我認為我們無法表示異議。我看任何陪審團都不會相信這一點。遺囑是律師在場時立下的，律師的意見是，死者當時頭腦清醒、理智健全。我想我們也不能證實有什麼不當的外力影響。薩維奇先生並沒有剝奪他親人的繼承權，他的親戚都是他很少見到的遠房堂兄妹，他們住在澳洲。」

斯普拉格先生停了一會兒。

「令卡斯泰先生不解的是，這樣一份遺囑完全不符合薩維奇先生的個性。薩維奇先生根本不喜歡慈善組織，他一貫主張把錢傳給血緣親屬。但是卡斯泰先生沒有文件來證明這些說法。正如我向他指出的那樣，人是會改變的。要爭訟這份遺囑，得和慈善組織交涉，又要對付譚普頓夫人。同時，遺囑還必須接受檢驗。」

「當時沒發生爭議嗎？」法蘭琪問。

「正如我所說，薩維奇先生的親戚不住在這個國家，他們對此事知之甚少。是卡斯泰先生提出了疑問。他從非洲內陸旅行歸來，逐漸獲知此事的詳情，就到英格蘭來看看有什麼辦法解決這件事。我勉強地告訴他，依我看是無能為力了。實際擁有人在財產訴訟中十有九勝，而譚普頓夫人是擁有人，而且她已經出國了，我看哪，是到法國南部定居去了。她拒絕就此事做任何溝通。我提議請教一下法律顧問的意見，但卡斯泰先生認為沒有必要，他採納了我的意見，認為已經無能為力。而且就算當時想採取任何行動——這點我也覺得大有疑問——也已為時過晚了。」

「我明白了，」法蘭琪說，「那麼沒人知道那位譚普頓夫人的情況了？」

斯普拉格先生搖搖頭，噘起嘴唇。

「像薩維奇先生這種閱歷豐富的人，不該那麼容易上當。但是……」

斯普拉格先生悲哀地搖著頭，眼中好像掠過這麼一幅景象：那堆訴訟委託人應該明白事理，應該來找他，使他們的案件得以私下和解。

法蘭琪站起來，說：「人都是奇怪的動物。」她伸出了手。「再見，斯普拉格先生。你真是太好、太好了。我深感慚愧。」

「你們這些聰明的年輕人必須倍加小心。」斯普拉格先生對她搖著頭說。

「你真是個大好人。」法蘭琪說。

她熱情地握握斯普拉格先生的手，隨即離開了。

斯普拉格先生重新坐回桌前。他在想：那位年輕的公爵……

只有兩位公爵可能會做這種事。

是哪一位呢？

他拿起一本《貴族名錄》。

26 夜間遇險

巴比對茱拉莫名其妙地失蹤感到十分焦慮。他反覆告誡自己，不該匆匆下結論；茱拉會在滿屋都是目擊者的情況下被幹掉，這想法有點異想天開；可能有一種極其簡單的解釋，而且最糟糕的情況不過是她在關吉樓中成了囚犯。

巴比不相信她是自願離開史太佛利。他堅信茱拉絕不會不給他留個解釋就離去。此外，她曾經強調過她沒地方可去。

不對，陰險的尼克森是這件事的主謀。總之，尼克森一定是發覺了茱拉的行動，這就是他的反擊。茱拉困在關吉樓的邪惡大牆內，成了囚徒，不能與外界聯繫。

但她也許不會長期被囚。巴比相信她說過的那些話，她的恐懼不是憑空想像，也不是神經質。這些話絕對是真實的。

尼克森打算除掉自己的妻子，他策畫了好幾次都失敗了。現在，她將自己的恐懼告訴了別人，逼得他不得不動手。他必須迅速行動……或者按兵不動。

他有膽量採取行動嗎？

巴比相信他有這個膽量，他知道即便這些陌生人聽了他妻子訴說的恐懼，他們也沒有證據。還有，他認為他要對付的只有法蘭琪。很有可能他一開始就懷疑她了，他對她那場「車禍」所提的小問題似乎表明了這一點。但充當法蘭琪的司機，巴比不相信他本人的身分會受到懷疑。

是的，尼克森會採取行動。茉拉的屍體大概會在遠離史太佛利的某個地方被發現，或許還會遭海水浸泡過。要不屍體可能在懸崖下被人發現。巴比絕對相信，這事會做得很像「意外事故」，尼克森擅長此道。

不過，巴比又認為這個計畫和製造這樣一次意外事故需要時間，雖不需要很多，但總要一定的時間。尼克森箭在弦上，他必須加快原先的計畫。在尼克森可以開始行動之前，至少需要二十四小時，這個假設是合理的。

在這段時間過去之前，如果茉拉還在關吉樓，巴比打算找到她。

巴比在布魯克街與法蘭琪分手後，開始將他的計畫付諸行動。他認為避開海鷗車行是明智的，那裡很可能受到了監視。以霍金斯的身分，他相信自己仍未受到懷疑。現在輪到霍金斯失蹤了。

當天晚上，一個蓄著小鬍子、身穿一套廉價深藍色西裝的年輕人，來到了喧鬧的安布林德佛鎮。他在車站附近的一家旅社住下來，登記的名字是喬治・帕克。安頓好行李，他漫步出了旅社，與車行商議租機車之事。

晚上十點，一位戴著頭盔和眼鏡的機車騎士駛過史太佛利村，在離關吉樓不遠的路邊空地上停了下來。

巴比倉卒地將機車推到附近的叢林後面，朝路上四下瞭望。這裡十分荒涼。

接著，他沿著圍牆走到一扇小門前。這門跟以前一樣沒鎖，他再次四下看了看，確信沒人注意，便輕輕地溜進門去。他把手探進上衣口袋，凸起的部位是他帶的左輪手槍。摸到槍，巴比心裡踏實了許多。

關吉樓裡萬籟俱寂。

巴比咧嘴一笑，想起那些令人毛骨悚然的故事：惡人們在住所附近總是養著一隻獵狗或一些躁動的猛獸，用來對付闖入者。

尼克森醫師看來只備有門閂門鎖就滿足了，即便如此，這點他也有些疏忽大意。巴比確實感到這扇小門本來不該開著。作為一個惡棍，他馬虎得令人遺憾。

「沒有馴養的巨蟒，」巴比想道，「沒有獵豹，沒有電網，這個人落伍得可恥。」

他以這些想法來振奮自己。每次想到茉拉，一種奇怪的壓迫感就把他的心縛得緊緊的。她的面容在他眼前的空中出現：顫抖的嘴唇，睜得老大、充滿恐懼的雙眼。就是在這裡他第一次見到她本人。當巴比回憶起自己如何抱住她、把她扶住的情景，一陣激動的感覺通過全身……

茉拉……她現在在哪兒？那個邪惡的醫師對她幹了些什麼呢？要是她還活著……

「她一定還活著，」巴比從閉緊的雙唇中擠出話來。「我堅決認為如此。」

他繞著房子仔細地偵察著。樓上有些窗戶還有燈光，一樓的一扇窗戶也亮著燈。

巴比向這扇窗戶爬過去。窗簾掩住了窗戶，但當中有一條縫隙。巴比跪在窗沿上，無聲無息地抬高身子，從縫隙中往裡窺視。

他可以看見一個男人的手臂和肩頭在移動，好像在寫字。不久這男人變換了一下姿勢，身體側面進入了視線。這個人是尼克森醫師。

這個位置很奇怪。醫師完全沒有意識到自己正被人窺視，還在不停地寫著。一種古怪的念頭偷偷湧上巴比心頭：他與這個男人離得這麼近，要不是中間隔層玻璃，他幾乎可以伸出手臂摸到他。

巴比第一次真正看清了這個男人。側面看去此人身軀壯實，鼻子碩大醒目，下頦突出，下顎輪廓有力，雙頰修得乾乾淨淨。巴比注意到他的耳朵很小，平貼在頭上，但耳垂連著臉頰。他聽說長著這種耳朵的人具有某些特殊的性格。

醫師鎮定自若、不慌不忙地寫著，時而停下筆，好像在斟酌詞句，然後又繼續往下寫。他手中的筆在紙上刻板而平滑地移動。他摘了一次夾鼻眼鏡，擦了擦又戴上鼻梁。

最後，巴比嘆了口氣，悄悄地滑下地面。看來，尼克森要寫上一陣子。現在正是進入這棟房子的大好時機。

如果巴比能趁醫師在書房裡寫字的當頭，強行從樓上的窗戶進去，那他就可以在午夜時分從從容容地搜索一下整棟樓房。

他又繞著房子走了一圈，選中了底樓的一扇窗戶。窗框的頂部是打開的，然而屋內沒有燈光……此時室內大概無人。他發現窗戶附近有一棵樹，似乎成了達到目的的捷徑。

一分鐘後，巴比順利地爬上了樹，正當他伸出手想抓牢窗框時，他攀緣的樹枝發出了不祥的斷裂聲。瞬間這根枯枝突然折斷，巴比出其不意地掉了下來，頭部先落進下面一叢繡球花屬的灌木中，這簇灌木幸運地阻止了他落下去。

尼克森的書房在房屋的同一面。巴比聽到醫師的呼叫聲和窗戶猛地推開的聲音。巴比從墜落的震驚中恢復過來，一躍而起，從叢林中掙脫出來，越過樹蔭裡的那塊漆黑地面，逃上通往小門的那條小路。他順著路沒走多遠，連忙潛入叢林之中。

他聽見了喧嘩聲，看見燈光移近那壓斷的灌木叢。巴比保持不動，屏住呼吸。他們可能會順路找過來。如果這樣，他們會發現小門開著，於是就會斷定有人從那裡逃走，而不會進一步徹底搜索。

幾分鐘過去了，並沒有人過來。不一會兒，巴比聽見醫師高聲在問什麼。他聽不清問話，但他聽見答話人的嗓音既粗啞又極其粗野。

「都看過了，沒事，主人。我走遍了。」

聲音逐漸消逝，燈也滅了。人們似乎已經回到屋內。

巴比非常小心地從藏身之處出來，走在大路上，傾聽著動靜。萬籟俱寂。他往那棟房屋走了一兩步。

接著，在黑暗中有樣東西擊中他的後頸，他向前一撲，跌入黑暗之中……

27 我哥是被謀殺的

星期五早上，一輛綠色的賓利在安布林德佛的車站旅社外停了下來。

法蘭琪曾按他們約定的名字——喬治．帕克，給巴比發過一份電報，函中說她要在亨利．巴辛頓范奇一案的驗屍審訊上作證，在從倫敦駛來的途中會到安布林德佛停一下。

她曾期望有回電告知約定地點，但她什麼也沒收到，於是她來到了旅社。

「帕克先生嗎，小姐？」旅館小弟說道，「我想沒有叫這個名字的先生住在這兒，不過我去查一下。」

小弟幾分鐘後回來了。

「他是星期三傍晚到這兒的，小姐。他放下行李說可能很晚才回來。他的行李還在這兒，但他沒回來取走。」

法蘭琪突然感到很不舒服，她扶著桌子支撐著身體。旅館小弟同情地看著她。

「感覺不舒服嗎，小姐？」他問道。
法蘭琪搖搖頭，吃力地說：「沒什麼。他沒留下留言嗎？」
這人又離開了一會兒，回來對她搖搖頭。
「有一封發給他的電報，其他沒有了。」他好奇地盯著她。「我能幫你什麼嗎，小姐？」
法蘭琪搖搖頭。
這時她只希望趕快離開。她必須想想下一步要怎麼辦。
「沒什麼。」
她說罷上了賓利轎車，把車開走了。
小弟目送她走時，自作聰明地點了點頭。
「他逃走了，」他自言自語道，「他對她失信，叫她失望了。她真是漂亮，不知道他長什麼樣。」
他問接待室的年輕小姐，那位小姐記不起來了。
「是一對有錢人，」小弟自作聰明地說，「跑出來私奔，結果男的跑掉了。」
此時，法蘭琪的車正朝史太佛利的方向駛去，她腦中思緒紛亂。
為什麼巴比沒有返回旅社？只有兩種原因：一就是他找到線索了，而那條線索又引他到別的地方去；另一種就是他發生了意外。汽車突然驚險地轉向，法蘭琪及時回過神來控制了方向。

了。

她這麼胡思亂想未免太愚蠢了。巴比當然沒事，他找到線索了，就是這樣，他找到線索了。

但另一個聲音在問：為什麼他沒有傳句讓人放心的話回來呢？

很多事難以解釋，但總該有個解釋。他是處境困難，還是沒有時間和機會？巴比很了解她——法蘭琪，知道她不會被他的情況嚇到，所以說一切都很正常，必定如此。

審訊像場夢一樣結束了。羅傑也到現場。希薇雅身著喪服顯得十分漂亮。她儀表動人，給人留下深刻印象。法蘭琪發覺自己像是在劇院欣賞演出一樣地欣賞她。

過程圓滿。巴辛頓范奇一家在當地頗有聲譽，所以一切的安排都不會使死者的遺孀和弟弟難過。

法蘭琪和羅傑分別上台作證，尼克森醫師出示了死者的遺書。審訊立即結束，做出的裁決是「死者心智不健全導致自殺」。

斯普拉格先生所謂的「同情的裁決」。

法蘭琪在腦裡把這兩樁自殺事件聯繫到一起。兩樁事件都是出於心智不健全。難道兩者之間有某種關聯嗎？

她很清楚這樁自殺事件的確是真實的，因為她就在現場。巴比那番謀殺的推論是站不住腳的，必須排除。死者遺孀親自作證，尼克森醫師確定不在案發現場。

其他人離去，法蘭琪和尼克森醫師仍留在後面。驗屍官和希薇雅握握手，表達了幾句同情的話語。

「有幾封給你的信，法蘭琪，親愛的。」希薇雅說，「如果我現在丟下你去躺一會兒，你不會在意吧，過程真是太可怕了。」

她陣陣發抖地離開了房間。尼克森醫師和她一同離去，喃喃地說一些使她鎮定的話。

法蘭琪轉臉對羅傑說：「羅傑，巴比失蹤了。」

「失蹤了？」

「是呀！」

「在什麼地方？怎麼回事？」

法蘭琪很快用幾句話把事情說了。

「那麼從那以後你就沒看過他了？」羅傑問。

「對。你認為是怎麼回事？」

「我不想聽到這種事。」羅傑慢慢地說道。

法蘭琪的心情沉重起來。

「你不認為……」

「哦！一切都會好起來的，不過……噓！尼克森來了。」

醫師悄無聲息地躡步進了房間。他搓著兩手，滿面微笑。

「事情進行得很順利，」他說，「真的很順利。戴維森醫師十分老練周到。把他推舉為地方驗屍官，真是我們大家的福氣。」

「我也這麼認為。」法蘭琪無動於衷地附和道。

「這有很大的差別，法蘭琪小姐。如何引導驗屍審訊的進行，完全掌握在驗屍官的手中。他的權力很大。可以隨心所欲地把事情變得複雜或簡單。在這樁案子上，一切都進行得很完善。」

「不過是一場精采的舞台表演罷了。」法蘭琪的聲音很嚴厲。

尼克森驚奇地看著她。

「我理解法蘭琪的感受，」羅傑說，「我也有同樣的感覺。我哥是被謀殺的，尼克森醫師。」

羅傑站在醫師身後，並未看見此時醫師的眼睛裡出現了驚異的神色，但法蘭琪看見了。

醫師正打算答話時，羅傑打斷了他。

「我是說，法律也許不這麼認為，但這事的確是謀殺。萬惡的凶手誘使我哥沉迷於毒品，正如毒品把他弄垮一樣，毒品確實害死了他。」

他動了動身子，憤怒的目光直視醫師。

「我打算報復他們。」他的話聽起來像是威脅。

尼克森醫師淡藍色的雙眼在羅傑的直視下垂了下來，他悲傷地搖了搖頭。

「我不能說不贊同你的說法，」醫師說，「我對吸毒的事比你了解得多，巴辛頓范奇先生。誘惑別人吸毒的確是極其可怕的罪行。」

法蘭琪腦海裡飛旋著許多念頭，其中有某一個相當強烈，她想：「不可能，那太荒唐了，不過他的不在場證明全憑她的話。萬一……」

她打起精神來時，發現尼克森醫師正對著她說話。

「你是開車來的，法蘭琪小姐？這次沒發生車禍吧？」

法蘭琪覺得自己恨透了這種微笑。

「沒有，」她說，「捲進太多意外是種遺憾，你說對吧？」

她不知道是不是自己的想像……他的眼神閃爍了好一陣子。

「這次是你的司機開車送你吧？」

「我的司機，」法蘭琪說，「已經失蹤了。」

她直視尼克森。

「真的？」

「他最後被人看見是去了關吉樓。」法蘭琪接著說。

「真的嗎？我的廚房裡有吸引人的東西嗎？」他的聲音聽起來很愉悅。「我簡直不能相信。」

「不管怎麼說，他最後一次露面就在那兒。」法蘭琪說。

「你說得太具戲劇性了。」尼克森說，「你大概對那些風言風語太注意了，那些話很不可靠。我就曾經聽說過這類極其離奇的故事。」他停了一會兒，語調略有些改變。「我曾聽說過這麼一件事，有人看見你的司機和我的妻子在河邊交談。」他再次停了一會兒才說：「我相信他是個相當優秀的年輕人，法蘭琪小姐。」

真是這樣？法蘭琪想道，他是想說，是他的妻子和我的司機私奔了？這就是他的小把戲嗎？

她便大聲說道：「霍金斯不是一般的司機。」

「看來是這樣。」尼克森說。他轉向羅傑說：「我得走了。相信我，我深深同情你和巴辛頓范奇夫人。」

羅傑送他出了門廳。法蘭琪緊隨出去。門廳的桌上放著兩封給她的信。一封是帳單，另一封是……她的心一跳，是巴比的筆跡。此時羅傑和尼克森正在門檻邊。

她把信撕開。巴比寫道：

親愛的法蘭琪：

我終於發現了一條線索。盡快隨我到奇賓薩默頓來。最好乘火車來，不要開車。賓利太顯眼了。火車雖不十分舒服，但你能直達那兒。你到一所叫「都鐸別墅」的房子來。那時我會跟你說我是怎麼發現的。別問路。（下面附著精確的方位圖）你弄清楚了嗎？別告訴任何人。（這句話下面重重地畫了一條線）誰也別說。

你的巴比

法蘭琪激動萬分地用掌心將信揉掉。這麼說，一切正常，巴比沒遇上可怕的事。

他找到線索了，湊巧和她找到的線索同一條。她去遺書委託處查過薩維奇先生的遺囑。羅絲・艾蜜莉・譚普頓就是住在奇賓薩默頓都鐸別墅的愛德加・譚普頓的妻子。這又和聖倫納德花園那棟房中攤開的《鐵路指南》對上號了，攤開那頁，奇賓薩默頓就是其中一個站名。凱曼夫婦去了奇賓薩默頓。

事情的輪廓漸漸清楚了。他們正接近追蹤的尾聲。

羅傑轉身朝她走來。

「信中有什麼有趣的事嗎？」他漫不經心地問道。

法蘭琪猶豫了一會兒。巴比嚴令她別告訴任何人，那應該不包含羅傑吧？

接著她想起了那根畫得很重的加強線，又想起她最近產生的可怕想法，如果這都是真的，羅傑可能在全然不知的情況下背叛了他們兩人。她不敢向他暗示自己的懷疑……

所以她打定了主意說：「沒有，一點也沒有。」

在接下來的二十四小時內，她都將痛悔自己的決定。

在接下來幾個小時的路途中，法蘭琪不止一次懊悔聽了巴比叫她不開車的建議。奇賓薩默頓距離並不很遠，但是要轉三次車。每次在一個鄉間小站漫長而無味的等候時，對急性子的法蘭琪來說，這種緩慢的行進方式極其難以忍受。

儘管如此，她不得不承認巴比說的話有點道理，賓利確實會引人注目。

她把車留在梅羅韋莊的理由很牽強，但她一時之間想不出什麼高招。

當法蘭琪乘坐這列十分沉著的火車駛進奇賓薩默頓小站時，天色漸漸黑了下來。在法蘭琪看來簡直如同午夜時分。坐這趟車，她覺得像是騎了幾個小時的馬似的。

剛剛天又開始下雨，格外惱人。

法蘭琪把上衣鈕釦一直扣到頸部，在車站的燈光下再看一遍巴比的來信，辨清了要去的方向，隨即動身出發。

巴比指示的路很容易就找到了。法蘭琪看見了前面村子的燈光，往左一轉上了一條通往險峻小山坡的小路。到了小路的盡頭，她走上往右邊的岔道，不久就看到一小群形成村莊的房子位於她的下方，房屋前圍有一片松林。最後，她來到一扇乾淨的木門前，擦了一根火柴，見門上寫著「都鐸別墅」。

四周空無人跡。法蘭琪拔出門閂進去。她可以分辨出松林後面的房屋輪廓。她在林中找了個有利地勢，在那裡能更清楚地看到房子。這時，她心跳加快了一點。她盡其所能地模仿貓頭鷹叫了一聲。幾分鐘過去後，沒有動靜。她又叫了一聲。

別墅的門開了，法蘭琪看見一個穿司機制服的身影小心翼翼地出現。是巴比！他打了個手勢然後退回屋裡去，讓門半開著。

法蘭琪走出樹林向大門走去，沒有一扇窗內亮著燈，一切都沉浸在黑暗和寂靜之中。

法蘭琪小心地跨過門檻，進了黑漆漆的門廳。她停住腳步，凝視著四周。

「巴比？」她低聲喚道。

是她的鼻子向她發出了警告。在此之前，她在什麼地方嗅到過這種濃郁的香味呢？

正當她意識到是麻醉劑「三氯甲烷」時，一雙有力的手臂從後面攫住了她。她張嘴尖叫，一塊溼布捂住了她的嘴，芳香的膩味充塞了她的鼻孔。

她奮不顧身地掙扎，身子扭動，雙腳亂踢，但無濟於事。由不得她掙扎，她還是被捆住了。她感到自己正在屈服，耳朵裡嗡嗡嗡地直叫，胸口發悶。最後，她失去了知覺……

28 危急時刻

法蘭琪醒過來時，立即感到意志消沉。三氯甲烷失效後醒來並不是一件浪漫的事。她躺在一個相當堅硬的木地板上，手腳都被捆住。她設法使自己翻了個身，頭部幾乎猛然撞上一個舊煤箱。後來又發生了各種各樣叫人喪氣的事件。

幾分鐘過後，法蘭琪雖然還不能站起來，但至少能注意四周的情況了。

她聽見身旁傳來微弱的呻吟聲，便四下細看。盡她所能辨別出她似乎是在一間閣樓裡。唯一的亮光來自屋頂的天窗，而此刻光線又極其微弱。幾分鐘後又會是一片漆黑。幾幅破爛不堪的畫靠牆放著，還有一張破鐵床，幾把爛椅子，以及前面提到的煤箱。

呻吟聲好像傳自角落。

法蘭琪身上的繩子並不是很緊，這使得她可以像螃蟹似地爬行。她就在骯髒的地板上蠕行著。

「巴比！」她突然叫起來。

的確是巴比，他的手腳也被捆著。此外，還有一塊布勒住了他的嘴。

這時，他差不多弄鬆了繩子。法蘭琪過去幫他一把。儘管手腳被捆在一起，她的手仍能發揮作用，最後用牙齒使勁一扯，終於弄鬆了繩子。

儘管說話的聲音很含糊，巴比還是盡力叫出一聲。

「法蘭琪！」

「真高興我們又在一起了。」法蘭琪說，「但看來好像我們都被當成笨蛋給耍了。」

「我想，」巴比憂鬱地說，「這就是他們所謂的『逮個正著』吧。」

「他們怎麼逮住你的？」法蘭琪追問道，「是在你給我寫那封信之後嗎？」

「什麼信？我沒給你寫過什麼信。」

「哦！我明白了，」法蘭琪睜大眼睛。「我多蠢呀！什麼別告訴任何人的一大堆。」

「聽著，法蘭琪，我把我碰到的事告訴你，然後你再繼續把你碰到的事告訴我。」

他敘述了在關吉樓的冒險經歷以及後果。

「我被弄到這個該死的小地方，」他說，「盤子裡有些吃的、喝的東西。我餓極了就吃，我看這些東西一定有麻醉作用，因為我吃完馬上就睡著了。今天星期幾？」

「星期五。」

「那麼我是星期三晚上被打昏的。該死，我的神智一直很不清醒。好吧，說說你碰到的事吧。」

法蘭琪詳述了她的冒險經歷，從她在斯普拉格先生那兒聽到的開始說起，一直說到她在門口以為認出巴比的身影為止。

「後來他們用三氯甲烷麻醉了我。」她最後說，「唉，巴比，我剛剛還在煤箱裡嘔吐呢！」

「我看你太厲害了，法蘭琪。」巴比讚許道，「問題是，現在我們怎麼辦？我們都吃了很長一段時間的苦頭，但現在局面轉過來了。」

「要是我把你來信的內容告訴羅傑就好了。」法蘭琪悔恨地說，「我確實想過，但拿不定主意，後來才決定嚴格按你說的辦，根本沒告訴別人。」

「結果就是沒人知道我們的下落。」巴比心情沉重地說，「法蘭琪，親愛的，恐怕我把你拖下水了。」

「我們都有點太過自信了。」法蘭琪憂鬱地說。

「只有一件事我弄不明白，為什麼他們不直接打我們的頭部。」巴比陷入沉思。「我認為這類小事尼克森不會猶豫。」

「他有他的計畫。」法蘭琪微微顫抖了一下。

「好吧，我們也最好有個計畫。我們必須離開這兒，法蘭琪。我們能怎麼辦？」

「我們可以呼喊。」法蘭琪說。

「是……嗎？」巴比說，「也許路過的人聽得見。但既然尼克森沒堵住你的嘴，表示說這種機會很少。你的手捆得比我鬆。我來看看能不能用牙齒咬開。」

接下來的五分鐘是牙齒與繩子的搏鬥，這場搏鬥一定會使巴比的牙醫倍感光榮。

「這些事書裡寫得都很輕鬆。」他氣喘吁吁地說，「但實際上一點作用也沒有。」

「你可以的，」法蘭琪說，「繩子正在鬆了。小心！有人來了。」

她從他身邊滾開。他們可以聽見有人上樓的聲音，步子踏得很重。門的下方現出一絲光亮。接著是鑰匙開鎖的聲音。門慢慢被推開了。

「我的兩隻小鳥怎麼樣了？」是尼克森醫師的聲音。

他手上拿了一根蠟燭，雖然他的帽子壓住了雙眼，穿著衣領高豎的厚大衣，但講話的聲音顯示是他，他的雙眼在厚實的鏡片後面閃著白光。

「你太不值得了，我親愛的小姐，」他搖搖頭，戲謔道：「這麼輕易就掉進了陷阱。」

巴比和法蘭琪都沒答腔。優勢明顯在尼克森那一方，很難知道該說些什麼。

尼克森把蠟燭放在一張椅子上。

「無論如何，」他說，「讓我來看看你們是否夠舒服。」

他檢查了巴比身上的繩子，得意地點點頭，又檢查了法蘭琪的。他搖搖頭。

「我年輕的時候，人們常跟我說，」他說，「手指是用來拿叉子的，牙齒是用來修手指的。你這位年輕朋友的牙齒，我看，有了行動了。」

屋角上有把笨重、斷了靠背的橡木椅子。

尼克森醫師提起法蘭琪，把她放在椅子上，再把她捆個結實。

「我想，不會很不舒服吧？」他說，「好了，時間不會太長的。」

法蘭琪能開口了。她問：「你打算怎麼對付我們？」

尼克森走到門邊，拿起蠟燭。

「法蘭琪小姐，你之前嘲笑我，說我太喜歡意外。也許我是喜歡。至少，我打算再冒險來一次。」

「你是什麼意思？」巴比問。

「我非得告訴你嗎？好吧，我想我願意。法蘭琪．德溫特小姐開著車，她的司機坐在她身邊，方向轉錯，開進一條通往採石場的廢棄道路，車子撞上路邊。法蘭琪小姐和司機雙雙身亡。」

屋內沉寂了片刻。巴比接著說：「但我們也許不會死，計畫有時會出錯。你在威爾斯幹的那樁事就失敗了。」

「你對嗎啡的抗藥性的確很驚人，從我們的觀點來看，頗令人遺憾。」尼克森說，「但這次你就不必替我擔心了。你和法蘭琪小姐被人發現時必定已經氣絕身亡。」

巴比身不由己地顫抖起來。尼克森的口氣很怪，是一個藝術家仔細打量一幅傑作時的口氣。

「他樂在其中，」巴比想，「他真的樂在其中。」

他不打算讓尼克森再這麼得意下去，便用輕鬆的口氣說：「你犯了一個錯誤，特別是與法蘭琪小姐有關的地方。」

「是的，」法蘭琪說，「在那封你編造得很高明的信函裡，你告訴我別對其他人說。不過呢，我破了一個例。我告訴羅傑．巴辛頓范奇了。他知道有關你的一切。如果我們出了事，他會知道要找誰負責。你最好讓我們走，你也盡快地逃出這個國家。」

尼克森沉默了一陣，然後說：「精采的騙局。我只能這麼認為。」

他轉身向門口走去。

「你這下流胚子，你妻子怎麼樣了？」巴比叫道，「你也殺了她嗎？」

「茉拉還活著，」尼克森說，「還會活多久，我真的不知道。這要看情況而定。」

他向他們做了個嘲弄的鞠躬。

「Au revoir[8]，」他說，「我得花幾個小時來完成我的安排。你們可以盡情地談談天。不到萬不得已，我不會堵上你們的嘴。明白嗎？只要你們呼救，我就會回來堵你們的嘴。」

他走出門，把門關上鎖緊。

8 法語，意思是「再見」。

「這不是真的，」巴比說，「不可能是真的。他說的那些事不會發生。」

但巴比情不自禁地感覺，那些事正要在他和法蘭琪身上發生。

「書上常出現一次緊急關頭的救援。」

法蘭琪盡可能說得滿懷希望，但她並不感覺真會有。其實，她的信心明顯不足。

「這事簡直不可思議，」巴比像是向人求情似的。「這麼離奇古怪，尼克森這個人也一定是假的。我希望會有一次緊急救援，但看不出誰會來救我們。」

「如果把情況告訴羅傑就好了。」法蘭琪哀嘆著說。

「也許，尼克森會相信你說的話。」巴比說。

「不，」法蘭琪說，「他根本不會相信，他精明得要命。」

「他是比我們精明得多。」巴比陰沉沉地說，「法蘭琪，在這樁案子中，你知道是什麼最使我心煩嗎？」

「不知道。是什麼呢？」

「那就是，即便我們行將一命嗚呼，我們仍然不知道伊文斯是什麼人。」

「我們問問他吧，」法蘭琪說，「你要明白，這是最後的請求，他不可能拒絕告訴我們。我同意你的話，好奇心沒有滿足之前，我不能就這麼簡簡單單地死去。」

兩人沉默了一會，巴比又說：「你認為我們應該大聲呼救嗎？這是最後的機會呀，大概也是我們唯一的機會了。」

「還不行，」法蘭琪說，「首先，我不相信有人會聽見，否則尼克森不會冒這個險；其次，我不能忍受靜靜坐著等死，還不能講話或聽人講話。把呼喊放到最後的關頭吧。有你談談天，是……是相當大的安慰。」她結束說話時聲音有些震顫。

「都是我把你拖下水，法蘭琪。」

「哦！沒什麼。你不可能把我置之事外，是我自己參與進來的。巴比，你認為他真會得逞嗎？我是說，對我們。」

「恐怕會，他的效率驚人。」

「巴比，你現在相信是他殺死了亨利．巴辛頓范奇嗎？」

「如果有可能的話……」

「有可能，但前提是：希薇雅也參與其中。」

「法蘭琪！」

「我明白。我產生這個想法時也感到恐怖。但這點符合邏輯。為什麼希薇雅對嗎啡的感覺這麼遲鈍？為什麼當我們希望她送丈夫去別的地方治療而不是去關吉樓時，她那麼頑固地抗拒？還有，槍響時她就在屋子裡。」

「也許是她親手開的槍。」

「噢！不會的。」

「不，也許是她。接著她把書房鑰匙給尼克森，放進了亨利的口袋。」

「胡說八道，」法蘭琪的聲音有些絕望。「就像通過哈哈鏡看東西似的，原本看起來極其正常的人實際上全不正常，包括那些善良的良民。應當有些方法來識別罪犯，眉毛啦、耳朵啦或別的特徵。」

「我的天哪！」巴比叫道。

「怎麼回事？」

「法蘭琪，剛才來這兒的人不是尼克森。」

「你瘋了嗎？那麼是誰？」

「我不知道，但那不是尼克森。我一直覺得不對勁，但無法識破，你說到耳朵，給了我一條線索。我那晚透過窗戶監視尼克森時，我特別注意到他的耳朵，他的耳垂連到了臉上。但今晚這個人，他的耳朵不是那個樣子。」

「這說明了什麼呢？」法蘭琪失望地問。

「這是一個相當高明的演員假扮成尼克森。」

「但為什麼……可能是誰呢？」

「巴辛頓范奇，」巴比屏住呼吸說，「羅傑．巴辛頓范奇！我們一開始就盯對了人，後來卻像傻瓜似的，跟在一些不相干的線索之後走入了迷途。」

「巴辛頓范奇，」法蘭琪低語道，「巴比，你是對的。一定是他。關於車禍一事，我嘲弄尼克森時，只有他一個人在場。」

「那麼事情真的結束了，」巴比說，「我本來還偷偷抱著一線希望，就是羅傑倚靠某些奇蹟查探出我們的行蹤，但現在連這最後的希望也破滅了。茉拉成了囚犯，你我手腳都被捆牢了。別人一點都不知道我們在什麼地方。遊戲結束了，法蘭琪。」

正當他說完時，頭頂上傳來一聲響動。一會兒，伴隨一陣可怕的撞擊聲，一個沉重的身體從天窗掉了進來。

光線黑得什麼也看不清。

「到底是……」巴比剛開口罵道。

從一堆打碎的玻璃中，一個聲音傳來。

「巴……巴……巴比。」

「哎呀，我真該死！」巴比說，「是白傑！」

29 白傑的經歷

機不可失，可能已被樓下聽見了。

「快，白傑，你這笨蛋！」巴比說，「脫掉我一隻靴子！別爭別問了！用力拽下來。把它扔到屋子中間，爬到床底下去！快呀，聽我的話！」

傳來一陣上樓的腳步聲。鑰匙在鎖中轉動。

尼克森……假冒的尼克森，站在門口，手上拿著蠟燭。

他離開時只看見巴比和法蘭琪，但現在地板中央是一大堆碎玻璃，碎玻璃中還有一隻靴子！

尼克森驚奇地注視著靴子，又注視巴比一會兒。巴比的左腳上沒穿靴子。

「很高明，我年輕的朋友，」他面無表情地說，「了不起的雜技動作。」

他走到巴比身邊，檢查了一下捆綁的繩子，又打了兩個死結，奇怪地盯著巴比看。

「真想知道你是如何將那隻靴子扔向天窗的。這簡直不可思議。你有胡迪尼的天才，我的朋友。」

他朝著他們倆看了看，抬頭望了一下天窗，然後聳了聳肩就離開了房間。

「快，白傑。」

白傑從床下爬出來，他有把小刀，很快把他們倆身上的繩子割斷。

「這下好了，」巴比伸展一下身子說，「哎喲！我全身僵硬！嗯，法蘭琪，我們的朋友尼克森怎麼樣？」

「你是對的，」法蘭琪說，「是羅傑．巴辛頓范奇。既然我已經知道他是羅傑裝扮的尼克森，我就看得出來，但演技仍然相當高超。」

「一模一樣的聲音，一模一樣的夾鼻眼鏡。」巴比說。

「我在牛津求學時有個叫巴……巴……巴辛頓范奇的同學。」白傑說，「棒……棒……棒極了的演員。但是，他是個壞……壞……壞蛋。在支票上偽造他爸……爸爸的簽名……簽名，壞了事，老頭……頭……頭子把事情給隱瞞住。」

巴比和法蘭琪兩人心中都產生了同一種想法：不牢靠的白傑還是能向他們提供有價值的資料！

「偽造？」法蘭琪深思後說，「巴比，以你的名義寄來的那封信，筆跡太像你的字了。我不明白他怎麼會熟悉你的筆跡？」

「如果他和凱曼夫婦很親近，他大概看過我寫那封關於伊文斯的信。」

白傑的聲音可憐兮兮地響了起來。

「我……我……我們下一步怎麼辦？」他問。

「我們到門後面去占據一個舒服的位置，」巴比說，「當我們那位朋友返回時——我料想還不會很快——你和我就從後面朝他撲去，弄他個措手不及。怎麼樣，白傑？你敢嗎？」

「哦，當然啦！」

「至於你嘛，法蘭琪，你聽到腳步聲時，最好回到你的椅子上去。他一進門看到你，就會不起疑心地進來。」

「好，」法蘭琪說，「一旦你和白傑把他打倒在地，我就加進來，咬他的腳踝什麼的。」

「女人氣概的真實展現。」巴比讚賞道，「現在，我們在地板上坐近一點，說說發生的事吧，我想知道什麼奇蹟使白傑從天窗上掉下來。」

「好吧，是這樣，」白傑說，「自從你走……走後，我碰到了一點麻……麻……麻煩。」

他停了一會兒，事情敘述得斷斷續續：講到債務人、債權人和法警這些典型白傑的災難事件。巴比離開時沒有留下地址，只說他要把賓利開到史太佛利去，所以白傑就找到了史太佛利。

「我以為也……也許你會……會借給我五……五……英鎊。」他解釋道。

巴比心中很過意不去。為了幫白傑辦車行，他來到了倫敦，突然丟下工作跑去和法蘭琪一塊兒當偵探。事到如今，忠實的白傑一句責備他的話也沒說。

白傑不是存心要搞砸巴比的神祕事業，但他認為，一輛綠色的賓利轎車，在史太佛利那麼點大的地方不會很難找到。

其實，在他到達史太佛利之前就恰好碰上了那輛車，因為車正停在一家小酒吧的外面，車裡沒人。

「所……所以我想，」白傑接著說，「我要讓你有點小驚……驚喜。車後座有些地毯和別的東西。四下無人，我鑽……鑽進車裡，把地毯拉……拉來蓋在身上，我以為我會嚇……嚇你一大跳。」

實際發生的情況是，一個身著綠色男人制服的司機從小酒吧出來了。白傑從藏身之處定睛一望，大吃一驚地發覺這位司機不是巴比。他覺得這面孔有點熟悉，但不能確定是誰。陌生人進了車子以後把車開走了。

白傑陷入困境。他不知道下一步該怎麼辦。解釋和道歉都很難說清楚，總之，要向一個把車開到每小時六十英里的人解釋也很不容易。白傑決定躺下來，等到車停下的時候再偷偷溜出去。

車終於到達了目的地——都鐸別墅。司機把車開進車庫就離開了，但他關上了車庫門。白傑成了囚犯。車庫的一邊有扇小窗。大約半小時後，白傑透過這扇小窗注意到法蘭琪接近了這棟房子，然後學貓頭鷹叫，最後進入屋內。

這事搞得白傑十分莫名其妙。他開始懷疑出了什麼事。無論如何，他決心查明自己周圍的情況，看看發生了什麼事。

藉著車庫裡擺放的工具，他打開了車庫的門鎖，進行一次搜查。一樓的窗戶全關著，但他想，爬到屋頂也許可以看進樓上的窗戶。爬上屋頂一點也不難。沿著車庫附近的一根水管爬上車庫頂，再從車庫頂爬到別墅上頭很容易。在爬行過程中，白傑壓到了天窗，很自然，白傑的體重造成了後面發生的事。

當白傑說完時，巴比長長地吸了一口氣。

「總之，」他讚嘆道，「你就是一個奇蹟，一個絕頂美妙的奇蹟！如果沒有你，白傑，我的朋友，法蘭琪和我大約一小時後就會變成小小的屍體。」

巴比向白傑簡要地敘述他和法蘭琪的遭遇。快說完時，他戛然中止。

「有人來了。到你的位置上去，法蘭琪。好了，我們那位演戲的巴辛頓范奇就要嚇一大跳。」

法蘭琪裝出一副絕望的模樣坐在那把破椅子上。白傑和巴比站在門後。

上樓的腳步聲走近了，一絲燭光從門縫中透了進來。鑰匙插進了門鎖轉動一下，門開了。燭光下，法蘭琪垂頭喪氣地坐在椅子上。他們的看守走了進來。

就在這時，白傑和巴比欣喜地猛撲出來。

制服那人的過程既簡短又乾脆。那人驚惶失措，被打倒在地。蠟燭飛得老遠，法蘭琪去拾了起來。過了一會兒，三個好朋友站在那兒，幸災樂禍地向下看著被原來綁他們的繩子所牢牢捆住的那個人。

「晚安，巴辛頓范奇先生。」巴比說，如果他得意洋洋的語氣中有幾分無禮，誰能指責他呢？「這是一個辦喪事的美麗夜晚。」

30 逃亡

地板上的那人向上怒視著他們。他的夾鼻眼鏡和帽子都被打掉，不可能再行偽裝了。他的眉毛上隱約可見化妝的輕微痕跡，但這張臉是羅傑・巴辛頓范奇那令人賞心悅目、略顯茫然若失的面孔。

他以他那悅耳的男高音講起話來，口氣如同令人欣賞的獨白。

「很有趣，」他說，「我其實很清楚，像你們那樣被捆緊的人不可能把靴子扔向天窗，但是由於靴子在破碎的玻璃之中，於是我將它視為當然並斷定，雖然不可能，但不可能的事還是發生了。這是智力極限的一種有趣現象。」

由於無人搭理，他仍用同樣沉思默想的口氣接著往下說：「總而言之，你們勝了一回。極其出乎意料，極其令人遺憾。我以為我巧妙地騙過了你們。」

「你確實騙過了我們，」法蘭琪說，「我想，巴比的那封信是你偽造的吧？」

「我有那方面的天分。」羅傑謙虛地說。

「還有巴比的事呢？」

羅傑仰臥地上，欣然地微笑著，似乎從開導他們之中獲得一種自信的快樂。

「我知道他會去關吉樓，我只需在道路附近的叢林中等候。當他笨手笨腳地從樹上掉下來往後退的時候，我剛好就在他身後。喧鬧聲消失後，我用一個沙袋乾淨俐落地襲擊了他的後頸。我必須做的就是把他弄到我停車的地方，塞進座位上，載他來到這兒。天亮之前，我又回到了家中。」

「那麼茉拉呢？」巴比追問道，「你設法把她誘拐走了嗎？」

羅傑嘻嘻笑起來。這個問題似乎逗樂了他。

「偽裝是一門很有用的藝術，我親愛的瓊斯。」他說。

「你這個下流胚！」巴比罵道。

法蘭琪插了進來。她仍然好奇心十足，他們的俘虜看來處於樂於助人的心緒中。

「你為什麼要裝成尼克森醫師呢？」她問。

「我為什麼？」羅傑好像在對自己問這個問題。「我想，部分原因是想看看能否戲弄你們兩人。你們十分確信可憐的老尼克森涉及此事。」他大笑起來，法蘭琪的臉紅了。「僅僅因為他自以為是地盤問了你一些車禍的細節。精於細節問題是他一種惱人的癖好。」

「這麼說他真的完全清白嗎？」法蘭琪輕聲問道。

「就像一個未出世的孩子一樣清白，」羅傑說，「不過他做了一件有利於我的事。他使我注意到你的那場車禍。一件又一件的事使我明白，你可不是個像表面那麼天真無邪的年輕小姐。後來，某天早上你打電話時，我正站在你身邊，我聽見你司機叫你『法蘭琪』。我聽力相當不錯。我提議和你們一起進城，你同意了，但當我改變主意後，你鬆了一大口氣。從那以後……」他停止說話，盡其所能地聳聳摑住的肩頭。「看見你們都忙於對付尼克森，實在是相當好玩的事。他是個對人無害的老笨蛋，但他看起來確實挺像電影上那種有學問的超級罪犯。我以為還可以使騙局保持下去。畢竟你們根本不知道。從我目前的處境看來，就是精心嫁禍的計畫出了差錯。」

「有件事情你一定得告訴我，」法蘭琪說，「我幾乎要被好奇心給逼瘋了。伊文斯到底是誰？」

「啊！」羅傑說，「這麼說你還不知道囉？」

他放聲大笑，笑了又笑。

「這太好笑了，」他說，「這表明人能有多蠢啊！」

「你是指我們？」法蘭琪問。

「不，」羅傑說，「我是指我。如果你們不知道伊文斯是誰，我想我不會告訴你們。我要把這事保留為我個人的小祕密。」

形勢變得奇怪起來。他們本來以為占了羅傑的上風，他卻以某種獨特的方式奪去了他們的勝利。現在是躺在地板上那個被捆著的俘虜控制了局面。

「我可以問一下，現在你們打算怎麼做？」他反問道。

到目前為止還沒人有什麼打算。巴比有點猶疑地嘟囔說找警察的事。

「趕快去做這件事，」羅傑興奮地說，「打電話叫他們來，把我交給他們。我想，罪名將是誘拐罪。我不能否認這一點。」他看著法蘭琪。「我會服罪的。」

法蘭琪的臉紅了。

「謀殺罪呢？」她問道。

「親愛的，你沒有任何證據，絕對沒有。你細想一下就會明白你沒有證據。」

「白傑，」巴比說，「你最好待在這兒盯住他。我下樓去打電話報警。」

「你最好小心點，」法蘭琪說，「我們不知道這房子裡有多少他們的人手。」

「除了我之外沒有別人，」羅傑說，「我是單槍匹馬幹這件事的。」

「我不準備把你的話當回事。」巴比粗聲粗氣地說。

他彎下腰去檢查羅傑身上的繩結。

「捆綁得非常緊，」他說，「就像房屋一樣結實。我們最好還是一起下去吧，可以把門鎖上。」

「你太多疑了吧，老兄，」羅傑說，「如果你想要，我的口袋裡還有一把手槍。它可以使你更加愉快。我現在這種處境，槍對我沒用。」

巴比不理會他那種嘲弄人的口氣，俯身下去抽出了手槍。

「謝謝你提到了手槍，」巴比說，「如果你想知道，它確實讓我感到更愉快。」

「好吧，」羅傑說，「槍裡有子彈。」

巴比拿著蠟燭，他們相繼出了閣樓，讓羅傑獨自躺在地板上。巴比鎖上門，把鑰匙放進口袋，手裡握著手槍。

「我先走，」巴比說，「我們現在得特別小心，別把事情弄糟了。」

「他是個古……古……古怪的傢伙，不是嗎？」白傑說，同時猛地回頭看了看他們離開的那個房間。

「他是個非常好的輸家。」法蘭琪說。

直到現在，她還沒有從那個與眾不同的年輕人——羅傑・巴辛頓范奇的魅力中完全解脫出來。

搖搖晃晃的樓梯往下通往主平台。萬籟俱寂。巴比從樓梯扶手上看下去，電話就在下面的門廳裡。

「我們最好先查查這些房間，」巴比說，「我可不希望背後受敵。」

白傑依次推開每一扇門，四間臥室有三間是空的。第四間的床上躺著一個身材苗條的身影。

「是茉拉！」法蘭琪叫道。

其他兩人擁進屋來。茉拉像個死人一樣躺在那兒，只有胸部還在微弱地上下起伏。

「她睡著了嗎？」巴比問。

「我看她是被下藥了。」法蘭琪說。

她四下一看，窗戶附近有張桌子，桌上的小搪瓷盤裡有個注射器，桌上還有一盞小酒精燈和一支嗎啡注射針。

「我看她沒問題，」法蘭琪說，「但我們應該找個醫師來。」

「我們下樓去打電話吧。」巴比說。

他們來到了下面的大廳。法蘭琪還有些擔心電話線可能被切斷，但她的擔心證明是多餘的。他們一下就打通了警察局，但發覺很不容易把事情講清楚。當地警察局甚至以為他們的求救是在開玩笑。

然而，他們終於還是相信了，巴比才嘆了口氣，放下了電話。他說他們這兒還需要一位醫師，警方答應帶個醫師過來。

十分鐘後，一個警官、一個警佐、一個全身散發醫師氣息的老先生乘車到達。

巴比和法蘭琪接待了他們，再次簡單地敘述了事情的經過，領他們上了閣樓。巴比剛把門鎖打開，接著便目瞪口呆地站在門檻上。地板中央是一堆繩子，打壞的天窗下面的鐵床上還放著一把椅子。這些東西都被拖到天窗下面。

羅傑．巴辛頓范奇無影無蹤。

巴比、白傑和法蘭琪三人頓時目瞪口呆。

「說到胡迪尼，」巴比說，「他顯然勝過胡迪尼一籌。他是怎樣把繩子割斷的呢？」

「他口袋裡一定有刀。」法蘭琪說。

「即便這樣，怎麼能把刀取出來呢？他兩隻手都被捆在後面啊。」

警官咳了一聲，他先前的懷疑又湧上心頭，還比原來更強烈地認為這事是惡作劇。

法蘭琪和巴比覺得他們講了一個聽起來根本不可能的冗長故事。

醫師解救了他們。

醫師被領到茉拉躺著的房間時，他就立刻宣布她被嗎啡或鴉片給迷昏了。他認為她的情況不很嚴重，大概在四、五個小時後就會自然甦醒。他建議把茉拉送到附近一家條件比較好的療養院去。看不出還有其他辦法可施，巴比和法蘭琪於是贊同這項作法。他們給警官留下了姓名地址，那位警官顯然極不相信法蘭琪的話。接著他們獲准離開都鐸別墅，並在警官的幫助下順利住進村裡的「七星旅館」。

到了那兒，他們仍覺得自己被當作罪犯，因此趕快進了各自的房間。巴比和白傑住雙人房，法蘭琪住了一個非常小的單人房。

巴比和白傑休息了數分鐘後，聽見有人敲門。

是法蘭琪。

「我想起一件事，」她說，「如果那位傻警官堅持認為所有的事是我們編造的，我有證據說明我被三氯甲烷麻醉過。」
「你有證據？在什麼地方？」
「在煤箱裡。」法蘭琪的話很果斷。

31 法蘭琪提問

法蘭琪被自己的冒險經歷弄得筋疲力盡，一直睡到第二天早上很晚才起床。她下樓來到小咖啡廳時，已是十點半了。她發現巴比在那兒等她。

「哈囉，法蘭琪，你終於來了。」

「別做出這麼精力旺盛的怪樣子。」法蘭琪平靜地坐到椅子上。

「你來點什麼？他們有小鱈魚、雞蛋、培根和冷火腿。」

「我要點吐司和淡茶，」法蘭琪的話平息了巴比的情緒。「你出了什麼毛病？」

「一定是沙袋的作用，」巴比說，「我大腦裡的黏連物大概被沙袋打碎了。我覺得幹勁十足，精力旺盛，才思敏捷，巴不得衝出去做點事。」

「好啊，那為什麼不衝出去呢？」法蘭琪有氣無力地問道。

「我衝出去過了，半小時前我和哈蒙警官在一起。我們得暫時拋開目前這件事，把它看作一次玩笑，法蘭琪。」

「噢，不過，巴比……」

「我說的是『暫時』。我們得弄清整件事的真相，法蘭琪。我們找對了關鍵點，當務之急是鍥而不捨地追查下去。我們不能以誘拐的罪名來通緝羅傑，要以謀殺罪來通緝他。」

「而且我們要抓住他。」法蘭琪恢復了元氣。

「正是這樣，」巴比贊同道，「喝點茶吧。」

「茉拉怎麼樣了？」

「相當糟糕。她處於極嚴重的緊張狀態，顯然是嚇壞了。她到倫敦去了，在女王門的一家療養院休息。她說在那兒才會感到安全。她害怕待在這兒。」

「她從來沒這麼神經緊張過。」法蘭琪說。

「是啊，有羅傑這麼個行動古怪的冷酷殺手逃到這一帶，誰都可能被嚇壞。」

「他並不想殺害她，我們才是他追殺的目標。」

「他大概正忙著照料自己，暫時顧不上我們。」巴比說，「好了，法蘭琪，我們得好好想想。事情的起因一定是始於約翰·薩維奇之死和他的遺囑。這件事不太對勁。要嘛那份遺囑是偽造的，要嘛薩維奇是被謀害的……」

「如果和羅傑有關，遺囑就很可能是偽造的，」法蘭琪沉思地說，「偽造似乎是他的特長。」

「這事也許又有偽造又有謀殺。我們必須弄清楚。」

法蘭琪點點頭。

「去查詢遺囑之後，我記下了一些筆記。證人是廚娘羅絲．查德莉和園丁艾伯特．梅勒。他們應該很容易找到。還有兩位起草遺囑的律師，艾福德和雷爾，據斯普拉格先生說，兩位律師來自一家聲譽非常良好的事務所。」

「對，我們就從這兒著手。我看你最好去找律師。你比較容易從他們手上弄到東西。我去搜尋羅絲．查德莉和艾伯特．梅勒。」

「白傑呢？」

「他不到午飯時間不會起床，你不必擔心他。」

「哪天我們必須把他的債務理清楚，」法蘭琪說，「他畢竟救過我的命。」

「那些債務要不了多久又是一團糟，」巴比說，「哦！對了，你對這有什麼看法？」

他掏出一張髒兮兮的照片給法蘭琪審驗。

「是凱曼先生。」法蘭琪立刻叫道，「你在什麼地方弄到的？」

「昨晚在電話機後面。」

「這樣譚普頓夫婦是誰看來就很清楚了。」

一個女服務生端著麵包走近他們。法蘭琪向她展示了照片。

「你知道他是誰嗎？」她問。

女服務生頭略略偏向一邊，凝視著照片。

「唔，我見過這位先生，但我想不起來了。噢！對了，他是都鐸別墅的主人，譚普頓先生。我看哪，他們現在已經走了，到國外什麼地方去了。」

「他是個什麼樣的人呢？」法蘭琪問。

「我說不上來。他們不常來這兒，只是偶爾週末來一下。沒人經常見到他。譚普頓夫人長得非常漂亮。但他們在都鐸別墅住的時間不很長，大概只有半年吧，當時一位很有錢的先生死了，把他所有的錢留給了譚普頓夫人，他們就到國外生活去了。儘管如此，他們仍然沒賣掉都鐸別墅。我認為他們有時把它租給別人度週末。不過我想，有了這麼一大筆錢，他們不會回來這兒住了。」

「他們不是雇過一個叫羅絲·查德莉的廚娘嗎？」法蘭琪問。

但是這個女服務生看來對廚娘的事毫無興趣，一個有錢的紳士留下一大筆財產才能激發她的想像力。對法蘭琪提的問題，她回說一點也不知道，然後端著空麵包架就走了。

「這事很簡單，」法蘭琪說，「凱曼夫婦已經不會到這兒來了，但他們保留了房子給集團活動。」

他們決定按巴比的提議分頭行動。法蘭琪在當地買了些東西把自己打扮得漂漂亮亮的，然後就開著賓利走了；而巴比則去察訪園丁艾伯特·梅勒。

他們在午餐時間碰面。

「怎麼樣？」巴比問。

法蘭琪搖搖頭。

「偽造遺囑的事根本不可能。」她沮喪地說，「我和艾福德先生談了很久，他是個可愛的老人。他已經風聞我們昨晚的事，拚命地想聽細節。我認為他們這兒刺激的事不多。總之，我很快就弄得他服服貼貼。然後我談論薩維奇的事，故意說我碰過薩維奇的幾個親戚，他們暗示說遺囑是偽造的。一聽這話，那位可愛的老人大發雷霆，說絕對不可能！遺囑又不是書信或其他類似的東西。他見到了薩維奇本人，而且薩維奇先生堅持當時就擬定遺囑。艾福德先生不想當場寫下，想按正常程序來……你知道他們都是怎麼弄的，一張又一張言不及義地……」

「我不知道，」巴比說，「我從來沒立過什麼遺囑。」

「我立過……兩份，第二份是今天上午寫的。我得有個藉口去找律師。」

「你把你的錢留給誰了？」

「你。」

「這似乎有欠考慮，不是嗎？如果羅傑順利地幹掉你，我大概會因此被吊死！」

「我沒想到這點。」法蘭琪說，「啊，正如我所說，薩維奇先生十分激動，艾福德先生只好當場擬好遺囑，讓僕人和園丁來簽名作證，接著艾福德先生便把遺囑帶走妥善保管。」

「這麼看來偽造的事不存在了。」巴比贊同道。

「我知道。如果你親眼看到這些人的簽名，你就不會認為是偽造的了。至於謀殺的說法呢，現在要了解相關情況很難呢。薩維奇原來的那個醫師已經死了。我們昨夜看到的那個醫師是新來的，到這兒才兩個月左右。」

「看來不幸死亡的人數又得增加一個了。」巴比說。

「啊，誰又死了？」

「艾伯特・梅勒。」

「你認為他們全是被幹掉的嗎？」

「那樣看起來太像大屠殺了。對艾伯特・梅勒的死，我們也許得做番善意的解釋，他已經是個七十二歲的可憐老頭了。」

「好吧，」法蘭琪說，「我贊成你把他的死因看成是自然死亡。羅絲・查德莉還僥倖活著吧？」

「是的。她離開譚普頓夫婦後，到英格蘭北方去住了一段時間，可是她已經回來了，和當地一個男人結了婚，這個男人和她交往了十七年。不幸的是，她有點癡呆，記不得任何人的事。也許你可以應付應付她。」

「我得去一趟，」法蘭琪說，「應付傻子我最內行。對了，白傑在哪兒？」

「我的天哪！我把他全忘了。」巴比說。

他起身離開了房間，幾分鐘後就回來了。

「他還在睡，」他說，「現在正起床，管房間的女服務生叫了他四次，他都沒有一點反應。」

「好吧，我們最好還是去見見那個傻子。」法蘭琪站起來。「然後我必須買一支牙刷、一件睡衣、一塊海綿和其他一些文明生活的必用品。我昨晚太接近原始狀態，根本沒想到這些，只脫了外衣就倒在床上了。」

「我了解，」巴比說，「我也和你一樣。」

「我們去和羅絲．查德莉談談吧。」法蘭琪說。

羅絲．查德莉——現在是普拉特太太——住在一間塞滿瓷器狗和家具的小屋子裡。普拉特太太是個身體肥大、表情遲鈍的女人，長了一副金魚似的眼睛，顯然患有甲狀腺腫。

「你看，我又回來了。」巴比笑容滿面地說道。

普拉特太太呼吸困難地看著巴比和法蘭琪，面無表情。

「聽說你和譚普頓夫人在一起住過，我們很感興趣。」法蘭琪開口解釋來意。

「是的，夫人。」普拉特太太說。

「我想她現在人在國外。」法蘭琪繼續說，盡力做出一副和這家人很熟的口氣。

「我聽說是這樣。」普拉特太太附和道。

「你和她相處過一段時間吧？」法蘭琪問。

「和誰，夫人？」

「和譚普頓夫人。」法蘭琪一字一句清楚地說。

「不對，夫人。我和她只住了兩個月。」

「噢！我以為你和她在一起的時間挺久呢。」

「那是葛蕾蒂，夫人。她是打掃房間的女傭人，在那兒待了六個月。」

「你們兩人都在那兒？」

「對。她打掃房間，我做飯。」

「薩維奇先生死的時候，你在那兒，對吧？」

「對不起，我沒聽清楚，夫人。」

「薩維奇先生死的時候，你在那兒嗎？」

「譚普頓先生沒死，至少我沒這麼聽說過。他到國外去了。」

「不是譚普頓先生，是薩維奇先生。」巴比說。

普拉特太太鈍鈍地看著他。

「就是把所有的錢留給譚普頓夫人的那位先生。」法蘭琪說。

普拉特太太臉上露出像是聽懂了的神情。

「哦！對，夫人，是那位被驗屍的先生。」

「對，」法蘭琪為自己的誘導成功興奮不已。「他常來住，對吧？」

「我不很確定，夫人。我當時才來不久，你知道。葛蕾蒂可能知道。」

「但是你在薩維奇先生的遺囑上簽名作證了，不是嗎？」

普拉特太太表情茫然。

「你去的時候，看他在一張紙上簽名字，你也簽了。」

普拉特又露出聽懂的表情。

「對，夫人。我和艾伯特都簽了名。我從前沒做過這種事，我也不願意簽。我跟葛蕾蒂說，我不想在紙上簽名，那是事實。葛蕾蒂說沒關係，因為艾福德先生也在場，他是個律師，是個很正派的紳士。」

「到底是怎麼回事？」巴比問。

「我沒聽懂，先生。」

「誰叫你簽名的？」法蘭琪問。

「是女主人，先生。她進廚房來說，要我出去叫艾伯特，要我們兩個到那間最好的臥室去。前一天晚上女主人搬出來，讓那位什麼先生住進了這間臥室。那位先生正坐在床上，他從倫敦回來就一直躺在床上，看來病得很重。我以前沒見過他。他看起來嚇人極了。艾福德先生也在，他說話很和氣，他說沒什麼好怕的，要我在那位先生簽過名的地方簽上我的名字，我就簽了，還在名字後面寫了個『廚娘』和地址，艾伯特也簽了。我下樓到葛蕾蒂那兒去了，全身發抖，我說我從未見過這麼像死人的人，葛蕾蒂說前一天晚上這位先生看起來還好好的，一定是在倫敦碰上什麼事叫他心煩。他是一大早上倫敦去的，那時誰都還沒起床。

後來我就說我不樂意在什麼東西上簽名，葛蕾蒂說沒關係，因為艾福德先生也在場。」

「那麼薩維奇先生，就是那位先生，是什麼時候死的呢？」

「第二天早上，夫人。那天晚上，他把自己關在那間房間裡，不讓任何人走近。葛蕾蒂早上去叫他的時候，他已經死得硬邦邦的了，床邊放著一封信，上面寫著『交驗屍官』。哎呀！這事弄得葛蕾蒂被問來問去的，後來又是驗屍和其他種種事情。大概兩個月以後，譚普頓夫人跟我說她要到國外去住，不過她在北方給我安排了一處非常好的人家，工資很高，還送我一件好禮物和其他東西。譚普頓夫人真是一位好人。」

此時，普拉特太太已徹底沉浸在喋喋不休的歡娛之中。

法蘭琪站起身來。

「好吧，」她說，「聽了你這麼些話，真叫人高興。」她從錢包裡抽出一張鈔票。「你不會反對我留給你一件小禮物吧？我占用你這麼多的時間。」

「喲，真是太謝謝你了，夫人。祝你和你那位好先生好運氣。」

法蘭琪臉色一紅，趕緊走出來。

巴比一會兒也跟著出來。他看起來心事重重。

「唔，」他說，「看來我們掏空了她所知道的一切。」

「對，」法蘭琪說，「事情都聯繫到一起了。薩維奇確實立下了那份遺囑，這看來沒什麼疑問。我認為他對癌症的恐懼也是真的。他們不可能買通一個哈利大街的醫師。我認為他們趁他的遺囑剛剛簽定，在他改變主意之前就害死了他。不過，我看不出有誰能夠證實他們是怎樣害死他的。」

「我知道。我們可以猜想是譚普頓夫人給他服了『讓他睡著的東西』，但我們無法證實這件事。羅傑．巴辛頓范奇也許偽造了那封給驗屍官的信，但此事我們現在也無法證實。我猜想，這封信送到驗屍審訊庭後不久就被毀掉了。」

「所以我們又回到了那個老問題：到底是什麼使羅傑．巴辛頓范奇及其同夥對我們這麼害怕？」

「你沒突然想到什麼特別的原因嗎？」

「沒有。我只想到一件事：屋裡有一個打掃房間的女僕，為什麼譚普頓夫人要出去叫園丁進來在遺囑上簽字呢？他們為什麼不請屋裡的女僕呢？」

「你這話有點蹊蹺，法蘭琪。」巴比說。

他的話音聽起來十分怪異，法蘭琪驚奇地凝視著他。

「為什麼？」法蘭琪問。

「因為我在你出門之後，向普拉特太太問了葛蕾蒂的名字和地址。」

「是嗎？」

「女僕的名字叫伊文斯！」

32 伊文斯

法蘭琪屏住了呼吸。巴比激動地提高了說話聲。

「你聽我說，你問了卡斯泰問過的同一個問題：他們為什麼不找那位女僕呢？他們為什麼不找伊文斯呢？」

「哦！巴比，我們終於查出來了！」

「卡斯泰一定同樣想到了這個問題。他就像我們一樣，到處打探，尋找可疑的人和事。正如我們，他也認為這事可疑。而且，我相信，他就是為此到威爾斯來的。葛蕾蒂·伊文斯是個威爾斯的姓名，伊文斯大概是個威爾斯女孩。他追蹤她到了馬奇波，有人又在後面跟蹤他，但是，他根本沒找到伊文斯。」

「他們為什麼不找伊文斯？」法蘭琪說，「這一定有某種原因。這是個相當無聊的小疑點，但很重要。屋裡就有兩個女僕，為什麼要出去叫園丁呢？」

「也許因為查德莉和艾伯特．梅勒都是傻瓜，而伊文斯是個相當精明的女孩。」

「情況不會這麼簡單。艾福德先生就在場，他這個人也相當精明啊。噢！巴比，我知道，癥結就在那兒。只要我們能搞清楚原因就好了，為什麼是查德莉和梅勒簽字，而不是伊文斯呢？」

她突然住口，兩手捂在臉上。

「有了，」她說，「只是忽隱忽現……我一會兒就會想出來。」

她一語不發地站了一兩分鐘，然後從臉上把手拿開，看著她的同伴，雙眼閃出奇異的光芒。

「巴比，」她說，「如果你住在一間有兩個僕人的房子裡，你會給哪一個人小費？」

「當然是打掃房間的那一個，」巴比深感奇怪地說，「沒有人會給廚師小費。你根本不會注意到她。」

「對，而且她也根本不會留意你。如果你某個時間到廚房去，她也許多少會看你一眼。而打掃房間的女僕必須伺候你用餐，招呼你，給你端咖啡。」

「你指的是什麼呢，法蘭琪？」

「他們不可能讓伊文斯在那份遺囑上簽字，因為伊文斯知道那個立遺囑的人不是薩維奇先生。」

「天哪！法蘭琪，你這是什麼意思？那麼那個人是誰呢？」

「當然是羅傑・巴辛頓范奇！你還不明白他冒充了薩維奇嗎？我敢打賭，是羅傑到那個醫師那兒，把罹患癌症的事大肆誇張了一番，然後又請來了律師。這位律師不認識薩維奇先生，但他可以發誓親眼見到薩維奇先生簽署了那份遺囑，還有兩個人簽了名，其中一個以前沒見過薩維奇，另一個老頭很可能非常無知，大概也沒見過薩維奇。現在你明白了吧？」

「但真正的薩維奇那時在什麼地方呢？」

「哦！他到達那兒時身體應該很正常，我懷疑他們後來用藥迷昏了他，把他弄到閣樓上，讓他在那兒待了十二個小時。此段時間羅傑施展了他的偽裝伎倆。最後他們把薩維奇放回床上，給他服了三氯甲烷。伊文斯則在早上發現他已經死了。」

「天哪，我認為你猜對了，法蘭琪。但我們能證實這件事嗎？」

「能……啊，不，我不知道。假設拿一張真的薩維奇的照片給羅絲・查德莉看——我說的是普拉特太太——怎麼樣？她會說『這不是在遺囑上簽字的那個人』嗎？」

「我懷疑，」巴比說，「她可是個傻子啊。」

「我想這就是她被挑來簽名的原因。不過還有另一件事，一個專家應該能夠鑑定薩維奇的簽名是偽造的。」

「他們先前沒有鑑定過。」

「因為從未有人提出這個疑問，以為他們沒有時機可以偽造遺囑，而現在情況不同了。」

「我們必須做一件事，」巴比說，「找到伊文斯。也許她能告訴我們很多情況。她似乎和譚普頓夫婦在一起住過半年。」
法蘭琪哼了一聲。
「這件事可不好辦。」
「去郵局問問怎麼樣?」巴比提議道。
他們剛好路過郵局,從外觀上看,這個郵局比較像一家普通的商店。
法蘭琪衝進郵局,開始了行動。裡面沒有別人,只有一位女職員。這個年輕的女職員一副包打聽的模樣。
法蘭琪買了本兩先令的集郵冊,然後談起天氣來。
「我認為你們這兒的天氣比我們那兒好多了。我住在威爾斯的馬奇波。你一定不會相信我們那兒的雨有多大。」
年輕的女職員說這兒雨也很多,上一個國定假日還下了一場暴雨。
法蘭琪說:「馬奇波有個人是你們這個地方的人,我不知道你認不認識她。她叫伊文斯,葛蕾蒂.伊文斯。」
女職員完全沒起疑心。
「唉,當然認識。她在都鐸別墅當女僕,不過她不是這一帶的人,而是來自威爾斯,她回那兒去了,結了婚,她現在是羅伯茨太太了。」
「沒錯,」法蘭琪說,「你能把她的地址給我嗎?我向她借過一把傘忘記還她了。如果我有她的地址，我就寄還給她。」

「是這麼回事呀，」女職員說，「我想可以。我偶爾會收到她寄來的明信片。她和丈夫一起在當幫傭。請等一會兒。」

她走過去，在一個角落翻找，不久她手裡拿著一張紙走回來。

「給你。」她順著櫃檯把紙推過來。

巴比和法蘭琪一起接過去，這畢竟是他們期望得到的最後一樣東西。紙上寫的是：

羅伯茨太太。威爾斯馬奇波牧師公館

33

東方咖啡館的騷動

巴比和法蘭琪兩人都不知道他們是否失態了，走出郵局後，兩人互相對視了一眼，一起大笑起來。

「居然是在牧師公館！」巴比笑得直喘氣。

「我還查了四百八十個伊文斯哩。」法蘭琪抱怨道。

「現在我終於明白，為什麼當羅傑發現我們連伊文斯是誰都不知道時會覺得那麼好笑了！」

「依他們的看法，你和伊文斯就住在一個屋簷下當然很危險。」

「走吧，」巴比說，「下個地方去馬奇波。」

「就像那彩虹消失在某個地方一樣，」法蘭琪說，「回親愛的老家去吧。」

「該死，」巴比說，「我們該為白傑做點什麼。你身上有錢嗎，法蘭琪？」

法蘭琪打開皮包，掏出一疊鈔票。

「把這些給他，叫他去和債主把欠的帳了結一下，說我父親會把車行買下，讓他當經理。」

「太好了，」巴比說，「我們的當務之急就是趕快走。」

「為什麼這麼急呢？」

「我不知道，但我有種快要出事的感覺。」

「真可怕。我們還是快走吧。」

「我去安頓一下白傑，你去把車發動。」

「我永遠買不成牙刷了。」法蘭琪說。

五分鐘後，他們從奇賓薩默頓駕車急馳而去。巴比毫無道理地抱怨車速太慢。

儘管如此，法蘭琪還是說：「你知道，巴比，車速快不起來。」

巴比瞥了一眼計速器的指標，指標此刻指示速度是每小時八十英里，他便冷冷地說：

「我看我們無能為力了。」

「我們可以搭出租飛機，」法蘭琪說，「我們離米迪雪特機場只有七英里路。」

「我親愛的女孩啊！」巴比叫道。

「如果我們搭飛機，兩個小時就到家了。」

「好的，」巴比說，「我們就搭飛機吧。」

整個行動打一開始就猶如夢幻般異想天開。為什麼要如此瘋狂地匆匆趕往馬奇波呢？巴比不知道，他懷疑法蘭琪也不知道，這只是一種直覺。

到了米迪雪特機場後，法蘭琪求見唐納德·金先生。一個衣衫邋遢的年輕人出來了，他面容疲懶無精神，看見法蘭琪吃了一驚。

「你好啊，法蘭琪，」他說，「很久沒見到你了。需要我幫忙嗎？」

「我需要一架出租飛機。」法蘭琪說，「你不是幹這一行的嗎？」

「噢！對。你想去哪兒？」

「我想趕快回家。」法蘭琪說。

唐納德·金先生聳了聳眉毛，問道：「就為這個？」

「不完全是，」法蘭琪說，「但這是主要的想法。」

「噢！好吧，我們可以盡快安排。」

「我給你開支票。」法蘭琪說。

五分鐘後，他們起飛了。

「法蘭琪，」巴比說，「我們為什麼要這麼做呢？」

「我一點也不知道，」法蘭琪說，「但我感覺我們必須這樣，你沒這種感覺嗎？」

「說來也怪，我也有同感。不過我不明白為什麼。我們那位羅伯茨太太總不會騎著掃帚飛走吧。」

「她說不定會喔。記住，我們不知道羅傑會幹什麼。」

「那倒是。」巴比若有所思地說。

他們到達目的地時，天色已晚。飛機在帕克機場著陸。五分鐘後巴比和法蘭琪乘坐馬欽頓伯爵那輛克萊斯勒轎車開進了馬奇波。

他們把車停在牧師公館門外，因為牧師公館的車道無法供豪華轎車倒車。

他們跳下車跑上車道。

「我很快就會明白，」巴比想道，「我們正在做些什麼和為什麼這樣做。」

一個苗條的身影站在門前的台階上。法蘭琪和巴比同時認出了她。

「茉拉！」法蘭琪叫道。

茉拉轉過身來，身體略略有些搖晃。

「啊！真高興見到你們。我正不知如何是好呢。」

「究竟什麼風把你吹來的？」

「我想，是把你們吹來的同一道風吧。」

「你發現伊文斯是誰了嗎？」巴比問。

茉拉點點頭。

「是的，說來話長……」

「到屋子裡去吧。」巴比說。

但茱拉往後退卻。

「不，不，」她匆匆忙忙說道，「我們到某個地方去談吧。在進屋子之前，有件事我一定得告訴你們。鎮上有沒有一家咖啡館或類似的地方？某個我們可以去的地方？」

「好吧，」巴比很不樂意地離開門邊，「但為什麼……」

茱拉跺跺腳。

「我告訴你們後，你們就會明白。哦！走吧，一分鐘都不能耽誤。」

他們順從了她的催促。沿著大街走到大約中段的地方有一家「東方咖啡館」，咖啡館豪華的名稱與內部的裝潢極不相稱。三人相繼而入，這時是六點半，是咖啡館每天最空的時候。

他們在角落裡的一張小桌子邊坐了下來。巴比要了三杯咖啡，然後說：「現在可以說了吧？」

「等到她把咖啡端來再說吧。」茱拉說。

女服務生過來懶洋洋地把三杯溫熱的咖啡放在他們的面前。

「現在說吧。」巴比說。

「我簡直不知道從什麼地方開始講起，」茱拉說，「那是在去倫敦的火車上。真的，極其驚人的巧合。我順著車廂走道走著……」

她停住口。她的座位正對著門，她往前一傾，凝視著什麼。

「他一定在跟蹤我。」她說。
「誰？」法蘭琪和巴比一塊叫起來。
「羅傑。」茉拉低聲說。
「你看見他了？」
「他就在外面。我看見他和一個紅頭髮的女人在一起。」
「是凱曼夫人。」法蘭琪叫道。
她與巴比跳起來衝出門去。茉拉的神情有些不自在，但他們倆都沒注意到。他們在街上東張西望，但根本沒有羅傑的影子。
茉拉過來加入他們。
「他走了嗎？」她的聲音在顫抖。「哦！千萬要小心哪。他是個危險份子，危險得叫人害怕。」
「只要我們幾個在一起，他什麼事也別想做。」巴比說。
「打起精神來，」法蘭琪說，「別這麼膽小。」
「算了，我們此時什麼事也做不成了。」巴比領路回到咖啡館桌前。「接著說下去，茉拉。」
他端起了咖啡杯。法蘭琪突然失去平衡往他身上一靠，咖啡倒在了桌上。
「對不起。」法蘭琪說。

她鋪開鄰桌為用餐者擺設的桌布，桌上有兩瓶蓋著蓋子的調味品，分別裝著醬油和醋。法蘭琪的古怪行徑引起了巴比的注意。她拿起醋瓶，把醋全倒進了一個髒碗，然後把自己咖啡杯裡的咖啡倒進瓶裡去。

「你瘋了嗎，法蘭琪？」巴比問，「你究竟在幹些什麼呀？」

「取點這杯咖啡的樣品，給喬治·阿巴思諾化驗一下。」法蘭琪說。

她轉身對茉拉說：「遊戲結束了，茉拉！剛才站在門口時，我一瞬間就全明白了！我撞到巴比的手，害他潑掉咖啡時，我看見了你的臉色。當你打發我們跑出來找羅傑的時候，你在我們的杯子裡放了東西。遊戲結束了，尼克森夫人……或者說譚普頓夫人，或者你喜歡稱自己是什麼的夫人。」

「譚普頓？」巴比叫道。

「看看她的臉，」法蘭琪叫起來。「如果她否認，就請她到牧師公館去，看看羅伯茨太太是不是認識她。」

巴比凝神看著她。他看到那張迷人、沉思冥想的臉，由於狂怒全變了形。那張美麗的嘴巴張得大大的，傾瀉出一連串下流而可怕的咒罵。

她伸手到她的手提包中。

巴比雖仍在頭暈腦脹之際，但他在關鍵時刻採取了行動。

他的手一擊，槍口抬高了。

子彈越過法蘭琪的頭，射進了東方咖啡館的牆中。
因為是頭次看見這種事，一位女服務生急忙趕過來。她狂叫一聲衝上大街驚呼道：「救命呀！殺人啦！警察！」

34 南美的來信

幾週以後，法蘭琪收到一封信。信上貼的是一個不太出名的南美國家的郵票。她看完後，把信遞給了巴比。

信的內容如下：

親愛的法蘭琪：

我真心地祝賀你！你和你的年輕海軍朋友粉碎了我一生的計畫，在這個計畫中我精心安排好了所有的細節。

你真想知道全部情況嗎？我的女朋友徹底出賣了我（惡毒。女人最是惡毒），所以我這番對名譽極其有損的供認不會對我有任何傷害了。再說，我又開始了新的生活，羅傑·巴辛頓范奇已經死了。

我自以為是個總被人們叫作「壞蛋」的那種人。在牛津讀書時，我就出了點小差錯。真蠢，因為一定會東窗事發。我父親挽救了我，但他把我送到英國在美洲的殖民地。

不久，我偶然碰上了茉拉和她那夥人。她真是個天生尤物，十五歲時就是一個高明的罪犯。我碰到她時，她正走投無路。美國警方正在追捕她。

我和她情投意合，決定結婚，但我們首先得實施一些計畫。

首先讓她嫁給尼克森。這樣一來她可以移居到另一個國家，警察就找不到她。尼克森剛好遠赴英格蘭打算開一家精神病治療所。他正在找棟適合的房子並以低價買下來。於是茉拉與他來到了關吉樓。

這時她仍然與她的同夥販毒，由於尼克森不知情，她認為尼克森可以利用。

我一直有兩個野心：一是想成為梅羅韋莊的主人，二是想擁有大量的財富。巴辛頓范奇家族在查理二世時期曾經是個舉足輕重的人物。自那以後，這個家族淪落成平庸之輩。我覺得我能東山再起，但我必須有錢。

茉拉去了加拿大幾趟，去「探望她的親人」。尼克森很疼愛她，相信她對他說的任何話。大部分男人都這樣。由於販毒生意複雜多變，她在旅程中用了不同的姓名。她碰上薩維奇時，正化名為譚普頓夫人。她對薩維奇和他的財產瞭如指掌，便全力以赴地對付他。他被迷住了，但還沒迷到失去理智的程度。

對此，我們擬定了一項計畫。你對這項計畫內容知道得很清楚了。你當作凱曼的那個人扮演了無情丈夫這角色。薩維奇被引誘前來，不止一次住在都鐸別墅。他第三次來時，我們執行了計畫。我不必再詳述，你知道這件事。一切進行得十分順利。茉拉弄到錢後謊稱出國，實際上是回到史太佛利村的關吉樓。

同時，我也在執行自己的計畫。必須要除掉亨利和湯米。在對付湯米時我運氣不好，兩次伺機造成意外事故都失敗了。對於亨利，我不打算用意外事故來浪費時間了。他有次去獵場打獵後意外地患了嚴重的風溼。我向他推薦用嗎啡，他很相信我，於是染上了毒癮。亨利這個人頭腦簡單，不久就上癮了。我們的安排是他必須去關吉樓治療，然後在那兒要嘛「自殺」，要嘛被過量的嗎啡所控制。茉拉會處理這件事，我無論如何不能插手。

然而，那位愚蠢的卡斯泰開始了行動。看來薩維奇在船上給他寫信時提到了譚普頓夫人，還隨信附上了一張她的照片。之後不久，卡斯泰去了一趟狩獵旅行。當他從荒原回來時聽說了薩維奇的死亡和遺囑的事，便產生了懷疑。他斷定這事有詐。他知道薩維奇不會操心自己死亡的事，也不相信薩維奇會對癌症產生恐懼。還有，遺囑上的措辭讓他覺得不符合薩維奇的性格。薩維奇是個精明的生意人，雖然他隨時可能與一位漂亮的女人有染，但卡斯泰不相信他會留一大筆錢給她，並把剩餘的錢捐給慈善機構。捐給慈善機構這一招是我的主意。這樣可以使人敬重而且不受懷疑。

卡斯泰來到這兒，決心調查此事。他開始到處察訪。

我們立刻厄運臨頭。幾個朋友帶他到這兒來吃午飯，看見了鋼琴上放著茉拉的照片，認出了她就是薩維奇那張照片上的女人。他追到了奇賓薩默頓，並開始在那兒調查。

茉拉和我為此心驚膽戰，我有時認為其實沒必要。但卡斯泰是個厲害的傢伙。

我在他之後趕到了奇賓薩默頓。他沒有找到廚娘羅絲·查德莉，她到北方去了，但他查到了伊文斯的蹤跡，弄清了她的夫姓，便動身前往馬奇波。

情況愈來愈嚴重。如果伊文斯證實了譚普頓夫人和尼克森夫人是同一個人，事情就會變得很麻煩。不過，她若是足不出戶，也未必知道多少情況。

我決定必須除掉卡斯泰。他在給自己找麻煩。天助我也，迷霧升起時我緊貼在他身後，我悄悄地靠近他猛地一推，便除掉了他。

但我仍處於進退兩難的處境。我不知道他涉入到什麼程度。然而，你那位年輕的海軍朋友為我做了一件對我十分有利的事。我一個人留下來在屍體旁邊待了一會兒，足以使我達到目的。他身上有一張為了辨認而從攝影師那兒弄到的茉拉照片。我拿走了照片和所有的證明文件，接著放進一張同夥女人的照片。

一切進展順利。假冒的姐姐和姐夫趕來證實了死者的身分。所有的事看來圓滿地結束了。然而你的朋友巴比把事情攪亂了。似乎卡斯泰死前恢復了知覺，說了什麼話。他提到了伊文斯……伊文斯實際上就在牧師公館內工作。

我承認我們當時亂了手腳，有點慌張了。茉拉堅持要幹掉巴比，我們試了一次但失敗了。茉拉說她負責這事。她坐車到了馬奇波，抓住一個極好的機會，乘巴比熟睡時把一些嗎啡放進他的啤酒瓶裡。但那個小魔鬼沒死。這純屬運氣不好。

正如我告訴過你的，是尼克森的盤問使我懷疑你不像是真出了車禍。那天晚上茉拉偷偷出來準備與我會面時，恰好與巴比碰個正著！你想想看她會嚇成什麼樣子！她馬上認出了他，因為那天他熟睡時，她仔細看過了。她嚇得差點暈倒也就不奇怪了。後來她明白巴比懷疑的不是她，於是振作起來大肆誇張一番。

她去了小旅館，向他編了一些令人難以置信的故事。他輕信了這一切。她謊稱艾倫・卡斯泰是她過去的情人，並言過其實地渲染自己對尼克森的恐懼。她還盡了很大努力消除你對我的懷疑。我也同樣使你相信她是個軟弱無能、束手無策的女人，其實茉拉具有殺人不眨眼的魄力！

情況嚴重了。我們已經得到了錢，順利執行了對付亨利的計畫。我並不急於對付湯米，我還可以等待。而且時機成熟時，尼克森也很容易被處理掉。但你與巴比是一種威脅。你們已經懷疑上了關吉樓。

也許你有興趣知道亨利是不是自殺的吧，是我殺了他！當我與你在花園裡談話時，我明白機不可失，就直接進屋去把事辦成了。

飛在上空的飛機給了我機會。我走進書房，坐在亨利身旁，他正在寫字，我說「聽著，老頭……」就開了槍！飛機的轟鳴淹沒了槍聲。接著我就寫下了那封極其動人的遺書，從手槍上擦去指紋，壓在亨利手中後又讓它掉在地板上。我把書房鑰匙放進亨利的口袋後就離開了房間，再用可以開書房門鎖的餐廳鑰匙，從外面把門鎖上。

我無需再細說我是如何俐落地在煙囪裡放置了少量的炸藥，定時在四分鐘後爆炸的事了。

一切進行得完美無缺。你和我在花園裡一起聽到了「槍聲」。一場完美的自殺事件！唯一對此事公開表示懷疑的人只有可憐的老尼克森。這混蛋回來找手杖什麼的！

當然，巴比的騎士風度使茱拉有點為難，所以她就躲到都鐸別墅去了。我們認為尼克森對他妻子失蹤的解釋，必定會引起你們的懷疑。

茱拉真正顯示她的勇敢之處是在都鐸別墅。樓上傳來的喧鬧聲使她明白我被打倒在地，她迅速給自己注射了大劑量的嗎啡，躺在床上。在你們下樓去打電話時，她乘機上到閣樓，割斷了捆我的繩子。接著嗎啡發作了，醫師正好到達，而她也正好處於被麻醉的昏睡之中。

但是她的神經還在運作。她擔心你們找到伊文斯，識破薩維奇的遺囑和自殺是如何製造出來的。她又擔心卡斯泰去馬奇波之前曾給伊文斯寫過信。她假裝去倫敦的療養院，其實急急忙忙趕到了馬奇波，而且居然在門口與你們碰個正著！於是她決定把你們倆都幹掉。她的做法魯莽到了極端，但我相信她會僥倖成功。而且我懷疑那位女服務生事後是否想得起她的長相。茱拉本可以回到倫敦潛伏在一家療養院裡。你和巴比被除掉後，整件事會因而漸漸平息。

但是，你們識破了她。她也昏了頭，後來在審問中硬把我拖進此事！

也許，我對她漸漸產生了厭倦……

但我不知道她是否明白了這一點。

其實，她獲得了金錢，那是我的錢呀！一旦我和她結了婚，也許會厭煩她。我喜歡換換口味。

於是在這兒，我正重新開始新的生活……

所有的一切應歸功於你和你那位惹人討厭的小夥子巴比・瓊斯。

但我毫無疑問會獲得成功！

或是失敗而不是成功呢？

我仍然沒有改邪歸正。

不過如果你一開始失敗了，那你要一次、一次又一次地努力嘗試。

再見，親愛的，或者說聲 au revoir。世事難料，不是嗎？

你親愛的仇敵、厚臉皮的壞蛋　羅傑・巴辛頓范奇

35 來自牧師公館的消息

巴比把信遞還給法蘭琪，法蘭琪接過後嘆了口氣。

「他真是個不同凡響的人。」法蘭琪說。

「你總是對他抱有幻想。」巴比厲聲說道。

「他很有魅力啊，」法蘭琪說後又補了一句：「茉拉也很有魅力。」

巴比的臉紅了。

「太怪了，整個事件的線索居然一直就在牧師公館裡。」他說，「你早就知道，法蘭琪，實際上卡斯泰給伊文斯——也就是羅伯茨太太寫過一封信，對吧？」

法蘭琪點點頭。

「卡斯泰告訴她，他要來探望她，而且向她打聽有關譚普頓夫人的事，他認為譚普頓夫人是個警方追捕的危險國際罪犯。但當他被人推下懸崖時，羅伯茨太太沒有根據發生的情況推斷出真相。」巴比痛苦地說道。

「那是因為掉下懸崖的人名叫普里查。那招確認死者身分的把戲很高明。如果說一位叫普里查的人被推下懸崖，他怎麼可能會是卡斯泰呢？這就是一般人的想法。」

「可笑的是，伊文斯認出了凱曼。」巴比繼續說，「當羅伯茨讓凱曼進屋裡時，伊文斯至少看過他一眼，就問這位先生是什麼人。羅伯茨說是凱曼先生，她就說：『怪了，他居然和我過去服侍過的那位先生一模一樣。』」

「你明白嗎？」法蘭琪問罷又接著說，「即便巴辛頓范奇露過一兩次馬腳，但我卻像一個白癡似的從沒有識破他。」

「他露過馬腳嗎？」

「是的，當希薇雅說報紙上的照片很像卡斯泰時，他說並不很像，這證明他見過死者。而後來他卻對我說他沒有看清楚過死者的臉。」

「你究竟怎樣識破茉拉的呢，法蘭琪？」

「大家對譚普頓夫人的描述，」法蘭琪發出夢幻般的聲音。「人人都說她是個『和善的夫人』。由此可知那和凱曼夫人的情況似乎不符，下人們不可能把凱曼夫人描述成一個『和善的夫人』。後來我們到達牧師公館時，茉拉竟然在那兒。我突然想到：茉拉會不會就是譚普頓夫人呢？」

「你太機靈了。」

「我為希薇雅感到難過，」法蘭琪說，「由於茱拉把羅傑拖了進來，於是有關希薇雅的消息多得要命。但尼克森醫師已經深深為她著迷，如果他們最終成了眷屬，我一點也不會覺得奇怪。」

「每件事似乎都有了幸運的結局，」巴比說，「白傑的車行生意變好了，真多虧你的父親，同時還要謝謝你父親的是，我獲得了這份棒極了的工作。」

「是一份棒極了的工作嗎？」

「你是說在肯亞管理一座咖啡園，同時收入極為豐厚嗎？我想是的，這正是我夢寐以求的那種工作。」

他停了一會，又故意說：「很多人會去肯亞旅行呢。」

「相當多的人還會在那兒定居。」法蘭琪一本正經地說。

「噢！法蘭琪，你難道不想去？」巴比臉紅了，說話結結巴巴，恢復常態之後又說：「你……會去嗎？」

「我會去，」法蘭琪說，「我是說，我一定會去。」

「我一直都很喜歡你，」巴比用一種壓抑的聲音說道，「我以前相當可憐，我是說，因為我知道喜歡你沒有用。」

「我想就是這一點使你那天在高爾夫球場那麼魯莽？」

「是的，當時我感到很不高興。」

「唔，」法蘭琪說，「茉拉呢？」

巴比顯得很不舒服。他承認道：「她的臉有點叫我動心。」

「比我這張臉漂亮多了。」法蘭琪寬宏大量地說道。

「不是漂亮，只是有點『吸引』我。後來，當我們被關在閣樓時，看到你處理事情那麼勇敢，唔，茉拉的臉漸漸就消褪了，我對她再也沒有了興趣。我心裡只有你。你簡直太了不起了！真是勇氣十足。」

「我並不覺得自己勇氣十足，」法蘭琪說，「我當時全身發抖。但我需要你崇拜我。」

「我崇拜你，親愛的，我一直崇拜你，將來也永遠崇拜你。你應該不會討厭待在肯亞吧？」

「我會喜歡肯亞的，我煩透了英格蘭。」

「法蘭琪……」

「巴比……」

「請走這邊……」

牧師推開門，領著多卡斯公會的人進來。

突然，他趕緊把門關上，一面道歉道：「我的……兒子。他……他……訂婚了。」

一個多卡斯公會的成員俏皮地說，看來像是那麼回事。

「他是一個好孩子，」牧師說，「一度不太認真面對生活，但他後來改了很多。他正要去肯亞管理一座咖啡園。」

多卡斯公會的一名會員對另一名會員低聲說道：「你看見了嗎？他吻的是法蘭琪．德溫特小姐哩！」

不到一小時，消息便傳遍了整個馬奇波。

專文推薦

藏在日常細節中的冒險

楊照（作家）

一開始，就都在那裡了。

一九二〇年，阿嘉莎．克莉絲蒂出版了《史岱爾莊謀殺案》，神探白羅就已經退休了。而且在這個案子裡，藉由敘述者海斯汀的轉述，就鋪陳出克莉絲蒂小說最基本的偵探原則：

「那些看來或許無關緊要的小細節……它們才是重要的關鍵，它們才是偉大的線索！」

「豐富的想像力就像洪水一樣，既能載舟亦能覆舟，而且，最簡單直接的解釋，往往就是最可能的答案。」

「沒有任何謀殺行為是沒有動機的。」

還有，一個不討人喜歡的死者，一群各有理由不喜歡死者、因而也就都有殺人動機的人，這些人彼此之間構成複雜的關係，有的互相仇視，有的互相愛戀，麻煩的是，有些愛人其實貌合神離，有些仇人其實私下愛慕；更麻煩的是，不論是愛或是仇，都有可能是扮演出來的。

一個外來的偵探必須周旋在這些嫌疑者之間，從他們口中獲取對於案情的了解，換句話說，他必須在很短的時間內，搞清楚誰是誰、誰跟誰吵架、誰跟誰偷情，然後判斷誰說的哪一句是實話、哪一句是謊言。常常謊言比實話對於破案更有幫助。

再偷偷透露一下，如果要和小說裡的凶手及小說背後的作者鬥智，就像克莉絲蒂對英國社會的了解，祕訣就在於要去追究小說裡的人物背景，尤其是他們的階級地位。基本上，階級地位愈高、權力愈大、愈有錢者，說的話就愈不要相信。例如在《史岱爾莊謀殺案》中，僕人、園丁說的話遠比有頭有臉的人說的要可信多了。就算要說謊，他們的謊言也比較天真，而且往往出於善良動機。當你歸納線索時，就會知道他們並非故意說謊，那是因為他們的認知受到蒙蔽或誤導，而你慢慢就從這蒙蔽或誤導中被引導到真相。

《史岱爾莊謀殺案》出版那年，克莉絲蒂三十歲，但書稿其實早在五年前就寫好了，畢竟要找到有人願意出版一個看來再平凡不過的家庭主婦寫的小說，並不是那麼容易。

所有和克莉絲蒂接觸過的人，都對於她的「正常」留下深刻印象。她看起來就和她那個年紀的典型英國家庭主婦一樣，害羞、靦腆，只能在社交場合勉強跟人聊些瑣事話題，完全無法演講，甚至連只是站起來對眾賓客說幾句客套話，請大家一起舉杯，她都做不到。她不演講，也很少答應接受採訪，就算採訪到她也很難從她口中得到有趣的內容。她會講的，幾乎都是記者本來就知道、或者自己就可以想得出來的。

例如說白羅這個神探的來歷。克莉絲蒂回答：他應該是個外國人，這樣就能在英國日常生活中看出英國人自己看不出的線索。她自己碰過的外國人，只有第一次大戰剛爆發時到英國避難的比利時人。比利時警察怎麼能跑到英國來？那一定是因為他已經退休了。他有潔癖，所以對於現場會有特殊的直覺，馬上感受到不對勁的地方。一個有潔癖的人，好像應該長得矮小些才相稱，一個矮小有潔癖的人最適當的名字，就是希臘神話裡的大力士「赫丘勒斯（Hercules）」，製造出荒唐的對比趣味。那白羅這個姓是怎麼來的呢？克莉絲蒂很誠實地說：「我不記得了。」

一切都如此順理成章，一切都如此合邏輯，不是嗎？有記者問她怎麼看自己的舞台劇〈捕鼠器〉，創下了英國劇場、甚至全世界劇場連演最多場紀錄的名劇？克莉絲蒂的回答也還是中規中矩，合理合節：那是一齣小戲，在一個小劇院演出，成本很低，任何人想到了都可以帶家人或朋友去看，老少咸宜，並不恐怖，也不特別荒謬打鬧，可是又什麼都有一點，包括恐怖和荒謬打鬧的成分。

她的身上找不出一點傳奇、怪誕色彩，那她為什麼能在五十年間持續寫偵探小說，創造了那麼多謀殺，還創造了那麼多詭計？

首先因為她是女性，以及她的身世，包括她的階級身分，使得她在描寫故事場景時比一般男性作者來得敏感。因為在她之前的偵探推理小說男性作家的階級身分都是高高在上，基本上他們會從較高的角度看社會，比較看不到底層的感受。

而她的婚變以及婚變中遭逢的痛苦，都使她更能體會與觀察，將英國社會的複雜細節融入小說的核心情節，讓探案與線索分析結合在一起。

克莉絲蒂一生結過兩次婚，第一次在一九一四年，婚後不久，丈夫就參加了歐戰，是英國皇家空軍最早一批飛行員。一九二六年，這個丈夫有了外遇，直率地向克莉絲蒂要求離婚，在那之前，克莉絲蒂的媽媽才剛過世，雙重打擊之下，又遇到車子無法發動，克莉絲蒂崩潰了，她棄車而走，忘記了自己究竟是誰，躲進一家鄉間旅館，登記時寫了她心裡唯一有印象的名字──她丈夫情婦的名字。

離婚後，一次在晚宴中，有人提起近東烏爾考古的最新收穫，克莉絲蒂就取消了原定要去西印度群島的計畫，改訂了跨越歐洲到君士坦丁堡的「東方快車」，是的，就是這趟旅程給了她寫《東方快車謀殺案》的靈感。不過更重要的是，在烏爾，她認識了一位年輕的考古學家，比她小十四歲，這個人後來成了她的第二任丈夫。

這位考古學家陪她去參觀在沙漠中的烏克海迪爾城，卻在沙漠中迷路困陷了。幾小時中克莉絲蒂卻沒有一點驚慌不安，當下考古學家就決定要向她求婚。

原來，克莉絲蒂的內心是有這種冒險成分的。要不然她不會兩次選到的，都是喜愛冒險的丈夫，而她本身大概也不會吸引一個在各種危險情境下挖掘古代寶藏的人，讓他願意向一個大他十四歲的女人求婚。

這樣說吧，維多利亞時代後期的英國環境，壓抑限制了克莉絲蒂冒險、追求傳奇的內在衝動，她只好將這樣的衝動寄託在丈夫和寫作上。她一邊陪著第二任丈夫在近東漫走，一邊在小說中寫各式各樣的謀殺與探案。謀殺和探案都是冒險，還有，偵探偵查中做的事——蒐集線索，還原命案過程——其實和考古學家的考掘，如此相似！

克莉絲蒂寫得最好的，正是「藏在日常中的冒險」。她個性中的雙面成分，造就了特殊的偵探魅力。既嚮往非常傳奇，卻又有根深柢固的日常邏輯信念，兩者都在克莉絲蒂的小說中扮演了重要角色。她的謀殺案幾乎都和日常習慣緊密編織在一起，日常環境成了凶手最重要的掩護。有些日常規律明顯地被破壞了，讓我們很自然以為那會是謀殺的線索，沿著這些線索形成了閱讀中的推理猜測，然而白羅早就提醒了，真正重要的反而是那些「細節」，也就是看來像是依隨日常邏輯進行的事，或說藏在日常邏輯中因而不被看重的事，那裡要嘛藏著凶手的核心詭計、煙幕，要嘛藏著凶手致命的破綻。

凶案的構想，就是如何讓異常蓋上日常、正常的面貌，又如何故意將日常、正常予以扭曲，製造假象；那麼偵探要做的，就是如何準確地在日常中分辨出真正的異常，將假的、明顯的異常撥開來，找出細節堆疊起來的異常真相。

此外，克莉絲蒂的小說裡隱藏著極其曖昧的情感價值觀，最典型、最有名的就是《東方快車謀殺案》。透過追查過程，讓讀者知道為什麼凶手要訴諸於這種手段，其動機具有可同情之處，再加上克莉絲蒂對身分階級的觀察，她比較相信或讓讀者相信那些沒有權力、地位的人，隨著偵查節奏去認識可能或必須懷疑的人。克莉絲蒂最擅長營造「多重嫌疑犯」的小說特質，因為讀者在閱讀時必須被迫去認識很多不一樣的人。在她最受歡迎的作品，大概都具備這樣的特質。

當然，她的作品中還有兩個最突出的神探，即白羅和瑪波。白羅是比利時人，但為什麼必須是外國人？這是因為英國人具有高度階級意識，這種觀念一路滲透到所有互動細節，包括人與人之間如何說話。而白羅因為不是英國人，他會發現一般英國人不太看得出來的東西，以及兩個人互動的方法哪裡不正常。至於瑪波為什麼得是老太太？她一如那個年代的老人家，總是靜靜坐著打毛線，因為不起眼，自然讓人放鬆防備，所以瑪波探案的線索都是來自於這樣的互動模式。

然而，白羅有很明顯的優勢，瑪波的身分使她基本上只能進行「靜態」的辦案，案子的空間受到侷限，白羅卻可以跨越各種空間，恣意揮灑。而且白羅擁有警官身分，可以合理出現在各種犯罪現場，瑪波能出現的地方，相形之下就勉強、不自然多了。白羅是明白的outsider，在英國，只要他出現，就會覺得有外人在而感到緊張，於是很容易露出平常不會表現的行為；瑪波則看起來是 insider，但實質上是 outsider，因為總是沒人發現她、當她空氣人。這兩人的探案，是兩個極端。雖然讀者最愛白羅，但克莉絲蒂自己偏愛瑪波勝於白羅。

不管後來的偵探、推理小說發展了多少巧妙詭計，克莉絲蒂卻不會過時，因為她的推理如此密切地和日常纏繞在一起；活在日常中，我們就無可避免被克莉絲蒂的「日常細節推理」吸引，隨時讀來都充滿驚奇趣味。

名家盛讚克莉絲蒂

（依推薦時間排序）

金庸（作家）

克莉絲蒂的寫作功力一流，內容寫實，邏輯性順暢，也很會運用語言的趣味。閱讀她的小說，在謎底沒有揭露之前，我會與作者鬥智，這種過程非常令人享受。其作品的高明之處在於：布局的巧妙完全意想不到，而謎底揭穿時又十分合理，讓人不得不信服。

詹宏志（作家、PChome 網路家庭董事長）

推理小說在從先輩柯南．道爾等人的發明中出現力量時，誕生了一位《天方夜譚》故事中每天說故事說個不停的王妃薛斐拉．柴德，也就是「謀殺天后」克莉絲蒂，整個世界對聽這些故事才有如此的熱情。他們捨不得睡覺，每天問後來還有嗎、還有嗎，永遠不肯離去，這就是克莉絲蒂對推理小說的最大貢獻。

可樂王（藝術家）

所謂「克莉絲蒂式」的推理小說，就是一場和一個天才的寫作者或高明的恐怖份子在紙上捕掠捉殺的戰事。即便是一列火車、一處飯店或一間酒吧，在克莉絲蒂寫來皆充滿神祕和猜謎。在人生適合的下午裡，我總是一面嚼著口香糖，一面跟著矮子偵探白羅穿梭謀殺現場，克莉絲蒂的推理作品無疑是推理世界中最充滿「魔術性」的小說。

吳若權（作家、節目主持人）

我從小就對推理小說情有獨鍾，克莉絲蒂一系列的作品尤其令我愛不釋手。多年來，閱讀推理小說的經驗讓我覺悟：讀者在文字情節中推展開來的驚嘆，不只是因緣於故事的本身，而是自我性格的投射。從這個觀點來看克莉絲蒂一系列的作品，她簡直就是洞徹人性的算命師。而讀者，在她的文字中，發現了自己無可奉告的命運。

藍祖蔚（國家電影及視聽文化中心董事長）

做過藥劑師，難免懂得毒藥；嫁給考古學家，難免也就嫻熟文明的神祕；再加上曾經失蹤九天，一切不復記憶的離奇經驗，的確提供了寫作靈感，但若少了想像力，那些片羽靈光縱使辛辣如辣椒，卻不足以成菜。

推理小說重布局、重人物描寫，克莉絲蒂最厲害的卻是犀利的人性觀察，她一手創造的白羅探長，潔癖個性完全和她相反，更將她所憎厭的人格特質集於一身，殊不知，唯有不對著鏡子寫作，才能夠跳出框架與制式反應，開闢無限寬廣的新世界，建構多面向的詭異迷宮。

看完她的小說，你只會更加訝異，到底是什麼樣的心靈才能成就這般視野？

李家同（作家、前暨南大學校長）

克莉絲蒂的整體布局十分細膩，最後案情也都講解得非常詳細，回頭去看，在書中都找得到線索。故事的情節與內容也很好看，不是像一個流氓在街上被殺掉那麼單調。……看小說應該要花腦筋、要思考，從小就要養成思辨的能力，看她的小說，就是對邏輯思考能力極佳的訓練。

袁瓊瓊（作家）

雖然被公認是冷靜理性的謀殺天后，但是在理性之下，克莉絲蒂的底色依舊是感情。克莉絲蒂很明白，所有的慾望之後，都無非是某種愛情。在以性命相搏的犯罪世界裡，凶手以終結他人的性命來遂私欲，不過是為了成全自己的愛，或者是成全自己的恨。

鄧惠文（精神科醫師）

以推理小說作家而言，克莉絲蒂的風格相當獨樹一格。她的偵探在辦案時，靠的不光是科學證據的搜集，而是大量運用犯罪心理學，及對人性的深刻了解。例如在《五隻小豬之歌》中，白羅便是藉由聽取嫌疑犯訴說案情時所不自覺顯露的主觀意識及中心思想，而看出其中破綻，找出真凶。白羅是靠腦袋辦案，以心理層面去剖析案情，即使人們敘述的是同一件事，他可以聽出不同角色因出發點及看待角度不同所透露的情緒觀感，從而抽絲剝繭，還原事實真相。

克莉絲蒂所塑造的人物也生動且各具特色，不同個性所出現的情緒反應描寫，皆細膩而準確，讓讀者產生豐富的想像空間，一展卷便欲罷而不能。

吳曉樂（作家）

克莉絲蒂使用的語言平易近人，主要是以角色與情節的對應來斧鑿出故事的深度，堆疊出讓讀者回味的迂迴空間。而她筆下的角色往往性別、階級、性格、族群各異，塑造出多元又豐富的人物群像。

文學作品不問類型，若要流傳於世，最終仍得上溯至「人性」的理解與反思。而阿嘉莎・克莉絲蒂的作品中，我們可以看到人類屢屢得和自己的人生討價還價，或千方百計讓主觀意識與客觀條件達成某種程度的整合，讀者在重建人物的心理軌跡時，也見識到自身的是非成敗，我認為，這也是克莉絲蒂的作品能夠璀璨經年、暢銷不衰的主因。

許皓宜（心理學作家）

克莉絲蒂筆下的故事看似在談人性的醜惡，實則像一位披著小說家靈魂的心靈引導者，用她的文字訴說著人們得不到「愛」時的痛苦。於是在故事終了的剎那，你不得不對人生多了幾分「看透感」：原來，我們心裡的那些痛苦、報復與自我折磨的慾望，不是因為「憤恨」，而是起於對「愛的失落」。這或許是我們在情感世界中最珍貴且深刻的一種覺察了。

推理小說荒謬驚悚嗎？不，它其實很寫實。它幫我們說出心裡的苦、怨、醜陋的慾望，於是，我們可以重新學習愛了。

一頁華爾滋 Kristin（影評人）

從有記憶以來，閱讀克莉絲蒂最迷人之處往往不在真正的凶手是誰，而是在於「Why」（為什麼）與「How」（如何進行），在於人性與心理描摹的故事肌理。依循其書寫脈絡，會發覺不只是邏輯清晰、布局縝密、著重細節，她總能完美掌握敘事節奏，書中人物彷彿真實存在般鮮明躍然紙上，讀者情緒會隨精準文字保持流轉、跳動、收放，掩卷時並無太多真相水落石出的暢快，反倒淡淡的惆悵化為餘韻襲上心頭，原來還是種種意料之外，卻屬情理之中的人性盲目使然。私以為，那成就了克莉絲蒂的推理故事之所以無比迷人的主因之一。

冬陽（推理評論人）

雖然阿嘉莎・克莉絲蒂的作品並非我的推理閱讀啟蒙，卻是養成閱讀不輟的重要推手。首先，她無庸置疑是個說故事能手，打開我名為好奇的開關；其次是設計犯罪事件的巧妙多元，既日常又異常，凶手更是叫人意想不到。沒錯，我相信每個當讀者的都忍不住想破案，想早偵探一步識破詭計，或者像考試結束鈴響前一秒，瞎猜都要指著某個角色大喊「你就是犯人」！然後會忍不住作弊——不是翻到最後幾頁窺探真凶身分，而是往前翻查讓人起疑的段落、偵探顯然掌握重要線索的時刻，直到忍不住豎白旗投降，看神探（我知道啦，真正把我耍得團團轉的聰明人是作者）頭頭是道地分析我遺漏錯置的片片拼圖，終於看清真相全貌。這，就是偵探推理，我因此熟悉遊戲規則、沉醉在每一場迷人故事裡，成為這個類型書寫的俘虜，享受至今不疲的美好滋味。

石芳瑜（作家、永樂座書店店主）

布局細膩、處處留下線索，破案解說詳細，說明了這位安靜、害羞的推理小說女王心思縝密，且充滿想像力。密室殺人，完美犯罪，《東方快車謀殺案》不愧為古典推理小說的經典。再加上神祕的東方色彩，隨著火車抵達的迫切時間感，連非推理小說迷都會神經拉緊，讀完大呼過癮。

家庭主婦缺少人生經驗？處女座的阿嘉莎．克莉絲蒂充分展現她過人的寫作天分，靠得是從小開始的閱讀，以及對偵探小說的著迷。三十歲寫下第一本偵探小說《史岱爾莊謀殺案》的克莉絲蒂，在那個時代並不能說是「早慧」，但寫作生涯五十五年中，共創作了八十部偵探小說，卻令人難以企及。這位害羞靦腆的小說女神，大概是相信只要有足夠的理由，每個人都有殺人的可能！

余小芳（暨南大學推理研究社指導老師、台灣推理作家協會常務理事）

學生時代加入推理社團，社課指定讀物便是經典作品《一個都不留》，成為我對克莉絲蒂的初步印象，自此沉浸於推理小說的世界。隔年寒假陪同學參與轉學考，在斜風細雨的走廊中，滿足讀完《東方快車謀殺案》。隨著歲月遠走，已昇華成趣味回憶。

踏入推理文學領域需要認識的作家，阿嘉莎．克莉絲蒂絕對名列其中，她的作品常有英國小鎮風光、莊園式的謀殺、設備豪華的交通工具等，還有特色鮮明的偵探活躍其中。書中少有血腥、暴力的橋段，布局巧妙且結構嚴密，手法純粹、知性，故事內容與人物性格融為一體，以高超的想像力結合說好故事的能耐，為推理小說開創新局面。克莉絲蒂推理全集重編改版，值得新舊讀者一起探索。

林怡辰（國小教師、教育部閱讀推手）

多年後，還是難忘第一次閱讀阿嘉莎．克莉絲蒂作品的感動和激動。這套將近一世紀的作品，文筆流暢，邏輯縝密，過程中不斷與作者較量、猜出凶手，直到最後解答不禁佩服，蛛絲馬跡處處展現作者的精妙手法，於是又拿起另一部作品，再次沉溺在謀殺天后所編織的日常世界中的奇幻，無可自拔。犯罪動機和手法穿越時空限制，如今讀來合理且依舊令人感動，閱讀中趣味橫生，難怪成為後來諸多偵探小說的原型。

克莉絲蒂創作生涯中產出的八十部推理作品，至今多部躍上大銀幕，無怪乎被稱之為「經典」，喜愛推理偵探作品的人不可不讀，你會驚異於她在文字中施展的魔法！

張東君（推理評論家、科普作家）

我愛克莉絲蒂！這位在台灣有時會被稱為克奶奶的超級暢銷推理小說家，即使是自認沒讀過她的書的人，也都會在各種書籍或影視作品中看到對她致敬的片段。由於她喜歡旅行和冒險，那些經驗與體驗都成為書中的場景，因此閱讀她的作品時，不只是雀躍地跟著偵探推理，也有了虛擬的旅行體驗。或者當成旅遊導覽書，在出發去尼羅河、去英國鄉間、去搭船搭火車時，就塞一本克奶奶的作品到隨身背包中。

我還是大學新生時，就聽學姐說她哥哥經常看克奶奶的小說，而且邊看邊狂笑。於是我跟著效仿，在某次搭飛機之前買了第一本小說當旅伴，不只看得超開心，看完後還到處找尋書中出現的那種有兜帽的斗篷，當成出門時的必備用品。克奶奶的作品是跨越文字、國界的。只要看過一本，就會不停地追下去。還好，真的是還好只有八十本。何況這次是全新校訂的紀念珍藏版，當然不能錯過！

發光小魚（呂湘瑜）（文史作家、助理教授）

一部好的偵探小說，除了情節設計巧妙之外，還需要洞悉人性，如此方能合理地交代人物的言行舉止與動機。阿嘉莎．克莉絲蒂便是其中翹楚，她的作品不管是偵探、愛情小說或戲劇，必要元素都是謎題與人性。在寧靜無波的場景下暗潮洶湧，永遠都有意料之外，讀者的情緒也會隨著劇情的進行起伏糾結。克莉絲蒂觀察到時代的變化，將犯罪心理融入作品中，於是，看她的小說不只能得到解謎的快樂，同時對人性也能夠有所省思。

此外，克莉絲蒂豐富的人生歷練及旅行經歷，例如一九二二年的環球之旅、居住過也旅行過的巴黎和埃及，甚至是追隨考古學家丈夫前往的中東，都讓她的小說讀來更加充滿異國情調。如果你也愛旅行，不如就讓我們一同搭上那一班南法的藍色列車，或由伊斯坦堡出發的東方快車，跟著白羅鑽進一樁奇案，一嘗旅程中破解謎題的快感吧。

盧郁佳（作家）

國小時，家裡買了一套阿嘉莎・克莉絲蒂全集，從此成了我的毒品，在白癡課本將我的腦袋啃噬成海綿般空洞時，撫慰受創的心靈，那時我仍對人心險惡一無所知。

數學課教你列算式，樂趣遠不如克莉絲蒂教你住宅平面圖、偷換時序的密室魔術，你從庭園長窗進房間，我從房門直通鄰房，他從走廊進房……從而學會故事是建構邏輯。她文風多變，時而《四大天王》中讓神探白羅向助手海斯汀大賣關子，眉頭緊皺，山雨欲來，預示天翻地覆，只能靠他拯救世界；時而用維吉尼亞・吳爾芙《自己的房間》中俏皮的語言，讓貧苦村姑安妮在《褐衣男子》中回憶南非出生入死的冒險，竟源於她耽讀村裡圖書館爛舊的冒險愛情小說，還有戲院每週末放映〈帕米拉歷險記〉，帕米拉每集從飛機跳落高空、搭潛艇、爬上摩天大樓，每次被黑幫老大抓到總不一刀斃命，卻老要用瓦斯毒死她，暗示續集又會逃出生天。

長大才發現，克莉絲蒂小說就是我的〈帕米拉歷險記〉：它以歌劇般輝煌龐大的天真陰謀、精細的人際觀察（一句話重音放在哪個字、從膝蓋鑑定女人的年齡等），召喚年輕讀者抱持浪漫精神投入未知的壯遊，瘋魔、衝撞、冒犯，傷痕累累毫無懼色。正如瓦斯在冒險片中太多、現實中卻太少；陰謀在現實中沒有克莉絲蒂寫得那麼複雜，但她刻畫的心理卻是現實中解謎的試金石。

賴以威（臺灣師範大學電機系副教授）

或許可以為經典下幾個定義：該領域的愛好者更都讀過；不是這個領域的愛好者，許多人也都聽過；影響後續的作品，在很多著作中都可以看到它的影子；值得反覆再三閱讀，每隔一陣子再讀都可以獲得閱讀的樂趣，有更多的體悟。我永遠記得第一次讀《東方快車謀殺案》時，被那宛如嚴謹設計數學謎題的鋪陳、推進給深深吸引、震撼。從這幾個角度來說，克莉絲蒂的推理小說被稱之為「經典」，可說是當之無愧。

謝哲青（作家、旅行家、知名節目主持人）

克莉絲蒂小說的魅力在於透過每個角色的對白，藉由不斷的說話來表現人物的個性，以彰顯其人格特質中一些無法被忽略的事實。我們從他們的言語、講話的過程和字裡行間，竟然就能知道誰是兇手。

我從克莉絲蒂的小說學到很多，除了推理小說有趣的事實之外，最重要的是，我在工作的職場跟人應對的時候，如何從語言和對話裡去捕捉某些隱而不顯的事實。許多人們欲蓋彌彰的東西，無論心事也好、祕密也好，克莉絲蒂都會用文學的手法，讓你理解語言的奧妙和魅力。

克莉絲蒂的書寫會讓你覺得彷彿自己也在現場，你可以從聽到的對話當中，學會如何理解人心的一些小技巧，這是小說家最出色、最偉大的地方。我們必須學習傾聽別人說話——這些人講話是真誠的嗎？他想要跟你分享什麼資訊？這些資訊可靠嗎？——這是我在閱讀推理小說時，最大的收穫和理解。

阿嘉莎・克莉絲蒂大事記

1890 •九月十五日出生於英格蘭德文郡托基鎮。

1894 4 歲 •開始在家自學，父母親、姐姐教導閱讀、寫作、算術和彈鋼琴。

1895 5 歲 •家中經濟走下坡，舉家搬至法國，學會流利的法語。

1905 15 歲 •在巴黎寄宿學校學鋼琴和聲樂，但生性極度害羞，未成為職業鋼琴家，最終回到英國。

1907 17 歲 •陪同母親前往埃及調養身體，對社交活動充滿興趣，但尚未對日後感興趣的埃及古物點燃熱情。
•回英國後繼續寫作、參與業餘戲劇表演。

1908 18 歲 •寫出第一篇短篇小說〈麗人之屋〉，同時也寫出第一部愛情小說《白雪黃漠》，以筆名向出版社投稿，但屢遭退稿。

1912 22 歲 •與英國皇家軍官亞契・克莉絲蒂（Archibald Christie）熱戀。
•八月爆發第一次世界大戰，亞契奉派到法國作戰。

1914 24 歲 •耶誕夜結婚，亞契隨即返回戰場。克莉絲蒂參與紅十字會工作，在醫院擔任護士和藥劑師，因此對藥理和毒物非常熟悉，造就後來多部推理小說情節都以毒藥殺人。

1916 26 歲 •開始嘗試寫推理小說，寫出第一部小說《史岱爾莊謀殺案》，主角偵探赫丘勒・白羅的靈感，來自於大戰期間英國鄉間的比利時難民營。本書歷經數家出版社退稿後，終獲柏德雷・海德（The Bodley Head）圖書公司的出版機會，之後並簽下另五本小說的合約。

1919 29 歲 •前一年亞契返回英國，八月生下女兒露莎琳。

1920　30歲　• 出版《史岱爾莊謀殺案》。

1922　32歲　• 出版第二部小說《隱身魔鬼》，主角是夫妻檔偵探湯米和陶品絲。
• 與亞契至南非、澳洲、紐西蘭、夏威夷和加拿大等國旅行十個月，在南非得到《褐衣男子》的靈感。

1923　33歲　• 三月出版第三部小說《高爾夫球場命案》，白羅再度登場。

1926　36歲　• 四月母親過世，克莉絲蒂陷入憂鬱。
• 六月在「威廉・柯林斯父子出版社」出版《羅傑艾克洛命案》。
• 八月亞契因外遇提出離婚，十二月初一次爭吵後，克莉絲蒂離家棄車失蹤，消息登上全國新聞。

1927　37歲　• 一月在悲痛心情中寫出《藍色列車之謎》，第一次創造出聖瑪莉米德村，即後來瑪波小姐居住的村子。
• 分居期間在雜誌刊登以白羅為主角的短篇小說，後來集結出版《四大天王》。
• 十二月在雜誌刊登短篇小說〈週二夜間俱樂部〉，瑪波小姐初登場，後來收錄在一九三二年出版的短篇小說集《十三個難題》。

1928　38歲　• 十月正式離婚，仍保留「克莉絲蒂」姓氏。
• 秋天搭乘「東方快車」前往土耳其的伊斯坦堡，再轉往伊拉克首都巴格達，參觀考古現場烏爾，認識考古學家伍利夫婦（Leonard and Katharine Woolley）。

1930　40歲　• 二月應伍利夫婦之邀再訪烏爾，認識考古學家麥克斯・馬龍（Max Mallowan），九月於英國愛丁堡結婚。這段婚姻開啟克莉絲蒂旺盛的創作生涯，兩人到中東考古現場的旅行為許多作品帶來靈感。

- 婚後克莉絲蒂開始維持固定的寫作行程。十月出版《牧師公館謀殺案》，是第一部以瑪波小姐為主角的小說。
- 出版第一部以「瑪麗‧魏斯麥珂特」（Mary Westmacott）為筆名的《撒旦的情歌》，並陸續發表了五部非犯罪小說。

1932　42 歲　• 出版《危機四伏》。

1934　44 歲　• 出版《東方快車謀殺案》，是白羅海外辦案三部曲之一，故事靈感來自中東的旅行經歷。一九七四年第一次改編成電影大獲好評。

1936　46 歲　• 出版《美索不達米亞驚魂》，白羅海外辦案三部曲之二。

1937　47 歲　• 出版《尼羅河謀殺案》，白羅海外辦案三部曲之三，故事背景是年輕時與母親同遊的埃及。一九七八年第一次改編成電影大受歡迎。

1939　49 歲　• 二次大戰期間，克莉絲蒂在大學學院醫院擔任義務藥師，學習到最新的毒藥知識，對於推理小說寫作大有助益。
- 出版《一個都不留》，是克莉絲蒂最著名作品之一。

1941　51 歲　• 出版《密碼》，呈現出克莉絲蒂對戰爭的看法。
- 出版《豔陽下的謀殺案》。

1942　52 歲　• 出版《藏書室的陌生人》、《五隻小豬之歌》等名作。

1944　54 歲　• 以「瑪麗‧魏斯麥珂特」為筆名出版第三部作品《幸福假面》，被美國書評人發現是克莉絲蒂的作品，讓她從此失去匿名創作的自在樂趣。

1950	60 歲	• 獲選為皇家文學學會的會員。
1953	63 歲	• 出版《葬禮變奏曲》。
1956	66 歲	• 一月獲頒大英帝國爵級大十字勳章（GBE）。 • 十一月以「瑪麗．魏斯麥珂特」為筆名出版《愛的重量》，是這個筆名的最後一部作品。
1958	68 歲	• 成為「偵探作家俱樂部」主席。
1960	70 歲	• 馬龍獲頒大英帝國爵級大十字勳章。
1961	71 歲	• 獲得艾克塞特大學頒發榮譽文學博士學位。
1968	78 歲	• 馬龍獲封為爵士，克莉絲蒂亦被稱為馬龍爵士夫人。
1971	81 歲	• 獲頒大英帝國爵級司令勳章（DBE），獲封為女爵士。
1973	83 歲	• 出版最後一部創作《死亡暗道》，亦為湯米和陶品絲最後一次辦案。
1974	84 歲	• 最後一次公開露面，出席電影《東方快車謀殺案》首映會。
1975	85 歲	• 八月六日，白羅成為有史以來第一次在《紐約時報》頭版刊出訃聞的小說主角，宣傳九月即將出版的《謝幕》，這也是白羅最後一次辦案。
1976	86 歲	• 一月十二日去世。 • 十月出版《死亡不長眠》，瑪波小姐的最後一次辦案。

克莉絲蒂推理原著出版年表

1920　史岱爾莊謀殺案 The Mysterious Affair at Styles（神探白羅系列）
1922　隱身魔鬼 The Secret Adversary（神探湯米＆陶品絲系列）
1923　高爾夫球場命案 The Murder on the Links（神探白羅系列）
1924　白羅出擊 Poirot Investigates（神探白羅系列）
1924　褐衣男子 The Man in the Brown Suit（神探雷斯上校系列）
1925　煙囪的祕密 The Secret of Chimneys（神探巴鬥主任系列）
1926　羅傑艾克洛命案 The Murder of Roger Ackroyd（神探白羅系列）
1927　四大天王 The Big Four（神探白羅系列）
1928　藍色列車之謎 The Mystery of the Blue Train（神探白羅系列）
1929　七鐘面 The Seven Dials Mystery（神探巴鬥主任系列）
1929　鴛鴦神探 Partners in Crime（神探湯米＆陶品絲系列）
1930　牧師公館謀殺案 The Murder at the Vicarage（神探瑪波系列）
1930　謎樣的鬼豔先生 The Mysterious Mr. Quin（神探鬼豔先生系列）
1931　西塔佛祕案 The Sittaford Mystery
1932　十三個難題 The Thirteen Problems（神探瑪波系列）
1932　危機四伏 Peril at End House（神探白羅系列）
1933　十三人的晚宴 Lord Edgware Dies（神探白羅系列）
1933　死亡之犬 The Hound of Death
1934　三幕悲劇 Three Act Tragedy（神探白羅系列）
1934　李斯特岱奇案 The Listerdale Mystery
1934　帕克潘調查簿 Parker Pyne Investigates（神探帕克潘系列）
1934　東方快車謀殺案 Murder on the Orient Express（神探白羅系列）
1934　為什麼不找伊文斯？ Why Didn't They Ask Evans?
1935　謀殺在雲端 Death in the Clouds（神探白羅系列）
1936　ABC 謀殺案 The A.B.C. Murders（神探白羅系列）
1936　底牌 Cards on the Table（神探白羅系列）
1936　美索不達米亞驚魂 Murder in Mesopotamia（神探白羅系列）

1937 巴石立花園街謀殺案 Murder in the Mews（神探白羅系列）
1937 尼羅河謀殺案 Death on the Nile（神探白羅系列）
1937 死無對證 Dumb Witness（神探白羅系列）
1938 白羅的聖誕假期 Hercule Poirot's Christmas（神探白羅系列）
1938 死亡約會 Appointment with Death（神探白羅系列）
1939 一個都不留 And Then There Were None
1939 殺人不難 Murder Is Easy（神探巴鬥主任系列）
1940 一，二，縫好鞋釦 One, Two, Buckle My Shoe（神探白羅系列）
1940 絲柏的哀歌 Sad Cypress（神探白羅系列）
1941 密碼 N Or M?（神探湯米＆陶品絲系列）
1941 豔陽下的謀殺案 Evil Under the Sun（神探白羅系列）
1942 五隻小豬之歌 Five Little Pigs（神探白羅系列）
1942 藏書室的陌生人 The Body in the Library（神探瑪波系列）
1942 幕後黑手 The Moving Finger（神探瑪波系列）
1944 本末倒置 Towards Zero（神探巴鬥主任系列）
1944 死亡終有時 Death Comes as the End
1945 魂縈舊恨 Sparkling Cyanide（神探雷斯上校系列）
1946 池邊的幻影 The Hollow（神探白羅系列）
1947 赫丘勒的十二道任務 The Labours of Hercules（神探白羅系列）
1948 順水推舟 Taken at the Flood（神探白羅系列）
1949 畸屋 Crooked House
1950 謀殺啟事 A Murder Is Announced（神探瑪波系列）
1951 巴格達風雲 They Came to Baghdad
1952 殺手魔術 They Do It with Mirrors（神探瑪波系列）
1952 麥金堤太太之死 Mrs. McGinty's Dead（神探白羅系列）
1953 黑麥滿口袋 A Pocket Full of Rye（神探瑪波系列）
1953 葬禮變奏曲 After the Funeral（神探白羅系列）

1954　未知的旅途 Destination Unknown

1955　國際學舍謀殺案 Hickory, Dickory, Dock（神探白羅系列）

1956　弄假成真 Dead Man's Folly（神探白羅系列）

1957　殺人一瞬間 4:50 from Paddington（神探瑪波系列）

1958　無辜者的試煉 Ordeal by Innocence

1959　鴿群裡的貓 Cat Among the Pigeons（神探白羅系列）

1960　哪個聖誕布丁？ The Adventure of the Christmas Pudding（神探白羅系列）

1961　白馬酒館 The Pale Horse

1962　破鏡謀殺案 The Mirror Crack'd from Side to Side（神探瑪波系列）

1963　怪鐘 The Clocks（神探白羅系列）

1964　加勒比海疑雲 A Caribbean Mystery（神探瑪波系列）

1965　柏翠門旅館 At Bertram's Hotel（神探瑪波系列）

1966　第三個單身女郎 Third Girl（神探白羅系列）

1967　無盡的夜 Endless Night

1968　顫刺的預兆 By the Pricking of My Thumbs（神探湯米＆陶品絲系列）

1969　萬聖節派對 Hallowe'en Party（神探白羅系列）

1970　法蘭克福機場怪客 Passenger to Frankfurt

1971　復仇女神 Nemesis（神探瑪波系列）

1972　問大象去吧 Elephants Can Remember（神探白羅系列）

1973　死亡暗道 Postern of Fate（神探湯米＆陶品絲系列）

1974　白羅的初期探案 Poirot's Early Cases（神探白羅系列）

1975　謝幕 Curtain: Hercule Poirot's Last Case（神探白羅系列）

1976　死亡不長眠 Sleeping Murder（神探瑪波系列）

1979　瑪波小姐的完結篇 Miss Marple's Final Cases（神探瑪波系列）

1991　情牽波倫沙 Problem at Pollensa Bay

1997　殘光夜影 While the Light Lasts

國家圖書館出版品預行編目（CIP）資料

為什麼不找伊文斯？／阿嘉莎．克莉絲蒂（Agatha Christie）著；陳常錦譯. -- 二版.-- 臺北市：遠流出版事業股份有限公司, 2024.10
面；　公分. -- (克莉絲蒂繁體中文版20週年紀念珍藏；70)
譯自：Why Didn't They Ask Evans?
ISBN 978-626-361-894-7(平裝)

873.57　　113012895

克莉絲蒂繁體中文版 20 週年紀念珍藏 70

為什麼不找伊文斯？

作者／阿嘉莎．克莉絲蒂
譯者／陳常錦

主編／陳懿文、余式恕　校對／呂佳真
封面、內頁設計／謝佳穎　排版／連紫吟、曹任華
行銷企劃／舒意雯　出版一部總編輯暨總監／王明雪

發行人／王榮文
出版發行／遠流出版事業股份有限公司
地址／104005臺北市中山北路一段11號13樓
電話／(02)2571-0297　傳真／(02)2571-0197　郵撥／0189456-1
著作權顧問／蕭雄淋律師

2004年1月1日 初版一刷
2024年10月1日 二版一刷
定價／新臺幣380元 (缺頁或破損的書，請寄回更換)

ISBN 978-626-361-894-7

遠流博識網 http://www.ylib.com　E-mail: ylib@ylib.com
遠流粉絲團 https://www.facebook.com/ylibfans